POSIBILIDADES

ANNA CASANOVAS

POSIBILIDADES

TITANIA

Argentina • Chile • Colombia • España
Estados Unidos • México • Perú • Uruguay

1ª. edición Marzo 2022

Copyright © 2022 *by* Anna Casanovas
All Rights Reserved
© 2022 *by* Ediciones Urano, S.A.U.
Plaza de los Reyes Magos, 8, piso 1.º C y D – 28007 Madrid
www.titania.org
atencion@titania.org

ISBN: 978-84-17421-63-2
E-ISBN: 978-84-19029-70-6
Depósito legal: B-1.233-2022

Fotocomposición: Ediciones Urano, S.A.U.
Impreso por Romanyà Valls, S.A. – Verdaguer, 1 – 08786 Capellades (Barcelona)

Impreso en España – *Printed in Spain*

Para Marc, Àgata y Olívia,
los tres amores de mi vida.

Hay veces en que lo normal pasa a ser
extraordinario así por las buenas
y lo notamos sin saber cómo.

Lo raro es vivir
CARMEN MARTÍN GAITE

1

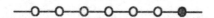

LA CHICA DEL CUADERNO AMARILLO

Los viernes Óscar salía tarde del trabajo. Lo prefería así, la gran mayoría de sus compañeros abandonaban la oficina a las tres y él aprovechaba para terminar lo que tenía pendiente. Durante la semana le faltaban horas, no se quejaba. En general le gustaba su trabajo, aunque a veces sentía que más que trabajar en el Departamento de Recursos Humanos era el terapeuta o el confesor de la empresa. Sus dos mejores amigos le decían a menudo que tenía que ser más distante, que hoy en día los de Recursos Humanos no hacían eso, pero Óscar se encogía de hombros y les decía que no se metiesen en sus asuntos. Él no opinaba, o no tanto, sobre sus trabajos. Seguro que esa noche, cuando se reuniesen para su habitual cerveza, se encargarían de reñirlo otra vez. Mantenían esa tradición desde siempre, la de reñirlo, lo de acompañarlo con una cerveza había empezado más tarde. Le reñirían y le tomarían el pelo como siempre y a Óscar ni se le había pasado por la cabeza la posibilidad de dejarlos plantados. Los viernes y charlar con Ricky y Héctor eran lo mejor de la semana y esa le hacía mucha falta. Si de pequeños alguien les hubiera dicho que a esas alturas seguirían siendo amigos, se habría muerto de risa.

Todo empezó cuando Ricky, Ricardo, que nunca les dejaba utilizar su nombre entero, se mudó al bloque donde vivían Óscar y Héctor. Estos dos eran más o menos amigos, en verano más que en invierno porque sus madres les dejaban jugar a baloncesto en la terraza del edificio, en un hueco que quedaba libre junto a las cuerdas donde algunos vecinos tendían la ropa. A Óscar le gustaba el baloncesto, le gustaba correr y saltar, y aunque Héctor era muy estricto con las normas y a veces se ponía muy pesado calculando distancias y puntos, se lo pasaban bien juntos. Hablaban poco, pero a ellos les iba bien así. Tampoco les pasaba nada demasiado interesante, pues vivían en el mismo edificio e iban al mismo colegio, qué iban a decirse. Pero entonces llegó Ricky como un torbellino y les demostró que se equivocaban. Ricky apareció en la improvisada cancha de baloncesto un día lluvioso. Hacía una semana que se había mudado y les había observado sin decirles nada. Cuando una tormenta de verano estalló y los encerró en casa, se comportó como si los conociera de toda la vida y no fuera un recién llegado, decretando que, si iban a ser amigos, no podían seguir así, que necesitaban una alternativa a la pelota y la mejor era jugar juntos a un juego de rol que él había aprendido en el pueblo donde vivía antes. Era un campeón, había ganado incluso una copa. Al principio ni a Óscar ni a Héctor les entusiasmó la idea, pero poco a poco descubrieron que aquel juego era más que unas cartas y se creó la tradición de quedar cada viernes, fuese invierno o verano, lloviese o nevase, en casa de uno de ellos y jugar hasta las tantas. Incluso siguieron durante la universidad para mayor asombro de sus respectivos padres y de los nuevos amigos y parejas que habían tenido durante esos años. Ahora, con veinticinco años, seguían quedando, pero no siempre jugaban, obviamente. O eso decían ellos. No podía haber tres chicos más distintos, y a simple vista casi parecía imposible que pudiesen conocerse y mucho menos ser amigos. Héctor, serio y distante, responsable desde pequeño. Ricardo, bruto y vivaz, casi chuleta. Y Óscar, tranquilo, solitario y con una curiosidad insaciable. Si no hubiesen vivido en el mismo edificio, quizá no se hubiesen conocido nunca, y Óscar habría tenido otra clase de amigos. Sin duda, su vida sería ahora mucho más aburrida.

Óscar se centró en el trabajo; no sabía por qué había recordado esa historia de su infancia. Bueno, sí lo sabía. Últimamente estaba algo inquieto, triste quizá lo describiera mejor. Tenía un buen trabajo, había alquilado un piso pequeño en un barrio que le encantaba y sus padres estaban bien; esa misma semana le habían anunciado eufóricos que casi habían reunido el dinero para hacer el próximo año aquel viaje a los fiordos con el que llevaban tanto tiempo soñando. Su hermano mayor, al que apenas veía, también estaba bien, seguía subiendo peldaños en esa empresa de nombre impronunciable donde trabajaba y seguro que esa novia suya, también de nombre impronunciable, seguía igual de estupenda que siempre. La relación con su familia era buena, distante, eso sí, pero no podía decirse que hubiese vivido una infancia difícil. Silenciosa y fría, muy distinta a la estridente de Ricky o a la casi marcial de Héctor, tan gris e indescriptible que cuando lo pensaba se le helaba la sangre. La familia de Óscar era normal, sus padres se llevaban bien y habían alimentado y pagado la educación de sus dos hijos. Óscar y su hermano nunca se habían peleado; de pequeños eran dos desconocidos que compartían baño y ahora se llamaban cuando tocaba. Eran extraños que habían crecido juntos. Quizá por eso Óscar valoraba tanto la relación que tenía con Héctor y Ricky; porque ellos tres, sin la obligación de los lazos de sangre, habían elegido conocerse.

Resumiendo, Óscar no tenía ningún problema y, sin embargo, desde hacía meses la apatía le carcomía por dentro. Apenas nada conseguía emocionarlo y no sabía qué hacer para recuperar la ilusión, la capacidad de sorprenderse, esa chispa que hace que cualquiera tenga ganas de hacer algo, lo que sea, y seguir adelante, pero no como un robot, sino como... ¡Dios! Siempre había sido un pésimo poeta. Lo más probable sería que solo estuviera cansado, pues hacía más de siete meses que no hacía vacaciones y las últimas las había pasado ayudando a Ricky a mudarse. Otra vez. Exacto, lo que tenía que hacer era mirar el calendario, buscar un par de días y elegir un destino que le gustase. Seguro que así volvería a ser el de antes.

Si Héctor no le hubiese mandado un mensaje, probablemente aún estaría pegado al ordenador, incapaz de escribir más de dos líneas que tuviesen sentido. Miró el reloj y para su asombro descubrió que era más tarde de lo que creía y que, sin hacer nada útil, había pasado la tarde allí encerrado. Bajó corriendo la escalera y esquivó a dos perros y a un *runner* antes de meterse en el metro. El tren al que esperaba poder subirse cerró las puertas justo delante de sus narices y Óscar, resignado, sacó el teléfono del bolsillo con intención de avisar a sus amigos. Iba a llegar tarde, y ya oía en su cabeza los comentarios que iban a hacerle en cuanto lo vieran cruzar la puerta del bar donde habían quedado. Pero justo entonces llegó otro metro y Óscar se metió dentro sin dudarlo y sin llamar a nadie. Quizá lo conseguiría. Se plantó de pie donde siempre, cerca de la puerta, y levantó un brazo para sujetarse de la barra. Se pasaba tantas horas sentado que cuando salía de la oficina era como si le apareciera un resorte en la espalda que le obligase a estar de pie o en movimiento. Podía escuchar algo de música, pensó, le faltaban cuatro paradas. El vagón se detuvo en la siguiente y entró un equipo de *hockey* infantil entero, entrenador incluido, que lo obligó a moverse hacia la izquierda y entonces la vio.

La chica del cuaderno amarillo.

Sonrió al instante y también sintió algo parecido a los nervios que tenía de pequeño la noche de Reyes. La emoción, las ansias que hacía meses que habían desaparecido de su vida. Frunció las cejas, no conocía a esa chica, era imposible que ella tuviera nada que ver con lo que le estaba pasando a él, pero aun así nada podía negar el vuelco que le dio el corazón cuando ella también le sonrió. Óscar cerró los dedos alrededor de la barandilla de hierro y se preguntó cuánto hacía que no veía a esa chica. Dos meses. Estaba seguro, hasta ese momento habría afirmado que no se había dado cuenta de que no había vuelto a verla, pero no tenía ninguna duda de que ese era el tiempo exacto que hacía que no coincidían. Podría acercarse y decirle algo. Ella se había sonrojado y había bajado la cabeza para disimular, como si no quisiera que él la pillase mirándolo. No era la primera vez que sucedía eso, que tenía la sensación de que ella también lo reconocía cuando se cruzaban en el metro, pero ninguno de los dos hacía nunca nada. Quizá había llegado el momento de remediarlo, quizá podría preguntarle cómo se llamaba o quizá... Una de las jugadoras de *hockey* le golpeó la cabeza con el *stick*.

—Perdón, lo siento —se disculpó la niña enseguida, avergonzada.

—No pasa nada —respondió él, frotándose la parte trasera del cráneo que había recibido el impacto.

El entrenador también se disculpó, lo que obligó a Óscar a desviar la mirada hacia él y su equipo para prestarles atención, y cuando volvió a girar la cabeza hacia la chica, ella ya no lo estaba mirando. Parecía muy concentrada en lo que fuera que estuviera escribiendo o dibujando, a juzgar por los trazos, en su cuaderno. Había pasado el momento, Óscar se convenció de que tal vez se había imaginado la intensidad de la sonrisa y de que había visto en aquel gesto un reconocimiento que en realidad no existía. No podía acercarse a hablar con ella sin más. No podía.

Era verano cuando la vio por primera vez, un miércoles a eso de las ocho de la noche. Él había salido antes del trabajo y tomó el metro para ir al centro; quería aprovechar para hacer unos recados. Ella llevaba un vestido de flores y unas deportivas rojas atadas en los tobillos; tenía el cuaderno amarillo a medio abrir en el regazo y mordisqueaba un lápiz. No podría decir qué fue lo que captó su atención, solo que le costó desviar la mirada de ella y que le costó respirar durante el trayecto, aunque eso, entonces, lo justificó con el calor. Ya no ponían los aires acondicionados tan altos como antes. Unas semanas más tarde volvió a encontrarla. Él solía pillar el metro cuando salía del trabajo, pero hasta entonces nunca se había fijado qué línea utilizaba, pues todas las que pasaban por allí le iban bien, ni qué hora era cuando se subía. Empezó a hacerlo, solo para llevar una vida más organizada, nada más. Ella, la chica del cuaderno, fue apareciendo y desapareciendo, los cambios de estación se reflejaban en su ropa y también en su color de piel (era muy pálida y en verano le aparecieron pecas en la nariz), pero no en su pelo, una melena lisa, oscura y desordenada, y tampoco en el cuaderno amarillo que siempre la acompañaba. Ella también lo miraba a veces y hubo una vez, durante la semana de Navidad, que Óscar habría jurado que ella lo había mirado más intensamente y que se había sonrojado cuando él también lo hizo. Incluso les había hablado de ella a Ricky y a Héctor, y sus amigos le habían animado a que se acercase a ella y se presentase. Lo peor que podía sucederle era que lo mandase a paseo. Y Óscar les decía que iba a intentarlo, aunque nunca lo hacía porque así podía seguir esperando esos encuentros, imaginándose qué sucedería cuando un día ella se acercase a él y le dijera simplemente «Hola». Podía pasar. Había exactamente las mismas posibilidades de que ella se acercase a él que él a ella. Pero ninguno de los dos había convertido esas posibilidades en realidad y un día dejaron de encontrarse.

Hasta hoy.

Cerró los ojos e inspiró profundamente. No podía dejar pasar esa oportunidad, quizá tardaría meses en volver a presentarse. O quizá no se presentaría nunca más. El escalofrío que le subió por la espalda lo hizo reaccionar de golpe y se giró decidido hacia ella. No estaba. Ya no estaba. El aviso de que el metro cerraba las puertas resonó por el vagón y Óscar vio que la chica se alejaba por la escalera de esa estación. Corrió, se tropezó con una bolsa de las chicas del *hockey* y el metro se puso en marcha.

—¿Estás bien? —El entrenador lo ayudó a levantarse.

—Sí, gracias.

Óscar no podía creer que tuviera tan mala suerte. Se frotó las manos; una le había quedado pegajosa y no se atrevía a plantearse de qué. Tenía que sentarse, pues no podía limpiarse y sujetarse al mismo tiempo y con un aterrizaje forzoso tenía más que suficiente. Se dirigió a los asientos y lo que vio en el que estaba libre resucitó la emoción de antes: el cuaderno amarillo. Ella se lo había olvidado. Lo levantó con la mano que no tenía sucia y, tras secarse la otra tanto como le fue posible, dobló su abrigo alrededor del cuaderno. Solo abrió la primera página para ver si allí había el nombre de su propietaria y al no encontrarlo volvió a cerrarlo. Había visto cómo esa chica trataba el cuaderno, como si fuera su bien más valioso, y no sentía que tuviera derecho a husmear en él sin su permiso.

—A ver, vuelve a contarnos cómo has dejado que esa chica se te escape —le preguntó Héctor con sorna mientras le ofrecía otra cerveza.

—No es un ciervo ni yo la estaba cazando o persiguiendo —se defendió Óscar—. Si no hubiera sido por esa bolsa...

—Siempre te buscas excusas. Te has comportado como un zopenco —se rio Ricky.

—¿Zopenco? —Óscar casi escupió la cerveza— ¿Desde cuándo usas esa palabra?

—Desde que su jefa le ha dicho que si vuelve a utilizar «capullo» en una reunión lo despide —contestó Héctor en lugar del aludido.

—No es por ella —Ricky se puso a la defensiva—. Además, no será mi jefa por mucho tiempo. Han creado un puesto nuevo de trabajo en la empresa y voy a presentarme como candidato. Por eso estoy cuidando mi lenguaje, imbéciles. Tengo la entrevista la semana que viene.

—¿Y eso? ¿No decías que lo de prosperar en esa empresa era solo para *lameculos* sin espíritu?

—¡Joder, Óscar! ¿Por qué no utilizas tu memoria prodigiosa para recordarte a ti mismo que la próxima vez que veas a esa chica que te tiene idiota vayas a hablar con ella?

—¿Qué hay en el cuaderno? —preguntó Héctor, intentando alejar la atención de Ricky y su situación laboral.

—No lo sé. No lo he abierto. Solo he mirado si había sus datos.

—¿No lo has abierto? —Ricky se inclinó tan hacia delante que casi echa la mesa al suelo—. Tú eres idiota.

—¿Podemos cambiar de tema? —Óscar sabía que sus amigos, aunque estaban llenos de buenas intenciones, no lo entenderían.

—Siempre puedes dejarlo en la Oficina de Objetos Perdidos.

—No sé...

—Claro —intervino Ricky—, déjalo allí con una tarjeta tuya y así, si tu chica misteriosa quiere, puede ponerse en contacto contigo. Ya que está visto que tú solito no puedes hablar con ella. Tendrías que echarle más huevos.

—No todos vamos por la vida con la testosterona por delante, Ricardo.

Ricardo le respondió levantando un único dedo.

—¡Eh, niños, haya paz! Vamos a hablar de otra cosa. Tengo que contaros algo. ¿Os acordáis de que os dije que mi padre estaba de baja? No acaban de saber qué le pasa, así que van a hacerle unas pruebas.

—Tu padre tiene una salud de hierro —dijo Óscar.

—Y el carácter acorde —añadió Héctor.

—Bueno, dinos si podemos hacer algo por ti. No te pongas en plan mártir y vayas a pasar por un mal trago tú solo —dijo Ricky—. Y vamos a animarnos un poco, que es viernes y he sobrevivido a otra semana en Mordor.

Óscar pasó el fin de semana en la boda de su prima Alicia, lo cual fue un suplicio y una bendición al mismo tiempo. El lunes salió del trabajo media hora antes que el viernes y fue a la estación. Se plantó en el andén y esperó. Esperó. Esperó. Esperó. Y ella no apareció. Uno de los vigilantes de seguridad se acercó a él pasadas dos horas y le preguntó si necesitaba ayuda, a lo que Óscar respondió que estaba esperando a alguien. El gesto del guarda cambió al instante y le dijo con una sonrisa ladeada: «Chico, creo que no va a venir». El hombre tenía razón. Había sido un tiro al aire. Recordó el comentario de Héctor sobre la Oficina de Objetos Perdidos y, tras mirar hacia el andén por última vez, se dirigió a Información para preguntar.

—¡Uy! Objetos Perdidos está en la estación central. Antes teníamos una ventanilla dedicada a esto en cada estación, pero eran un nido de mierda. Perdón por el lenguaje.

—No se preocupe —Óscar respondió alucinado a la responsable de Información, una mujer que parecía rondar los cien años y con un maquillaje hipnótico azul celeste alrededor de los ojos—. ¿Y qué hacen allí con los objetos perdidos?

—Pues nada. Esperan. Los tienen allí durante un mes y si nadie va a reclamarlos, y casi nadie va, los tiran.

—¿Los tiran?

—Bueno, la ropa y cosas así las dan a organizaciones benéficas, pero las cosas inútiles no. No te imaginas la cantidad de coronas de despedidas de soltera o de muñecas inflables que se pueden llegar a acumular.

Por no mencionar objetos más surrealistas. A Objetos Perdidos casi nunca llega nada de valor. Es curioso, ¿no te parece?

—Sí, supongo que sí.

—La gente no es de fiar —siguió la mujer.

Óscar se despidió horrorizado. Solo con pensar que pudieran destruir el cuaderno se le hacía un nudo en el estómago, pero tampoco podía no hacer nada. Al final tuvo una idea y ese viernes cometió el error de contársela a los crápulas de sus mejores amigos.

—¿Que has hecho qué? —insistió Héctor.

—He dejado un sobre a la atención de la chica del cuaderno amarillo en la Oficina de Objetos Perdidos del servicio de transportes de la ciudad —volvió a explicarles.

Ricky no podía parar de reír.

—Tú eres tonto —dijo este entre risas.

—No quería dejar allí el cuaderno.

—¿Y si ella no va a la Oficina de Objetos Perdidos? ¿O va y no le dan la carta?

—No sé qué más hacer; no he vuelto a verla en el metro.

—¿Has abierto el cuaderno? —siguió Héctor.

—No.

Ricky escupió la cerveza.

—Lo siento. Lo siento, tío. En serio.

—Pon un anuncio —dijo entonces Héctor.

—¿Un anuncio? —Óscar lo miró expectante.

—En ese periódico gratuito que dan en el metro. Casi todo el mundo lo hojea y si tu chica misteriosa lo hace quizá pueda ponerse en contacto contigo.

—Me lo pensaré —accedió Óscar y, como estaba harto de ver reír a Ricky como una hiena, añadió—: ¿Qué tal la entrevista con tu jefa?

—Bien. Mal. Yo qué sé.

—¡Vaya! —Héctor silbó—. Así de bien te ha ido, ¿eh?

—Hay algo que no os he contado. —Ricky se frotó la cara o quizá intentó esconderse detrás de sus manazas—. Mi jefa y yo... —Héctor y

Óscar abrieron los ojos como platos—. ¡No, no es eso! ¡Dios! ¿Qué clase de opinión tenéis de mí? Mi jefa y yo nos conocimos en la universidad.

—En la universidad. La misma en la que estudié yo —señaló Héctor.

Para sorpresa de ambos, de sus familias y de todo el edificio donde habían crecido los tres, Héctor y Ricardo estudiaron lo mismo: Derecho.

—Sí, la misma. No hacíamos todas las asignaturas juntos y yo —carraspeó— coincidí con Bea, Beatriz, en varias optativas.

—Nunca nos habías hablado de ella.

Ricky bebió un poco.

—No había nada que contar. Resumiendo, digamos que no le caigo muy bien a Beatriz y dudo mucho que vaya a proponerme para el ascenso.

—¿Qué le hiciste a esa chica?

—Nada. Os lo juro. Ni siquiera la había reconocido.

—¿Llevas casi un año trabajando en ese despacho y no la habías reconocido?

—No, ¿vale? No la había reconocido. No todos somos tan buenos fisonomistas como tú, Héctor.

—Y ella a ti, sí —dijo Óscar—. ¿Cómo la has reconocido? ¿Ha sido durante la entrevista?

Ricky hizo señas al camarero para pedir otra ronda.

—Sí. Pero no ha sido culpa mía. Además, si ella me había reconocido a mí, ¿por qué no me ha dicho nada antes? No estamos en el jodido instituto. Podría haberme dicho que habíamos coincidido en la facultad.

—¿Estás seguro de que no pasó nada entre ella y tú, Ricky?

Ricky tragó con dificultad.

—Segurísimo.

—¿Ella te ha dicho que va a descalificarte para el ascenso?

—No. De hecho, me ha dicho que tengo muchas posibilidades de seguir trepando.

Óscar y Héctor se miraron.

—Dejemos este tema. Pronto me largaré de allí. Si no consigo el ascenso buscaré otro trabajo o pediré que me cambien de departamento. Avísame si te enteras de algo en tu bufete, Héctor.

—Claro.

—Y ahora, ¡joder!, dejemos de hablar del trabajo.

Esa noche, de regreso a casa, Óscar sopesó seriamente lo del anuncio. Podía funcionar. Había bastantes posibilidades de que ella cogiera un ejemplar en alguna estación, pues los repartían en todas, y lo hojease. Había menos posibilidades de que lo leyera entero, pero las había. Sí, era una locura, pero podía funcionar. Antes de hacerlo, sin embargo, se preguntó si tal vez se le había pasado por alto algún detalle del cuaderno, algo que pudiera conducirlo directamente hasta su propietaria sin cometer ninguna locura o acto desesperado. Quizá sus datos personales estuvieran en una hoja del final y no del principio, que era lo único que él había mirado.

Sí, estaba justificado que lo abriera. Hacía una semana que lo tenía en su poder y no había curioseado ni una vez más allá de espiar si había los datos personales de su propietaria detrás de la cubierta. El motivo por el que no lo había abierto era difícil de explicar. A Óscar le gustaba quedarse tumbado en la cama con los ojos cerrados los domingos por la mañana; durante esos instantes, aquel domingo tenía todas las posibilidades del mundo de ser el mejor día de su vida. En cuanto abriera los ojos tomaría la primera elección y descartaría muchas más, salir a caminar o quedarse en casa leyendo, por ejemplo, y las posibilidades se irían reduciendo. No había abierto el cuaderno porque mientras siguiera cerrado no pasaba nada, no corría ni el riesgo de perder a esa chica ni tampoco estaba más cerca de encontrarla. Pero era una decisión egoísta y cobarde, y quizá ella estaba preocupada buscándolo y él tenía delante de las narices los medios necesarios para devolvérselo. Lo abrió.

En la primera página había el dibujo de una chica con un bebé en brazos. La chica compartía los mismos rasgos que su desconocida con algunos detalles distintos, así que no hacía falta ser un genio de la investigación para deducir que debía de tratarse de su hermana. En la página siguiente había dibujado un paisaje, árboles y flores con una bicicleta tumbada en el suelo. En otra página había dos chicas riéndose, y aunque ninguna se parecía a la chica del cuaderno, saltaba a la vista que las conocía y que sentía cariño por ellas. Los trazos desprendían amistad. Había páginas con edificios y otras con retratos de distintas personas. De golpe a Óscar le falló la respiración. Él estaba en el cuaderno. Le había dibujado con la herida que se hizo en la ceja meses atrás, cuando Héctor los convenció para que se apuntasen a una sesión de boxeo japonés. Le había dibujado en verano, aquel día que se encontraron en el metro y que él llevaba esa camisa hawaiana porque su prima Alicia había insistido en montar una fiesta de ese estilo y con los Beach Boys de fondo. Le había dibujado todas las veces que se habían visto, incluso la última. Había captado justo el instante en que él estaba pensando en ella antes de recibir el golpe del *stick* de *hockey*.

Le había dibujado muchas veces; veces de las que él no se acordaba. ¿Era posible que ella lo hubiera visto antes que él a ella? Tuvo un escalofrío y buscó en sus recuerdos. ¿Cuándo la había visto por primera vez? ¿Cuándo se había dado cuenta de que ella fingía no mirarlo pero sonreía al verlo y se ponía a dibujar? ¿Desde cuándo se cruzaban en el metro? Cerró el cuaderno y pasó la mano por encima como si estuviera acariciando un objeto mágico. Tal vez lo fuera, pensó, porque nada de eso tenía sentido. A juzgar por los dibujos que había visto (y no había sido capaz de pasar todas las páginas), hacía más de un año que su camino y el de la chica del cuaderno amarillo se cruzaban. Si él pensaba en ella (ya no podía negar que lo hacía) y ella lo dibujaba a él, ¿por qué no habían hablado nunca el uno con el otro?

Tenía que poner el anuncio. Tenía que volver a verla.

2

EL ANUNCIO

El anuncio que Óscar puso en el periódico gratuito que podía encontrarse en todas las estaciones de metro y tren de la ciudad, y también en algunas cafeterías, decía así:

«Encontrado cuaderno amarillo en la línea 2 del metro el viernes 24 de marzo». Y añadía debajo su número de teléfono. Nada más.

El escueto texto ocupaba un pequeño rectángulo justo debajo del colorido anuncio de una paseadora de perros y apretado entre otro de una bicicleta de montaña en perfecto estado que estaba en venta y el de un piso que se alquilaba durante los fines de semana.

—Es imposible que esa chica vea el anuncio, Óscar. ¿No podías haberlo hecho más pequeño? ¿Quizá omitir algún detalle? No sé, se ve demasiado efusivo, tío. Puedes asustarla —se burló Ricky.

—Me costó horas convencerlo para que pusiera la fecha —apuntó Héctor, quien, muy a pesar de Óscar, estaba con él el día que llamó al Departamento de Publicidad del periódico.

—Reíros de mí como si no estuviera, adelante. No me importa. —Óscar bebió un trago de cerveza. Estaba planteándose seriamente no acudir a la próxima cita semanal con sus amigos. Aunque era probable que no sirviera de nada y lo encontraran de todos modos—. Solo tiene que verlo ella, no hace falta que se entere toda la ciudad.

—Exacto. Tiene que verlo, tiene que llamarle la atención. —Héctor pasó las hojas del ejemplar que, al parecer, había llevado consigo al bar con el único objetivo de torturarlo—. Yo porque sé que está aquí escondido, asustado en medio de los anuncios de citas y de intercambio de parejas, porque si no, no lo vería.

Óscar le arrancó el periódico y lo dobló decidido.

—No está en medio de anuncios de citas y de intercambio de parejas.

—Eso crees tú —Ricky atrapó el periódico.

¿Qué diablos les pasaba? Cualquiera diría que no habían visto uno en su vida.

—¿Qué crees que quiere el tío que vende la bici? —siguió Ricky.

—¿Vender la bici?

—¡Ja! Eso es solo es una excusa. Tú hazme caso.

—Estás enfermo.

—Dejando a un lado las teorías enfermizas de Ricardo, tiene razón. Tendrías que haber contratado más espacio, que fuese más llamativo o como mínimo más grande. Así corres el riesgo de que no lo vea.

Óscar se encogió de hombros. No quería explicarles que él también había pensado todo eso y que al final se había decidido por el texto breve y discreto, porque una vocecita en su interior le había asegurado que la misteriosa propietaria del cuaderno amarillo lo preferiría así.

—He pagado para que salga todo el mes. —Fue lo único que les explicó—. Si no lo ve esta semana, lo verá la próxima.

—Eso espero. —Héctor miró a Óscar y levantó el botellín de cerveza—. Suerte.

Brindaron y Óscar sonrió. En el fondo no sabía qué haría sin ese par de canallas.

Dos semanas más tarde no había llamado nadie, o nadie que no quisiera tomarle el pelo o fuera un ser humano despreciable. En su momento Ricky le había sugerido a Óscar que se hiciera con otro número de teléfono y lo utilizase solo para el anuncio y él lo había descartado. El mundo está lleno de pirados que se sienten muy solos, le había dicho, y Óscar le había respondido diciéndole que tenía que confiar más en la raza humana. ¿Confiar? Era un milagro que no nos hubiéramos extinguido con la cantidad de descerebrados que creían que llamar al número de un desconocido y soltarle obscenidades o chistes de mal gusto era buena idea.

La chica del cuaderno amarillo no había llamado y Óscar, a pesar de que había intentado encontrarla en el metro o en cualquiera de las calles por las que caminaba, no había tenido suerte. No había vuelto a cruzarse con ella. Quizá lo mejor sería que dejase el cuaderno en la Oficina de Objetos Perdidos o que contratase un anuncio más espacioso en el periódico. O quizá podía olvidarse de ella, guardar el cuaderno en un cajón cualquiera o incluso deshacerse de él para siempre.

Sentía una profunda angustia solo de pensarlo. Leer, que siempre había sido su refugio, apenas le servía de nada esos días. No podía quitarse de encima la sensación de que tenía que hacer algo; no podía dejar escapar esa oportunidad. Si no volvía a tener otra, no sabía qué pasaría. No se imaginaba nada dramático y, sin embargo, intuía que ese desconocido futuro cambiaría si la chica del cuaderno amarillo aparecía en él. En calidad de qué, no lo sabía. Héctor y Ricky se burlaban de él. Cuando le tomaban el pelo le decían que era un idiota por haberse enamorado de una desconocida y cuando le hablaban en serio le recordaban que no podía esconderse detrás de una obsesión absurda para no hablar con chicas de verdad. Óscar no se defendía ni de lo uno ni de lo otro. Él no se había enamorado de esa chica, dijeran lo que dijesen Héctor y Ricky. Óscar dudaba de la existencia de ese sentimiento; para él el amor era lo más parecido a la magia, algo en lo que se tenía que creer porque en realidad no existía. Él creía en sentimientos tangibles como la amistad, que se demostraba a diario, o la frustración, que veía cada día en los rostros de personas que se cruzaba por la calle. Pero el amor... El amor era otra cuestión; una cuestión mucho más seria porque, igual que la magia en el caso de existir, conllevaba una gran responsabilidad. Las posibilidades de que existiera el amor eran pocas y de que lo hubiese encontrado en el metro, aún menos. Y que hubiese sido tan idiota como para no darse cuenta, le producía un nudo en el estómago y le impedía respirar. Así que no, no se había enamorado de una desconocida. Lo más inquietante era que, en el fondo, Óscar, igual que había querido creer en Hogwarts de pequeño, quería creer ahora en el amor, y aunque se obligaba a dejar de pensar en esas cosas porque no llevaban a ningún lado, no podía, y cada día buscaba el rostro de esa chica desconocida por todas partes.

No, no podía enamorarse de una chica con la que nunca había hablado. Pero, ¡Dios!, desde la primera vez que la vio en el metro hasta todas y cada una de las veces que había pasado las hojas de ese cuaderno durante esas últimas semanas, había sentido la presencia de una posibilidad. De esa posibilidad. De que entre ellos existía esa única posibilidad de la que hablan las grandes novelas y hasta las leyendas.

Esa posibilidad.

Era una locura. No había vuelto a verla. No había vuelto a cruzarse con ella ni en el metro ni en ninguna otra parte, y si aquel dichoso cuaderno amarillo significase tanto para ella, seguro que ya lo habría buscado. Seguro que habría ido a la Oficina de Objetos Perdidos del servicio de transportes de la ciudad y la peculiar encargada le habría dicho que un chico lo había encontrado. Esa encantadora mujer de poderosos párpados azul celeste le habría hablado del chico que había encontrado el cuaderno y que se había negado a dejarlo allí para evitar que lo destruyesen. Si ella hubiese estado buscando el cuaderno amarillo, ya le habría llamado.

Sonó el teléfono y a Óscar casi le dio un infarto. Contestó tan rápido que no atinó a ver el nombre que aparecía en la pantalla.

—¿Óscar? ¿Estás bien? ¿Te pillo mal? Suenas agobiado. ¿No me digas que estabas haciendo ejercicio?

Era Alicia, su prima y archienemiga en la infancia. Se llevaban muy bien desde hacía años, y podría decirse que ahora eran muy buenos amigos, aunque en ocasiones revivieran la rivalidad que les había costado más de un tirón de orejas cuando eran pequeños.

—No, estoy bien. Me había dormido en el sofá —improvisó—. ¿Qué pasa?

—Nada. ¿Te acuerdas de mi amiga Paloma?

—Sí, claro que me acuerdo de ella.

Les habían sentado en la misma mesa en la boda varias semanas atrás y después habían bailado juntos un par de veces. Era una chica muy lista y con un fantástico sentido del humor. Ahora que pensaba en ella, Óscar tenía que reconocer que, si no hubiese sido porque durante el fin de semana de la boda de Alicia ya había sucedido lo del cuaderno (así se refería al suceso), le habría costado más hablar con la brillante y muy atractiva amiga de su prima. Al estar tan centrado en la chica del cuaderno se había olvidado de ponerse nervioso con Paloma.

—Me ha pedido tu número.

—¿Y me pides permiso para dárselo?

—No, *tontolaba*. Y no me vengas con que eso sería lo correcto y bla, bla, bla. Te llamo para decirte que se lo he dado y que no la cagues. Paloma es una de las mejores personas que conozco. No sé qué hiciste para gustarle, enano, así que no la cagues. Dudo que el truco vuelva a salirte bien.

—No hice nada. Y no soy un enano; que tú seas una jirafa no es culpa mía.

—¡No soy una jirafa! Si ya eres más alto que yo...

—Lo sé, has caído en mi trampa.

—Te odio.

—No me odias; le has dado mi número a una de las mejores personas que conoces. —Soltó el aliento—. Gracias, prima.

—De nada, primo. —Hubo una pausa—. ¿Estás bien? Te oigo... preocupado.

¿Qué estaba haciendo? ¿Cuánto tiempo más iba a seguir buscando a la chica del cuaderno amarillo en el metro? ¿Podía aparcar su vida hasta que esa desconocida apareciese? ¿Qué sucedería si no aparecía nunca? ¿Y si aparecía y no sabían qué decirse?

—Estoy bien —respondió a Alicia—. Gracias por darle el número a Paloma. ¿Puedes darme a mí el suyo?

—Creía que no ibas a pedírmelo.

Valentina regresaba por fin a España. Había estado un mes en Japón y había sido intenso, maravilloso y muy inesperado. Aquel viaje de trabajo quizá iba a cambiarle la vida. Cuando llegase a casa iba a tener que tomar muchas decisiones y no sabía si estaba preparada. El vértigo se había instalado permanentemente en su estómago y tenía la sensación de que ante ella se abrían tantas posibilidades que temía elegir el camino equivocado. Sabía que en la vida no se puede dar marcha atrás. Su madre solía decir que era mejor aprender a vivir con las consecuencias de una mala decisión que con el arrepentimiento de no haber tomado la decisión correcta. El avión despegó y sacudió la cabeza, cerró los ojos y recordó la sonrisa de su madre. La echaba de menos, eso nunca cambiaría, pero empezaba a aprender a vivir sin ella. Su madre estaría orgullosa de ella, le diría que ya iba siendo hora de que se pusiera las pilas con sus dibujos, que había llegado el momento de enseñar sus cuadernos al mundo exterior. Los cuadernos. Su madre le había regalado el primero y muchos más. Ahora se los regalaba Penélope o se los compraba ella y los guardaba todos; formaban parte de su vida. Todos menos el cuaderno amarillo que había perdido el día antes de irse a Japón. Tenía que encontrarlo, no podía haberlo perdido para siempre. Mejor dicho, no se perdonaría si no lo encontraba. Le daba igual que no tuviera sentido, pero para Valentina era importante que no le faltase ninguno. Sentía que si perdía un cuaderno estaba fallando a su madre; ella siempre los recogía de los lugares donde Valentina los dejaba olvidados y se los colocaba en la mesilla de noche para que ella los encontrase la mañana siguiente. Tenía que encontrar ese cuaderno amarillo como fuera. Suspiró e intentó recordar paso a paso qué había hecho el último día en Barcelona.

Estaba segura de que lo llevaba encima el día que se fue. Segurísima. O tal vez no, la última vez que recordaba haberlo utilizado era en el metro de Barcelona. Había estado tan nerviosa por el viaje que tenía la cabeza en mil sitios a la vez. Quizá se lo había dejado en el metro o quizá se le había caído en la calle. Se le retorció el estómago solo de pensarlo. Adoraba ese cuaderno, estaba lleno de sus dibujos y muchos eran especiales; los que había hecho de su hermana y los del chico de las gafas. Todavía no podía creerse que se hubiese encontrado con él justo el día antes de irse. Había sido una señal del destino, un regalo. Hacía meses que no lo veía y esa tarde, cuando levantó la cabeza y lo vio allí de pie, a pocos metros de ella, se sonrojó y dio gracias a los astros. ¿Cuántas posibilidades había de que estuvieran los dos en el mismo metro el mismo día y a la misma hora? Pocas a juzgar por los meses que habían pasado desde la última vez que sus caminos se habían encontrado. Cada vez que se cruzaba con él lo dibujaba, tenía que hacerlo, tenía que retener aquella sensación de alguna manera. Cualquier otra chica se habría acercado a hablar con él. Valentina sabía que su timidez rozaba lo imposible y que si era capaz de dibujarlo, y de imaginárselo en situaciones que ahora no venían al caso, debería ser capaz de acercarse a hablar con él, pero no podía. Cuando le veía perdía la capacidad de respirar durante unos segundos y hablar... ¿qué era eso? Si el chico de las gafas estaba cerca era afortunada de poder dibujar.

La tarde que había encontrado al chico de las gafas el corazón de Valentina latía a mil por hora; estaba nerviosa e ilusionada por el trabajo, pues era una gran oportunidad. Significaba que empezaban a valorarla, pero no era solo eso, sino que también podía aprovechar la visita a Tokio para ir a los estudios Hibiki e informarse mejor sobre su prestigioso curso de animación. Era un sueño imposible, ya que solo aceptaban a cinco candidatos extranjeros por año, por no mencionar que vivir en Tokio era carísimo, pero no había nada de malo en soñar con ello y le había prometido a su hermana que iría a visitar los estudios y preguntaría si aún estaba a tiempo de presentar su candidatura. Y lo había hecho. Había visitado los estudios, se había informado y se había dado cuenta de que sí tenía alguna posibilidad de conseguir una plaza en el curso de animación. Cumplía con los requisitos técnicos y la chica que la había atendido, después de ver su portfolio, la había animado a presentarse. Valentina se había pasado el resto de su estancia en Japón pensando en las posibilidades que se abrían ante ella. Si por milagro conseguía una plaza en el curso de Hibiki, quizá podría hablar con sus jefes y pedirles que la trasladasen a Tokio durante esos meses, así seguro que le sería más fácil resolver los temas legales y podría permitirse vivir en Japón. Desde pequeña soñaba con aprender a dibujar allí, y las paredes de su dormitorio infantil habían estado llenas de dibujos e imágenes de las películas de los estudios Hibiki. Su madre siempre la había animado a intentarlo y Penélope, su hermana mayor, también. ¿Cuándo había dejado de creer que aquel sueño era posible? Ahora, casi sin darse cuenta, estaba un poquito más cerca o tal vez el *jet lag* la había emborrachado de optimismo.

El fin de semana lo iba a dedicar a dormir, a comer tortilla de patatas y jamón y a buscar el cuaderno. Se había comprado otro idéntico en Tokio y había empezado a dibujar en él, pero quería el viejo. Quería los dibujos que había allí.

En especial los del chico de las gafas.

No siempre las llevaba, pero no sabía su nombre y se refería así a él. El chico de las gafas y de la sonrisa que hacía que a ella le temblase el pulso y emborronase las páginas.

La primera vez que lo vio, pensó incluso que el vagón del metro la había electrocutado. Recordaba haber mirado si el asiento donde estaba sentada tenía alguna rebaba de metal suelta o algo que le hubiese podido producir ese efecto. El asiento estaba en perfecto estado, y había sido cosa de la sonrisa de aquel chico que sujetaba una vieja novela de bolsillo en una mano y que se había hecho a un lado para dejar salir a unos turistas cargados con tantos niños como maletas. Había tenido que dibujarlo, no había podido evitarlo.

Y la segunda vez tampoco.

Ni la tercera, ni la cuarta. Cada vez se decía a sí misma que tenía que levantarse y acercarse a él, aunque solo fuera para pedirle permiso para seguir dibujándole. Él tenía que haberse dado cuenta, pues la había pillado al menos tres o cuatro veces mirándole embobada. Seguro que él no le había dicho nada para no hacerle pasar un mal rato. El chico de las gafas no solo tenía una sonrisa demoledora y una mandíbula de infarto, sino que además parecía una buena persona. A Valentina se le daba bien fijarse en los detalles, su trabajo se basaba en eso, y se había fijado en todos los gestos de aquel desconocido: sonreía, era amable y, si estaba sentado, se levantaba y ofrecía su asiento a las personas mayores o a cualquiera que fuera cargado. Si estaba de pie se colocaba siempre de forma que no molestara a nadie. Además, tenía un excelente gusto literario. Hasta la fecha, todos los libros que había leído el chico de las gafas estaban también en su biblioteca.

A finales de verano, después de cruzarse con él tres veces seguidas, su hermana Penélope la había encontrado un día dibujándolo y le había preguntado quién era.

—No lo sé. Nadie. Un chico que viajaba en el mismo vagón que yo —le había respondido Valentina.

—A juzgar por el dibujo se diría que le conoces, y mucho.

Valentina volvía a sonrojarse al recordarlo.

—No, qué va. No le conozco de nada.

—Pues quizá deberías. —Su hermana era letal dando consejos—. O deja de dibujarlo.

Lo había intentado. Había intentado dejar de dibujarlo y casi lo había conseguido. Casi. Si no hubiese vuelto a encontrarse con él aquel último día. Le había dibujado con tantas ganas, como si sus manos volasen de alegría por encima de la página por haberlo visto de nuevo, que casi se había olvidado de bajar en su parada. Había tenido que salir corriendo del metro y hacer una carrera por toda la estación para llegar a casa con el tiempo necesario para hacer el equipaje antes de irse.

Seguro que el cuaderno había quedado escondido debajo de algún jersey o quizá se le había caído detrás de la cama o de la mesilla de noche. No sería la primera vez. O quizá lo había dejado en el baño, pues había preparado el neceser en menos de un minuto.

Estuviera donde estuviese iba a encontrarlo.

Tenía que encontrarlo.

Abrió el sustituto que tenía en el regazo y deslizó la punta del lápiz por el último retrato de esa página. Aunque había repetido el boceto, necesitaba volver a ver al chico de las gafas tal como le había dibujado aquel último viernes.

3

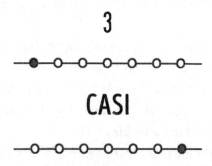

CASI

Óscar se estaba planteando seriamente la posibilidad de solicitar un nuevo número de teléfono. Los primeros días había recibido unas cuantas llamadas absurdas, pero justo cuando creía que lo peor ya había pasado apareció esa periodista pidiéndole permiso para hablar de su historia. Se había enterado a través de la encargada de Objetos Perdidos de la estación, eran vecinas, y la mujer, aunque no conocía todos los detalles, le había regalado la oreja sobre lo preocupado que parecía aquel chico tan guapo por devolver el cuaderno a su misteriosa propietaria.

Él se había negado en redondo (y en su cabeza había maldecido la fértil —y acertada— imaginación de la encargada de Objetos Perdidos), pero al parecer la periodista había hablado de él de todos modos en su programa; un programa del que Óscar nunca había oído hablar y que al parecer echaban cada tarde. El programa tampoco tenía tanta audiencia, pero el recorte donde hablaban del chico que buscaba a la chica del cuaderno amarillo salió en todos lados. Héctor y Ricky se encargaron de recopilarlos todos, por si Óscar se había perdido alguno, los muy cretinos.

La noticia no decía nada del otro mundo, a decir verdad, y no salía en ningún momento el nombre de Óscar ni tampoco su cara, pues él no les había dado permiso. Pero salía el anuncio y una «recreación de los hechos realizada por actores profesionales». Óscar quería morirse cuando su madre lo llamó para decirle que tendría que hacer algo para parecerse más al Óscar de dicha recreación y Alicia, con quien se suponía que había enterrado el hacha de guerra, le mandaba fotos casi a diario del actor en cuestión.

Las llamadas se incrementaron exponencialmente, igual que el surrealismo de las propuestas de las supuestas y supuestos propietarios de la libreta. Óscar les hacía a todos la misma pregunta: ¿qué hay en el cuaderno? y había respuestas que jamás lograría borrar de su mente y que todavía le producían escalofríos.

Aun así era reticente a cambiar de número. Ella aún podía llamarlo. Era posible que no hubiese visto el anuncio y que tampoco se hubiese enterado del reportaje o de los *memes* que habían hecho sobre su situación.

—Claro, si ha pasado el último mes en el Polo Norte —sugirió Héctor.

—O encerrada en un castillo de Transilvania con sus múltiples amantes —añadió Ricky, ganándose que Héctor le diese un codazo y le susurrase que así no ayudaba.

—Yo no me habría enterado —justificó Óscar.

—Pero tú eres... tú —puntualizó Héctor, a lo que Ricky asintió.

—Sí, y ella es ella.

—Vale, pero al menos reconoce que lo del anuncio no ha salido como esperabas. Si de verdad quieres encontrar a esa chica, tienes que hacer algo más.

—Eso, en el peor de los casos, suena a asesino psicópata y en el mejor, pero también reprobable y con una pena de cárcel menos grave, a acosador.. —La cara de Óscar dejó claro lo que opinaba de ambas circunstancias—. Quizá sea mejor dejar las cosas así. Si volvemos a encontrarnos, me acercaré a ella y le diré que tengo su cuaderno. Quizá ha visto el anuncio y la noticia y ha decidido que no quiere llamar. Tal vez le da igual haber perdido el cuaderno.

—Tal vez —secundó Héctor.

—Sí, claro, tal vez —Ricky terminó la conversación.

Ninguno de los amigos se creyó ni por un segundo la indiferencia y resignación de Óscar, pero zanjaron el tema porque sabían que, a pesar de que carecía de lógica, él lo estaba pasando mal. No lograban entender por qué una chica con la que no había hablado nunca era tan importante para él. No volvieron a mencionar el cuaderno y tampoco a su desaparecida propietaria, y en sus cabezas los dos siguieron buscando maneras de ayudarlo. Al menos se había animado a llamar a esa amiga de Alicia (Paloma, les había dicho Óscar que se llamaba) y tenía una cita con ella la semana siguiente.

No, Óscar no se había cambiado el número de teléfono ni había accedido a salir en televisión o en la radio y tampoco había colgado pósteres en el metro ni había contratado un anuncio más llamativo. No había hecho nada de eso. Lo que sí hacía era ir a la misma estación de metro cada viernes a la misma hora, la estación donde la había visto por última vez, y esperar allí durante un rato.

De momento no había tenido suerte. «De momento», se repetía cada viernes cuando por fin se subía a un metro para irse de allí. Llevaba más de un mes con aquel comportamiento y, aunque una parte de él le decía que no podía seguir así, otra insistía en que cualquier otra opción era impensable. Aunque solo fuera para devolverle el cuaderno, tenía que volver a verla.

El trabajo de Óscar no era excitante como el de Ricky, que era abogado en una agencia de representantes de jugadores de fútbol, actrices y famosos varios, ni trascendental como el de Héctor, que trabajaba en el departamento legal de una ONG dedicada al maltrato infantil, pero eso no significaba que no fuese importante o que a él no le gustase ni le resultase gratificante. A pesar de que en muchas películas los encargados de Recursos Humanos de una empresa aparecían representados como robots o seres sin alma al servicio del diablo, él defendía que eran justo lo contrario. Lo que le había llevado más de un disgusto, eso también tenía que reconocerlo. Igual que tenía que reconocer que había partes de su trabajo que odiaba, como por ejemplo la que tenía aquel día: una reunión en una multinacional en el centro de la ciudad para compartir técnicas de motivación y de incremento de la productividad. Él había intentado explicarle a sus jefes que su empresa, una editorial especializada en mapas y guías de viaje, tenía poco o nada en común con un imperio que incluía desde revistas hasta canales de televisión. Tenemos que estar, le habían respondido, lo llaman *networking*.

Esa mañana, anticipando la jornada de *networking* y el dolor de cabeza que esta le conllevaría, Óscar se había tomado un café doble mientras transcribía en unas tarjetas los puntos básicos de los que iba a tratar su charla. Sí, además de asistir tenía que dar una charla. Todo genial. Llevaba el ordenador, por supuesto, pero siempre le había resultado más útil escribir los datos importantes a mano en esas tarjetas y repasarlas durante el trayecto o en los ratos muertos que solían abonar esa clase de encuentros. Fue a la estación de metro y buscó la línea que no solía utilizar habitualmente porque era la mejor para llegar al edificio de Mordor. El vagón estaba bastante lleno, así que se abrió paso como pudo hasta el lateral de la puerta y se sujetó de la barra con una mano para extraer con la otra una de las tarjetas del bolsillo del pantalón. Iba más arreglado que de costumbre; no se lo había exigido nadie, pero aquel atuendo era una especie de protección, algo así como un disfraz. Los zapatos con cordones, el pantalón gris más ajustado y la camisa blanca producían el mismo efecto que la capa de invisibilidad de Harry Potter. Era un atuendo tan común entre los trabajadores de la multinacional que nadie se fijaría en él.

Tras extraer la primera tarjeta, la releyó sin prestarle demasiada atención. Se sabía de memoria los criterios que regían su departamento; los había escrito él. Había sido uno de sus primeros trabajos, ya que los más veteranos habían conseguido esquivar el encargo. Se bajó un poco las gafas y se apretó el puente de la nariz. El dolor de cabeza estaba llegando antes de lo previsto, así que sería mejor que cerrase los ojos e intentase relajarse. El vagón se detuvo y el cochecito de la compra de una señora le dio un golpe al salir. La mujer farfulló una disculpa y Óscar iba a decirle que no pasaba nada cuando vio que de la puerta del vagón anterior salía ella.

La chica del cuaderno amarillo.

Tardó unos segundos en reaccionar. Parpadeó dos veces para ver si así la imagen se desvanecía cual espejismo, pero ella seguía allí, caminando, alejándose para subir la escalera y dejar el metro atrás.

Saltó del vagón sin pensarlo; la puerta casi capturó su pie izquierdo, pero no le importó. Corrió tras ella. Esa estación estaba llena de gente y que fuera hora punta no ayudaba nada. Óscar iba esquivando y pidiendo perdón a todo el que golpeaba en su frenética carrera. Ella había subido la escalera, pero en vez de salir a la calle, lo que sin duda habría facilitado la vida a Óscar, había optado por girar hacia la derecha y dirigirse hacia la escalera mecánica que conducía al andén exterior.

Iba a subirse a otro tren, probablemente el que anunciaban por los altavoces y que estaba a punto de salir.

Ella estaba en lo alto de la escalera mecánica y Óscar en el otro extremo. Ojalá supiera su nombre, pensó por encima del ruido ensordecedor que causaba el corazón golpeándole las costillas. Ojalá pudiera llamarla por su nombre y no solo ahora.

La escalera se detuvo. Un adolescente había tenido la genial idea de apretar el botón de alarma y la maquinaria se había detenido en seco. El señor que iba delante de Óscar trastabilló y casi le cayó encima, varias bolsas y maletas se sacudieron y la acompañante del causante de todo empezó a cuestionar la inteligencia de su amigo en voz alta. La chica del cuaderno saltó el último escalón y miró hacia el andén; lo tenía a pocos metros y acababa de sonar el último timbre. Como si acabase de tomar una decisión, se colocó bien la bolsa que llevaba colgando del hombro y se puso a correr, pero antes...

—Espera —la palabra escapó de los labios de Óscar sin su permiso.

Era imposible que ella le hubiese oído, había demasiado ruido; la gente quejándose, el pitido de la escalera porque se había disparado su alarma, los timbres de los distintos trenes de la estación. Casi imposible.

Ella se giró, tal vez porque quería asegurarse de que no se le había caído nada al suelo tras la sacudida o tal vez algo la había impulsado a hacerlo. Se giró y sus ojos se encontraron con los de Óscar.

La sorpresa y la sonrisa de ella al reconocerlo hizo que Óscar diese un paso hacia delante y que el caballero de antes lo insultase por haberlo pisado y no tener paciencia.

Sonó el timbre del tren que estaba en el andén y ella giró la cabeza hacia allí mordiéndose el labio inferior. Fuera cual fuese su destino, a Óscar le resultó evidente que ella tenía que llegar a él y decidió que valía la pena provocar la ira de todos los pasajeros que, como él, habían quedado atrapados en esa escalera mecánica si con ello conseguía llegar a tiempo de hablar con ella.

Óscar subió un escalón.

Ella movió los labios y pronunció un «Lo siento» sin voz antes de iniciar una vertiginosa carrera hacia el tren. Corrió sin mirar atrás, sin despedirse y sin ver que Óscar saltaba los escalones tras ella.

Un último silbido.

Las puertas se cerraron.

La chica del cuaderno había conseguido entrar.

Cuando Óscar llegó por fin al andén, el tren ya se alejaba. Apoyó las manos en las rodillas e intentó recuperar el aliento, que no le había robado solo la carrera.

Casi.

Casi había conseguido hablar con ella y ahora sabía que ella también lo reconocía, que cuando se cruzaban en el metro y se miraban no era solo casualidad.

Tardó varios minutos en deshacer el camino y llegó tarde a la reunión, aunque ahora se alegraba de que la hubiesen convocado y de que le hubiesen invitado. Ella no le había preguntado cómo se llamaba y, probablemente, ni siquiera sabía que él tenía su cuaderno amarillo, pero le había mirado y sonreído; algo mejor, le había reconocido, y Óscar sentía en sus entrañas que, de haber podido, ella no se habría subido a aquel tren.

—Óscar, Óscar —lo llamó el maestro de ceremonias del encuentro.

—Sí, perdón. —Tenía que centrarse—. Dime.

—Es tu turno. Tu presentación —le especificó ante la perplejidad de Óscar.

—Sí, claro, por supuesto.

Todavía no sabía cómo había salido airoso (un par de asistentes incluso lo felicitaron al terminar), pues en su cabeza no había podido dejar de pensar en las posibilidades que tenía de volver a encontrarse con la chica del cuaderno cuando saliera de allí.

Ojalá supiera su nombre. Necesitaba saberlo. Ricky le había sugerido que eligiese uno al azar, cualquiera que le gustase, pero Óscar se negaba a hacerlo. Quería llamarla por su nombre de verdad.

Pilló el metro de vuelta a casa y la buscó en cada rincón sin hallarla. ¿Cuánto tiempo más podía seguir así? Buscándola siempre y apenas encontrándola, sin llegar nunca a hablar con ella. Hoy casi lo había conseguido. Casi.

Si era sincero consigo mismo, no le bastaba con aquel «casi».

Nunca se había encontrado con el chico de las gafas en esa estación y cuando lo vio al final de la escalera mecánica pensó que se lo estaba imaginando. Al fin y al cabo, llevaba toda la mañana (y varios días) haciéndolo. No podía quitárselo de la cabeza desde que había vuelto de Tokio y, si no fuera una tontería, diría que era porque le echaba de menos. Llevaba demasiados días sin verlo y, como todavía no había encontrado el cuaderno amarillo, no había podido ver los dibujos que había hecho de él. Quizá tendría que seguir el consejo de Penélope y acercarse a la estación donde guardaban los objetos perdidos de la línea de metro. Ella insistía en que era imposible, pero tal vez sí que se lo había dejado en el vagón o se le había caído al bajarse del tren y alguien lo había encontrado. Si tenía tiempo, decidió que se pasaría por Objetos Perdidos; haberse cruzado con el chico de las gafas le traería suerte. Valentina todavía temblaba cuando ocupó su asiento en el tren.

Los trámites burocráticos le daban siempre mucha pereza y todavía se sentía como una niña insegura cuando tenía que enfrentarse a ellos. No importaba la cantidad de veces que ya lo había hecho; cada vez que tenía que ir a Hacienda o al Ayuntamiento se ponía mala y renovar el pasaporte lo consideraba una tortura. Por eso retrasaba siempre lo máximo posible esas tareas, como si así fueran a desaparecer. Pero nunca desaparecían, obviamente, y esa mañana se había despertado y se había resignado a acudir a la cita que tenía en la comisaría para renovar el pasaporte. Le caducaba al cabo de un mes y, si quería presentar su candidatura en la escuela de Hibiki, no podía arriesgarse a que le venciera. Era casi imposible que la aceptasen, pero ahora que había decidido presentarse cada vez tenía más ganas de que sucediera el milagro. La posibilidad estaba allí y hoy, además, había visto al chico de las gafas. ¿Cuántas posibilidades había de que aquel encuentro casual sucediera precisamente hoy? Pocas. Ella no solía estar en esa estación y algo le decía a Valentina que él tampoco.

Se habían encontrado en una estación donde nunca habían coincidido y a una hora completamente distinta a la de sus anteriores encuentros. Le había visto y casi había escuchado su voz. Él le había pedido que esperase. No podía estar segura de que se lo hubiera pedido a ella, pero Valentina quería creer que sí. Le gustaba pensar que ella no era la única que se montaba películas enteras en la cabeza cuando se veían.

Por eso se había dado media vuelta antes de salir a la carrera hacia aquel maldito tren, porque había tenido la sensación de que él le había hablado a ella y no al energúmeno que había detenido la escalera mecánica. Era imposible, había demasiado ruido, y sin embargo estaba convencida de que había sido así.

Le había mirado; seguro que se había sonrojado y no le importaba. Él estaba algo distinto, llevaba camisa, como si tuviera una reunión importante, y el pelo peinado hacia un lado, a pesar de que un mechón le caía en la frente. ¿Había estado corriendo? No se atrevió a imaginarse que había corrido tras ella. Las gafas eran las de siempre y la sonrisa también. La sonrisa casi había estado a punto de detenerle el corazón.

Si no hubiese tenido que subirse a aquel tren... Había intentado disculparse, aunque no estaba segura de que él le hubiese leído los labios. Tendría que haber gritado. Al menos tendría que haberle preguntado cómo se llamaba. Pero no había tenido tiempo. Ojalá no hubiera tenido que salir corriendo. Perder esa hora en la comisaría le complicaría mucho la vida.

Soltó el aliento. De nada servía pensar qué habría hecho si no hubiera tenido que subirse a aquel tren porque allí estaba, sentada en ese vagón con el corazón en un puño y con cosquillas en los dedos de las ganas que tenía de volver a dibujarlo.

Casi había hablado con él.

Casi.

Estaba claro que sus encuentros desafiaban cualquier cálculo de posibilidades. Al menos Valentina quería creerlo así. Volvería a verlo y la próxima vez sería distinto.

Abrió el cuaderno y trazó las primeras líneas, las de su mandíbula, después bajó por el cuello y siguió con la camisa. Las gafas y la sonrisa las dejaría para el final, igual que los ojos. Cuando terminó deslizó la mirada por el retrato. Valentina había dibujado a un sinfín de desconocidos; lo hacía para practicar y porque era un reto intentar capturar la esencia de alguien con quien nunca había hablado. Ella lo veía así, capturaba el instante de la vida de alguien a quien ella no volvería a ver jamás.

Con el chico de las gafas era distinto, ya que desde el primer día, desde el primer dibujo, había tenido el presentimiento de que a él sí volvería a verlo.

Quizá había llegado el momento de no dejar esos encuentros en manos del destino. Quizá el destino ya había hecho su parte.

Tuvo una idea. Ojalá tuviera su antiguo cuaderno amarillo; todavía no se había recuperado del disgusto de haberlo perdido. En ese cuaderno había dibujado al chico de las gafas con una bolsa con el logotipo de una empresa, pero quizá si hacía memoria conseguiría recordarlo y volver a dibujarlo. Era un tiro al aire, pero quizá funcionaría. Sabía donde solía pillar él el metro y buscaría si alguna de las empresas cercanas a la estación tenían ese logotipo, si lograba recordarlo.

Haría memoria y seguiría buscando su viejo cuaderno. Tenía que estar en alguna parte y si no siempre quedaba la opción de Penélope e ir a la Oficina de Objetos Perdidos del metro a ver si, por algún milagro, lo tenían allí.

Cuando volviera encontraría la manera de dar con el chico de las gafas y hablar con él.

Cuando volviera.

Ojalá no fuera demasiado tarde.

4

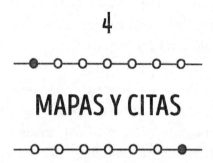

MAPAS Y CITAS

Óscar no había vuelto a encontrarse con ella ni había vuelto a poner ningún anuncio en el periódico. No pensaba en ello, al menos no demasiado, y cuando lo hacía sacudía la cabeza y se reprendía por no haberse acercado a ella cuando había tenido la oportunidad. Lamentarse, a pesar de que no servía de nada, era lo único que le quedaba. Intentaba no buscarla en cada estación de metro o de tren, y aunque no siempre lo conseguía, quizá desde hacía un par de días ya no se le aceleraba tanto el corazón cuando un vagón se detenía delante de él y abría las puertas. O quizá sí.

Su jefe, el señor Ramón, acababa de llamarlo al despacho, así que guardó el archivo en el que estaba trabajando y se levantó de la silla. Mientras recorría el pasillo se aseguró de tener el móvil en silencio y en la pantalla se encontró un mensaje de Ricky recordándole que esa tarde habían quedado para salir a correr. Le respondió con un emoticono y devolvió el móvil al bolsillo; le iría bien hacer ejercicio y seguro que Ricky se encargaría de recordarle que era un idiota por darle tantas vueltas a algo que ya no tenía remedio.

No sabía que esa tarde tendría muchas más cosas que contarle a su amigo.

—¿Cómo que tu empresa se traslada? ¿Dónde? ¿Y por qué? —Ricky estaba tan perplejo como Óscar.

—Hemos crecido demasiado, les va demasiado bien. No te imaginas la cara que tenía Ramón; cualquiera diría que me estaba comunicando el cierre y no una expansión —le respondió Óscar, intentando mantener el ritmo de la respiración mientras corrían—. Él quiere ese despacho como si fuera un hijo, diría que incluso más que a alguno de ellos. Odia la idea del traslado.

—Es su empresa, si no quiere trasladarla que no lo haga —señaló Ricky, quien al parecer todavía podía respirar perfectamente.

—Se lo he dicho, pero no es posible. Falta espacio y donde están ahora ya no pueden crecer. No hay nada que hacer, dentro de un mes estaremos en el nuevo edificio.

—Bueno, lo cierto es que la zona del 22@ le pega más a tu empresa.

—No es mi empresa.

—Ya me entiendes. —Ricky se detuvo de golpe y se secó el sudor de la frente—. Espera un momento. Este mal humor es porque vas a tener que cambiar de línea de metro. Todavía me acuerdo de esa semana que te pasaste haciendo excursiones a esa otra estación porque te la habías encontrado allí. Tienes miedo de no estar en la estación adecuada el día adecuado.

No fue una pregunta.

—¿Qué? ¡No! —Óscar reanudó la marcha sin esperarlo—. No digas tonterías.

—¡Es por eso! —Ricky aceleró y lo atrapó en pocos segundos—. Es por eso.

Óscar apretó los dientes y apresuró el paso. Se preparó para el discurso de Ricky, con el que le diría que tenía que dejar de pensar en una chica a la que ni siquiera conocía y centrarse de una vez.

—Mira, Óscar, sé que a veces es difícil dejar de pensar en alguien. ¡Joder! A veces es incluso imposible.

Ricky lo tomó tan desprevenido que Óscar giró la cabeza para asegurarse de que su amigo no le estaba tomando el pelo. Lo encontró con la mirada fija hacia delante y los puños cerrados tan fuertes que hasta vibraban.

—¿Estás bien, Ricardo? ¿Te ha sucedido algo?

—Tienes que dejar atrás a la chica del cuaderno amarillo, olvidarte de ella.

Óscar esperó a que su amigo añadiera algo más, sin embargo, se quedó en silencio y apretó el ritmo.

—Tienes razón —aceptó y añadió después—: ¿De verdad estás bien?

—Lo estaré, no te preocupes por mí.

—¿Es por tu jefa? ¿Por esa chica con la que insistes que nunca ha sucedido nada? —insistió Óscar, porque a pesar de que era evidente que Ricky no tenía ganas de hablar, también lo era que necesitaba hacerlo.

Ricky soltó el aliento y lo sorprendió al contestar:

—En la universidad fui un capullo. Todos lo fuimos en algún momento, probablemente, pero yo... —Sonrió por entre el cansancio—. Yo fui el mayor capullo de todos los tiempos.

—No fue para tanto.

—Sabes que sí. Hubo una fiesta en la que coincidí con Bea, mi jefa, y no me porté muy bien. Y ella no está dispuesta a olvidarse de ello. Y la verdad es que no debería hacerlo, pero, ¡joder!, he cambiado.

—No sé de qué estás hablando, Ricky.

—La cuestión es que hay personas que, por un motivo u otro, no te puedes arrancar de la cabeza, aunque te olvides de su nombre o de su cara. No te las puedes arrancar, ¿me entiendes?

Quizá la frase no tuviera sentido, pero Óscar entendió a la perfección el sentimiento al que se refería Ricardo y asintió.

—Pero eso no significa que sea saludable. A veces lo mejor es olvidar. O resignarte a no volver a pensar en ello.

Terminaron la carrera en silencio, sin volver a hablar de ese tema ni de ningún otro hasta que se despidieron en la misma esquina donde se habían encontrado un par de horas antes.

—Este sábado he quedado con Paloma, la amiga de mi prima.

Ricky frunció las cejas.

—¿No habíais quedado la semana pasada?

—Sí, pero a Paloma le surgió algo a última hora y tuvimos que posponerlo. Un familiar llegó de viaje y tuvieron una especie de celebración improvisada. Nos hemos mandado un par de mensajes estos días.

—Genial. ¿Nos vemos el viernes?

—Claro.

El semáforo se puso en verde, Ricky asintió a modo de despedida y cada uno se dirigió a su casa. Óscar tuvo el presentimiento de que el viernes, cuando coincidieran también con Héctor en el bar de siempre, Ricky no mencionaría nada sobre sí mismo ni sobre aquellas respuestas tan raras que hoy le había dado. Al menos, pensó mientras se duchaba, no era el único de sus amigos que estaba hecho un lío.

El sábado a las siete de la tarde Óscar y Paloma entraban en el Parque del Laberinto de Horta en Barcelona. Brillaba el sol y hacía calor, pero soplaba una agradable brisa que insistía en despeinar la larga melena rubia de Paloma. Ella sonreía y se colocaba un mechón detrás de la oreja derecha.

—No puedo creer que sea la primera vez que vengo —afirmó cuando se detuvieron ante la escultura de Eros, justo en el corazón del laberinto—. Es precioso.

—Lo es. —Óscar se alegraba de haber escogido aquel lugar. Esa mañana había tenido sus dudas; había visitado el jardín de pequeño varias veces y le fascinaba desde entonces, pero nunca había llevado allí a nadie—. ¿Cuándo te mudaste aquí?

—Hace cinco años. La ciudad siempre me había gustado y ya tenía varios amigos aquí, como tu prima, así que cuando me surgió la oportunidad la aproveché. ¿Tú has vivido en alguna otra ciudad?

Óscar sonrió.

—Me temo que en ese sentido no soy nada aventurero. Siempre he vivido aquí, exceptuando el Erasmus que hice en Dublín, pero no quiero echar a perder la imagen que tienes de mí con anécdotas de esos meses.

—¡Oh, vamos! Tienes que contármelo. Ya sabes lo que dicen: lo que pasa en un Erasmus no cuenta.

—¿Eso dicen?

Paloma se encogió de hombros.

—Ni idea; estoy intentando convencerte para que sueltes la lengua y me cuentes todos tus secretos.

—¿Todos? ¿Ahora?

—Bueno, quizá podríamos empezar por uno y ver qué pasa. Y eso vale para los dos, ¿qué te parece?

La miró. El sol empezaba a despedirse de la ciudad y la sonrisa de Paloma hacía que le brillasen los ojos y que él quisiera creer en principios felices. Era mejor creer en principios que en finales, Óscar siempre lo había visto así.

—Me parece una gran idea.

Estaba en el aeropuerto a punto de embarcar. Volvía a irse a Tokio y no tenía con ella su viejo cuaderno amarillo ni había vuelto a encontrarse con el chico de las gafas. A pesar de que le dolía no haber visto otra vez al chico de las gafas, entendía los motivos por los que no se había encontrado con él. Con tanto ajetreo, apenas había utilizado el metro durante las últimas semanas y, cuando lo había hecho, había sido en horas muy distintas a las habituales. Desde que había hablado con sus jefes y les había contado que tenía intención de presentar su candidatura en los estudios de Hibiki en Japón, estos se lo habían puesto todo muy fácil. Cierto que a ellos les iba muy bien que una persona como ella (joven, sin un sueldo astronómico y que les estaba pidiendo un favor) estuviera dispuesta a quedarse a vivir allí tanto tiempo. Valentina había deducido que la mayoría de *juniors* como ella se cansaban pronto de viajar tan lejos tan a menudo. Su situación era inusual, como siempre. Le habían puesto muchas facilidades y esas últimas semanas habían accedido, incluso, a que trabajase desde casa si le hacía falta para preparar mejor su portfolio o para hacer gestiones para el posible traslado. Valentina había vaciado el piso de alquiler; se le acababa el contrato y no tenía sentido que lo renovase y siguiera pagando si iba a pasarse tanto tiempo fuera. Además, su hermana le había cedido un espacio en su casa para dejar la ropa que no se llevaba y sus pocas pertenencias.

Había aprovechado bien el tiempo, lo tenía todo listo, y también había aprovechado cualquier excusa para bajar al metro. Dos días atrás había hecho un trayecto absurdo para ir a comprar algo que le había pedido Penélope. Habría tardado menos a pie, pero ella había pillado el metro por si tenía suerte y se encontraba con el chico de las gafas. No la había tenido.

Lo del cuaderno era peor. Había puesto la habitación patas arriba, el comedor, la cocina. Nada. El cuaderno no estaba en ninguna parte. A pesar de que sabía que era absurdo, porque no lo había llevado nunca allí, también lo había buscado en casa de sus amigos y de su familia y en el trabajo. Finalmente había seguido el consejo de su hermana y había ido a la Oficina de Objetos Perdidos del metro de Barcelona. Era una oficina de lo más triste, llena de cascos de moto, bolsas y cajas imposibles de identificar. La señora que la atendió había sido muy antipática en un primer momento; apenas la miró a la cara cuando le explicó que era imposible que encontrase algo que había perdido hacía meses y que ni siquiera estaba segura de haber perdido en el metro. Valentina persistió y, aunque la señora no se lo había preguntado, empezó a contarle cómo era el cuaderno que buscaba. Al oír las palabras «cuaderno amarillo», la señora reaccionó como si le hubiera caído un rayo; abrió mucho los ojos, pintados con una escandalosa sombra azul, y la miró. «¿Un cuaderno amarillo, dices?», le preguntó, a lo que Valentina respondió, esperanzada, con más detalles que la mujer escuchó como si estuviera frente al desenlace de su serie favorita. «¿Lo ha encontrado alguien, lo tiene usted por aquí?», insistió Valentina al terminar su relato. La mujer suspiró, alargó una mano para tomar la que Valentina tenía en el mostrador y le contó que no, que no tenía el cuaderno, y que lo sentía muchísimo porque entonces esa historia acabaría de otra manera y ella podría contárselo a todo el mundo cuando vinieran los de la tele o los de la prensa a entrevistarla. Valentina no entendía nada y la señora, consciente de su público cautivo, le relató con pelos y señales cómo un chico joven y muy guapo había acudido a la Oficina de Información donde ella estaba destinada antes para preguntarle dónde estaba la Oficina de Objetos Perdidos y qué hacían allí con ellos. «Le expliqué —siguió la señora— que la mayoría de las cosas acababan en beneficencia o en la basura, y él me miró tan horrorizado como tú ahora. Cuando me trasladaron aquí le pregunté a Paco (él estaba aquí antes y ahora se ha jubilado) si el chico había pasado por aquí y había dejado algo. Paco se rio de mí; me dijo que era una romántica y que lo más probable era que el chico fuese un acosador. Aun así, Paco me aseguró que el chico no había dejado ningún cuaderno, pero sí un sobre». Valentina, que en ese momento tenía el corazón en un puño, le preguntó entonces por el sobre en cuestión. La señora volvió a sujetarle la mano como si estuviera dándole el pésame y le dijo: «Dejó un sobre, pero Paco lo tiró al cabo de un par de meses. Lo siento».

Valentina no se había recuperado todavía de la impresión. Su hermana Penélope tenía razón; se había dejado el cuaderno amarillo en el metro y alguien lo había encontrado. ¿Por qué no le había hecho caso y había ido allí antes? ¿Qué ponía en esa carta que Paco tan amablemente rompió antes de jubilarse? ¿Era una ilusa por creer que el cuaderno estaba ahora en manos del chico de las gafas? ¿Le estaba pidiendo demasiado al destino? Seguramente. ¿Existía la posibilidad de que él, precisamente él, hubiese encontrado el cuaderno? Y si era así, ¿qué pensaba ahora de ella? Si él tenía el cuaderno seguro que había visto los dibujos.

Y esa posibilidad sí que hacía que a Valentina se le acelerase el corazón y le ardieran las mejillas, porque no sabía si estaba preparada para que el chico de las gafas conociera esa parte de ella.

Tal vez no lo había encontrado él. Quizá el joven guapo al que se había referido la señora de la Oficina de Objetos Perdidos era otro y ahora su querido cuaderno estaba en el fondo de un basurero o lo habían convertido en cenizas y reciclado.

Fuera como fuese, el cuaderno no estaba en ninguna parte y a ella le escocían los ojos cada vez que se decía a sí misma que tenía que asumir que lo había perdido para siempre. Le escocían los ojos y se le retorcía el estómago. No se veía capaz de resignarse a la idea de haberse quedado sin esos dibujos. Había intentado repetirlos todos, los de su sobrina, los esbozos del parque... Cualquier garabato que le había pasado por la cabeza y que había ido a parar a ese viejo cuaderno lo repetía ahora en el nuevo con la esperanza de que así su imaginación adquiriera poderes sobrehumanos y recordase cada detalle, por pequeño que fuera. No había funcionado.

Al chico de las gafas sí conseguía dibujarlo (algo le decía que siempre podría hacerlo), pero el logotipo de la empresa donde supuestamente él trabajaba, no. Había dibujado distintas combinaciones de letras y formas y había buscado como una posesa por las páginas amarillas, Google Maps y cualquier otra opción posible y sí, había hecho una especie de lista, pero ¿qué podía hacer? ¿Llamar y preguntar si allí trabajaba un chico alto, moreno, con gafas y con la sonrisa ladeada? Tendría suerte si no la insultaban antes de colgarle el teléfono. Esa idea había sido una estupidez, una de esas ideas absurdas que solo salen bien en las películas de Hollywood.

La otra opción, sin embargo, la de resignarse, no se la había planteado porque sabía que de un modo u otro iba a encontrarse de nuevo con él. Lo sabía.

—¡Eh, Valentina! ¿Estás lista para embarcar? Ya han abierto la puerta de nuestro vuelo.

Levantó la mirada. Se había pasado los últimos minutos con los ojos fijos en las baldosas del aeropuerto, pensando en el chico de las gafas y buscando flores imaginarias en el estampado del mármol. Elías la observaba paciente, él siempre lo era.

—Sí, estoy lista. —Se levantó y se colgó el bolso del hombro—. ¿Vamos?

Elías le sonrió.

—¿En qué estabas pensando? Parecías algo preocupada.

—He perdido mi cuaderno amarillo, el viejo —añadió cuando él clavó la mirada en el cuaderno que ella sujetaba en la mano.

—Lo encontrarás, ya lo verás. Seguro que está debajo de alguno de esos montones de papeles que tienes en tu mesa.

—¿Te estás burlando de mí?

Podría contarle lo del metro, hablarle de la señora de la ventanilla de Objetos Perdidos, pero eligió no hacerlo. Quería quedarse esa historia para ella.

—No, bueno, vale, quizá un poco. Los dos sabemos que no eres lo que se dice ordenada.

—Soy ordenada a mi manera. Tú podrías dirigir un ejército.

—Cierto.

Elías le entregó al empleado de la compañía aérea su perfecta tarjeta de embarque junto con el pasaporte abierto en la página correcta y completamente alineado para que pudiese leerlos ambos sin moverlos. Valentina le dio la tarjeta arrugada (la había doblado para meterla en el bolso) y tuvo que buscar la página del pasaporte. Dentro del avión ocuparon sus asientos, uno al lado del otro, y se dispusieron a pasar las trece horas de vuelo hasta Japón.

Cuando a Valentina le preguntaban dónde trabajaba ella, respondía que en una fábrica de colores. Seguro que el Departamento de Dirección se quejaría si lo supiera, pues era una manera muy simplista de definir el alcance de lo que hacía esa compañía, pero eso era a lo que se dedicaban: a hacer colores. Fabricaban las tintas físicas que después se vendían a las imprentas de casi todo el mundo y también las imágenes de las tintas que aparecen en las pantallas de los ordenadores. Era algo difícil de explicar, aunque Valentina conseguía hacerlo muy bien. Ella decía: «¿Cómo sabes que el azul de la pantalla de tu ordenador es el mismo azul que el de la mía? Pues porque yo o alguno de mis compañeros nos hemos asegurado de que lo sea».

De entrada podía parecer un trabajo poco o nada creativo; la misma Valentina lo había creído así el primer día que entró allí para hacer prácticas como estudiante y, en contra de todo pronóstico, la enamoró por completo. Sí, había días aburridos, pero otros, como cuando se pasó una semana buscando el lila perfecto para las ilustraciones de un cuento infantil antes de que lo mandasen a imprenta, se sentía como si fuera una especie de maga. O quizá un hada, como la llamaba una de sus sobrinas, el hada de los colores.

Ahora Elías y ella iban a pasarse dos meses en Japón porque su empresa se había fusionado con una local y tenían que sincronizar su departamento, el Departamento de Colores, con el japonés. A ella siempre le había fascinado el país nipón, el modo en que tenían de enfocar el arte y sus distintas facetas, la importancia que le daban a cada detalle. En su último viaje había asistido a una reunión en la que se habían pasado dos horas hablando de los distintos matices que podían tener las hojas y las flores de un cerezo. En Barcelona probablemente lo habrían solucionado con un «¿De verdad tiene que salir ese árbol en esa escena? ¿No podemos quitarlo?».

Cerró el cuaderno. Había estado dibujando al pequeño Miguel, su último sobrino. Tenía muchos, pero nunca demasiados. El padre de Valentina, al que ella adoraba aunque no siempre se llevase bien con él, se había casado tres veces y por eso ella tenía un montón de hermanastros y hermanastras y de primas que en realidad no lo eran o sí lo eran, según con quién hablases. Ella había dejado de buscar etiquetas y simplemente se sentía muy afortunada de tener a tanta gente en su familia, a pesar de que cuando estaba con la mayoría de ellos, se sentía como una invitada, una conocida a la que trataban con cordialidad. La única con la que era distinto era Penélope. Ella era la única a quien verdaderamente echaría de menos si la aceptaban en el curso de Hibiki y alargaba su estancia en Japón. No quería pensar en eso ahora; le daba vértigo y tenía bastante con sufrir por las posibles turbulencias o averías imaginarias del avión. Guardó el cuaderno porque vio que iban a servirles el almuerzo o la cena, ya había perdido la noción del tiempo, antes de aterrizar y despertó a Elías.

—¡Eh! Despierta y no pongas esa mala cara. Me pediste que te despertase. —Le sacudió por el hombro de nuevo—. Me dijiste que si no comías o bebías algo antes de aterrizar no servirías para nada.

—Está bien, está bien —farfulló—, deja de sacudirme.

—Usted perdone —se burló—. Veo que eres de los que necesitan mimos por la mañana.

—Quizá. —Estiró los brazos—. Quién sabe, diría que todo depende de quién haga los mimos. —Le guiñó el ojo—. ¿Qué toca ahora, cena, almuerzo, desayuno?

—No tengo ni idea.

Los dos sonrieron y aceptaron las bandejas.

Elías era un par de años mayor que Valentina. Se habían conocido una mañana en el trabajo, cuando ella todavía estaba estudiando la carrera de Bellas Artes y era la becaria del departamento. Él era químico y se encargaba de que las combinaciones que a veces sugería Valentina para las tintas físicas no fuesen dañinas para los humanos y no hicieran estallar las máquinas. Él exageraba al explicarlo así, aunque algo de razón tenía. Se habían hecho amigos casi al instante, después de que él le pidiese salir una semana después de conocerla y de que ella lo rechazase aduciendo que no quería salir con alguien del trabajo, y mucho menos justo después de empezar. Él había asentido y le había dicho: «Bueno, pues entonces seremos buenos amigos». Y lo eran.

De vez en cuando, como si fuera una especie de tradición o una broma entre los dos, Elías volvía a pedirle una cita «no como amigos», justificándolo con que ahora ya no era nueva en el trabajo y, de todos modos, casi todo el mundo creía que salían juntos.

Era cierto, no había manera de convencer a ninguno de sus compañeros de que ellos dos solo eran amigos. Vale, ellos no ayudaban, pues a menudo llegaban juntos a los actos sociales de la empresa porque Elías pasaba a recogerla o porque ella se detenía en casa de él de camino, pero nada más. Y solían comer juntos al menos un par de veces por semana, pero solo porque sus trabajos les llevaban a coincidir casi a diario.

Y no podía negar que existía química entre los dos.

Y ahora iban a pasar dos meses juntos en Japón. En habitaciones separadas, por supuesto, pero en el mismo apartamento porque ellos habían insistido en que no tenía sentido que alquilasen dos con lo bien que se llevaban.

Además, Elías no tenía ningún problema en lo que a citas se refería. Hablaba poco de ellas, pero desde que lo conocía había tenido dos relaciones serias, de la última hacía un año, y Elías no había salido muy bien parado. Valentina le había consolado y lo cierto es que seguía sin entender por qué esa chica lo había dejado. Elías no solo era listo y atractivo, sino que además tenía un excelente sentido del humor y estaba al tanto de la «situación con el chico de las gafas». Siempre levantaba las manos y dibujaba comillas en el aire con los dedos para referirse a él, e incluso se había ofrecido a ayudarla para encontrarlo. Valentina se había negado de momento.

—Por cierto, ¿llegaste a encontrar alguna pista sobre el chico de las gafas? —le preguntó como si le hubiese leído la mente.

—No, por ahora nada.

—¡Vaya! Lo siento. —Engulló el zumo de naranja—. No te preocupes, seguro que cuando vuelvas tendrás más suerte.

—¡Quién sabe!

—¡Eh! No pongas esa cara. —Le levantó el rostro sujetándola por el mentón y le sonrió—. Piensa que quizá te has salvado de una buena. Puede que el chico sea un imbécil; no todos pueden ser como yo.

—No, claro que no —sonrió y Elías se apartó porque había conseguido su objetivo.

—Me alegro de que lo tengas claro.

En Tokio las primeras semanas pasaron sin que Valentina tuviera tiempo de respirar ni de pensar en nada excepto trabajo. Cuando llegó el viernes lo único que quería hacer era volver al pequeño apartamento que les habían alquilado a ella y a Elías y desmayarse en el sofá.

—¡Ah! Todavía estás aquí. —Una de sus compañeras, una alemana instalada en Tokio desde hacía varios años, apareció frente a su mesa—. ¿Puedo pedirte un favor?

—Claro —aceptó; bien podía esperar media hora más—. Dime.

—¿Puedes mandar un correo a esta empresa de Barcelona? Mi ordenador ha muerto y tengo que irme ya.

—Claro —repitió y la alemana suspiró aliviada y le dejó un papel en el escritorio antes de salir disparada, gritándole que no hacía falta que fuese muy formal, que el chico que iba a recibirlo era encantador.

El correo decía así:

Hola, Óscar:

Soy Valentina. Helga me ha pedido que te escriba en su nombre.
Su ordenador ha pasado a mejor vida.
    ¿Puedes mandarme a mí los contratos?

Gracias y saludos (agotados) desde Tokio,

Valentina

Recibió la respuesta unos minutos después, pero ella ya había apagado el ordenador porque era tarde y con la diferencia horaria era imposible que contestasen. Esto es lo que decía:

Hola, Valentina:

Estos son los contratos que necesita Helga. Gracias por escribir en su nombre. Dale el pésame por su ordenador; espero que el pobre no haya sufrido demasiado.

Saludos desde Barcelona,

Óscar

Por cierto, ¿qué significa exactamente lo de «creadora de colores»? Lo he visto en tu firma.

No le digas a nadie que sigo aquí a estas horas. He tenido una semana complicada.

Óscar esperó a ver si recibía respuesta, pero pasados unos minutos sin éxito volvió a centrarse en lo que estaba haciendo. Estaba solo en la nueva oficina y por fin podía concentrarse un poco. El traslado había sido un caos y, para empeorar las cosas, sus jefes habían decidido contratar los servicios de una empresa japonesa para los siguientes proyectos. Le había tocado a él gestionar ciertos temas «porque tú te entenderás mejor con ellos». Él no acababa de entender a qué se debía el cambio, pues al fin y al cabo ellos hacían mapas. Mapas. ¿Qué diferencia podía haber entre imprimirlos allí o en Japón?

Actualizó de nuevo la bandeja de correo y, aunque recibió unos cuantos, ninguno era de esa chica. Valentina. No sabía qué le había llevado a bromear con ella; quizá aquel «agotados» que había puesto entre paréntesis, o quizá el nombre (al leerlo había tenido una sensación extraña), o quizá... Le vibró el móvil; era un mensaje de Héctor recordándole que habían quedado.

Tenía que dejar de pensar en tonterías y terminar lo que estaba haciendo.

5

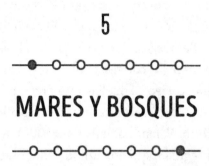

MARES Y BOSQUES

Óscar nunca había prestado demasiada atención a los colores de los mapas que vendía la empresa donde trabajaba. A decir verdad, ni siquiera había prestado atención a los mapas en sí mismos. «En el Departamento de Recursos Humanos lo importante son las personas», ese era su mantra, y poco importaba si se dedicaban a vender zapatos o a fabricar cohetes que llegasen a la Luna. Sin embargo, ahora tenía un mapa en la mesa de la oficina y otro en casa; se lo había llevado días atrás después de leer el segundo correo de la chica que trabajaba en Japón, Valentina.

En los mapas los colores son muy importantes —le había explicado ella—. *Nos cuentan muchas cosas sin que nos demos cuenta. No solo dónde está el mar, algo obvio porque esa zona es azul, sino también lo denso que es una ciudad o lo altas que pueden ser unas montañas. Y no solo eso, un mapa puede conseguir que una ciudad te caiga mejor o peor, puede llevarte a mil aventuras o convertir tu experiencia en un desastre.*

Óscar nunca había pensado nada semejante sobre los mapas; en realidad, estaba seguro de que nunca había pensando nada semejante sobre nada. Él no veía el mundo en esos términos. Aunque no se consideraba un tipo vacío ni superficial, tampoco se caracterizaba por ser especialmente poético, y tras leer ese correo pensó que era una pena y que, probablemente, sería más feliz si lo fuera un poco más. Sus amigos sabían que podía pasarse horas dándole vueltas a algo y que cualquier decisión que tomaba era fruto de un proceso de reflexión. También era sensible, estaba en contacto con sus sentimientos y no tenía miedo de reconocerlos. Pero a grandes rasgos, supuso. Él era feliz a grandes rasgos o se enfadaba a grandes rasgos. Nunca se fijaba en los detalles ni le daba importancia a algo como los colores de un mapa. Antes, él nunca le habría contestado aquel correo a aquella chica preguntándole qué significaba ser experta en colores y nunca se habría llevado un mapa a casa (justo el que esa chica, Valentina, había sugerido). Achacaba esa reacción a que todavía seguía inquieto. Aunque ahora estaba mejor, seguía sin estar cómodo en su propia piel. Era como llevar un traje demasiado grande o demasiado ajustado, un traje que le había sentado muy bien durante mucho tiempo y que, sin embargo, ahora le picaba y necesitaba quitarse. Pero no tenía uno de repuesto. Ni sabía dónde encontrarlo o si quería dejar de llevar ese traje y, quién sabe, disfrazarse de buzo.

Salió del trabajo. Ya se había acostumbrado a las nuevas oficinas y empezaba a disfrutar del barrio que seguía descubriendo. Según la calle por la que eligiese caminar, veía el mar al fondo o encontraba una galería de arte o una pequeña librería. Los cafés solían estar llenos y si entraba oía siempre tres o cuatro idiomas distintos. Bajó la escalera de la estación de metro y, mientras esperaba en el andén, no pudo evitar buscar a la chica del cuaderno amarillo. Dudaba que algún día dejase de hacerlo, pues ya formaba parte de él y le reconfortaba. Sonreía solo con pensar que quizá algún día llegaría a verla de nuevo. El vagón se detuvo y entró; eran solo tres paradas y durante el trayecto pensó que tenía que llamar a Héctor. Llevaba dos viernes dejándolos plantados a él y a Ricky y las excusas que les había dado sonaban a eso, a excusas. Tenía que sucederle algo y Óscar no lograba entender por qué no se lo había contado. Se abrieron las puertas y bajó justo a tiempo; no quería llegar tarde y, como tampoco quería que la preocupación que sentía por uno de sus mejores amigos entorpeciera la cita, mandó un mensaje a Héctor diciéndole que el domingo por la mañana podían salir a navegar. Seguro que no se negaría y Óscar cruzó los dedos para que el barco de su tío, el padre de Alicia, estuviera libre ese día. Le mandó un mensaje a su tío y, tras ver el «ok» que este respondió al instante, guardó el móvil y aceleró el paso.

Paloma estaba esperándolo en la puerta del cine. Sonrió al verlo y le dio un beso en la mejilla. Era su tercera cita y en la anterior ya se habían saludado así. Hablaron poco, pues faltaban un par de minutos para que empezase la película, y fueron a ocupar sus asientos. Era una película italiana, de esas con distintas historias de amor que al final se entrelazan de maneras sorprendentes y con casas, paisajes y banda sonora maravillosa. Abandonaron la sala caminando el uno muy cerca del otro, sus hombros se rozaban al andar y se miraban de soslayo cuando creían que el otro no iba a pillarlos. No cenaron en un restaurante, ya que Paloma tenía que levantarse muy temprano. Se iba de fin de semana a una despedida de soltera; ese año tenía tantas que empezaba a confundirlas. Comieron una porción de pizza que compraron en un pequeño italiano que las servía para comer con una servilleta en la calle o apoyado en una pequeña barra en la que solo cabían dos personas. El local apenas tenía un letrero con su nombre (cuatro letras granates encima de un tablón de madera de dos palmos) y era un secreto a voces en el barrio y en toda la ciudad desde que sus pizzas habían recibido varios premios.

—Me ha gustado la película, pero he echado en falta una historia más... normal —dijo Paloma entre bocado y bocado. Paseaban por el barrio gótico y la luna se reflejaba en los adoquines húmedos por la lluvia que había caído antes. Por suerte, a ellos les había pillado en el cine.

—¿Qué quieres decir con «normal»? Dejando a un lado el tamaño de las casas y los trabajos de los protagonistas, ¿tú crees que existe de verdad eso de ser decoradora de pisos en venta y que esté tan bien pagado? —Paloma sonrió y se encogió de hombros—. Dejando a un lado esos detalles, las parejas me han parecido bastante realistas.

—Ninguna acaba mal.

—¿Y para ti lo normal es acabar mal? —Óscar silbó—. Y dicen que las mujeres sois más románticas que los hombres.

—Hay de todo en la viña del Señor —bromeó ella.

—Cierto.

—No, no digo que lo normal sea acabar mal, solo que a veces es mejor, incluso más romántico, dejarlo. Además, la gran mayoría de nosotros conocemos a nuestra pareja, a nuestro compañero de vida, en una situación cotidiana. Fíjate que no he dicho «normal». No vamos por ahí tropezándonos y chocando con el vecino de arriba que resulta ser un artista retirado que se enamora perdidamente de nosotras nada más vernos.

—Me alegro de que vivas en una casa sin vecinos.

—Cállate —Paloma se rio—. Lo que quiero decir es que en el mundo real las personas no se enamoran como en las películas o en los libros, y alguna vez me gustaría ver reflejado algo así en el cine o en una novela. Fíjate en nosotros.

Óscar se detuvo y la miró.

—¿Qué pasa con nosotros? Nos conocimos en una boda; eso sale en muchas películas.

Paloma enarcó una ceja.

—No bailamos descalzos hasta las tantas de la madrugada ni me perseguiste bajo la lluvia para pedirme el número.

—El suelo estaba asqueroso y no llovía.

—Eres un caso, pero me gustas, Óscar.

Él se quedó mirándola. Ella se había sonrojado y lo miraba expectante. A pesar del tono bromista y de que acababa de afirmar que no creía en las historias de amor y que prefería historias reales, esa última frase allí, en esa calle con balcones llenos de flores y con solo la luna como testigo, era sin duda romántica.

—A mí también me gustas, Paloma.

Ella sonrió y él se agachó despacio hasta que sus labios se rozaron por primera vez.

No hubo chispas, pero sí una sonrisa lenta y dulce que se extendió despacio por el rostro de Paloma y después se contagió al de Óscar.

El domingo llegó al puerto media hora antes de la convenida con Héctor. Ricky no había podido unirse a la excursión; estaba de viaje por trabajo y les había hecho jurar a Óscar y a Héctor que el viernes siguiente ninguno fallaría y los tres se pondrían por fin al día. Sonaba tenso cuando hablaron por teléfono y afirmó que solo estaba cansado, harto incluso de ese trabajo, pero Óscar no terminó de creerle. ¿Qué les estaba pasando a los tres últimamente?

—¿Llego tarde? —saludó Héctor desde el muelle antes de subir al pequeño velero.

—No. Yo he llegado temprano. Mi tío me pidió que comprobase unas cuantas cosas. Todo está listo, podemos salir cuando quieras.

Héctor había perdido peso y tenía ojeras, pero Óscar sabía que de nada serviría atosigarle. Los dos trabajaron casi en silencio, habían navegado juntos un montón de veces y se habían repartido las tareas tiempo atrás. Se alejaron del muelle y, cuando las olas adquirieron un ritmo constante, Héctor habló.

—Mi padre está enfermo. Parkinson, grave e irremediable, acompañado de demencia. Es complicado, cruel e injusto.

—¡Joder, Héctor! Lo siento.

Héctor miraba hacia el horizonte, hasta que se giró y agachó la cabeza, fijando los ojos en el cabo que todavía sujetaba entre las manos.

—Es genético. Hereditario. No sé qué mierdas sobre un gen dormido. Mis hermanos y yo tendremos que hacernos las pruebas más adelante.

—¡Mierda!

Óscar no estaba siendo nada elocuente, así que se acercó a su amigo y lo abrazó. Se conocían desde niños y no podía imaginarse un mundo sin Héctor; un mundo sin el Héctor que él conocía.

—¿Podemos navegar hasta tarde?

—Claro.

—Siento no habéroslo contado antes.

—No te preocupes por eso. —Óscar notó que Héctor estrechaba el abrazo un instante antes de soltarlo y ninguno disimuló la rabia y el miedo que se había instalado en su mirada e iba a quedarse allí durante un tiempo.

—Llamaré a Ricky cuando volvamos y el viernes os pondré al día de todo. —Héctor se apartó—. Ahora quiero navegar.

—Pues naveguemos.

Regresaron tarde y no volvieron a hablar del tema. Héctor se fue en su moto y Óscar optó por permanecer en el puerto. Caminó hasta un banco de piedra y se sentó mirando el mar. Obviamente su mayor preocupación era su amigo, aunque tenía que reconocer que la noticia que le había dado Héctor había revivido en él miedos y dudas que creía aparcados o al menos escondidos en alguna parte. Todo podía cambiar en un instante, en meros segundos podían arrebatarte tu identidad, tus sueños, cualquier futuro que hubieras podido imaginarte y cambiártelo por otro.

Había una imagen que no podía quitarse de la cabeza, un dibujo que había contemplado más veces de las necesarias y que ahora le hacía apretar los puños en aquel banco. Era el dibujo de un bosque espeso, con ramas enlazándose y con una bruma algo mágica flotando en el aire. Se insinuaba un camino y de pie, con arbustos casi hasta las rodillas, había una chica de espaldas esperando. La chica era ella, la autora del dibujo, y llevaba el pelo recogido y parecía, aunque no podía verle el rostro, perdida o quizá también triste. ¿A quién estaba buscando? ¿De verdad quería encontrarlo, fuera quien fuese? ¿Cómo era posible que sintiera que esos trazos reflejaban justo lo que estaba sintiendo? ¿Cómo podía explicarle a nadie que sabía, sin lugar a dudas, que la persona a la que tenía más ganas de contarle lo furioso que estaba era esa chica, esa desconocida con la que nunca había hablado? La propietaria del cuaderno amarillo que descansaba justo al lado de su cama. Era injusto que no pensase en otra persona, en Paloma, para empezar, o quizá en Ricky o en sus padres. Óscar era afortunado y tenía gente maravillosa a su alrededor, él lo sabía, y por eso se había asustado. La preocupación por Héctor lo sobrepasaba todo, pero no podía quitarse de encima la sensación de que si hablase con la chica del cuaderno se sentiría mejor. Y mirando el mar se odió por ello y también la odió un poco a ella por no estar allí ni en ninguna parte.

Valentina estaba dibujando el mar. Se había despertado de golpe, inquieta, sudando y con el corazón golpeándole las costillas. Había intentado recuperar el sueño, el rostro angustiado que con los ojos fijos en las olas se había colado en su cabeza mientras dormía. No pudo verlo y, aun así, estaba convencida de que ese rostro pertenecía al chico de las gafas. Se había repetido una y otra vez que era absurdo, mientras se echaba agua en la cara. Llevaba más de un mes sin verle, era imposible que se hubiese cruzado con él en Tokio, había insistido su parte racional mientras ella encendía la luz para ir en busca del cuaderno y un lápiz. Sabía por experiencia que todo sería inútil; no podría volver a dormirse si no sacaba aquella imagen que llevaba dentro. A él, era a él a quien tendría que sacar de su cabeza, había farfullado en voz baja sabiendo que no iba a lograrlo.

Estaba dibujando el mar, el mar de Barcelona, porque los mares son distintos según desde donde se miren y quién los mire. Los colores eran importantes. Sonrió al recordar el correo de aquella empresa que hacía mapas. La primera vez que vio el nombre de la empresa pensó que el logo le sonaba y, durante unos segundos, se le aceleró el corazón y se preguntó si sería posible que esa empresa fuese donde trabajaba el chico de las gafas. Sintiéndose como Agatha Christie, buscó su dirección para ver si quedaba cerca de alguna de las estaciones de la línea de metro donde ella se había cruzado con el chico de las gafas. Al comprobar que esa línea de metro era la peor para acercarse a la sede de esa empresa, se desinfló un poco. Había sido un milagro, una locura, pero le habría encantado haber acertado. Le dolía el corazón cuando se daba cuenta de que las posibilidades de volver a encontrar al chico de las gafas eran cada vez menos.

Mejor alejar esas tristezas y pensar en algo bonito, como la respuesta que le había escrito ese chico desde Barcelona.

Tienes razón —había respondido el encargado de Recursos Humanos. Óscar se llamaba—. *Nunca lo había visto así, pero los colores son importantes. Tengo una chaqueta roja, solo la utilizo cuando uno de mis amigos nos obliga a dejar la ciudad para vivir aventuras, lo que suele significar que uno de nosotros acabará con algo roto o con resaca. Me basta con verla para saber que ese fin de semana sucederá algo que algún día me avergonzará contar a mis nietos.*

Siguió dibujando, no entendía qué la había llevado a mandar aquel primer correo con esa frase ni a responder al de Óscar con esa visión tan suya de los colores. Tampoco podía explicar por qué seguía respondiendo a las preguntas de él y haciéndole ella otras a cambio. Pero le gustaban esos correos y, como tantas otras cosas en su vida, había dejado de buscarle una explicación. La belleza, igual que la felicidad, no necesita justificarse.

Tarareó una canción indistinguible, tampoco había nadie escuchándola, y dio los últimos trazos. Tokio le gustaba, aquel trabajo era una gran oportunidad y había empezado a hacer amigos y a sentirse un poco más en casa. De día tenía ataques de nostalgia (así los había bautizado Valentina) que la sobrecogían cuando menos se lo esperaba. Bastaba con un olor, con un color, con ver a alguien con un rasgo similar a otra persona para que pensara en casa. Esos extraños correos de Óscar, fuera quien fuese, la reconfortaban, servían para mantener a raya las lágrimas. Elías también, y quizá tendría que empezar a reconocer que entre ella y Elías las cosas estaban cambiando. Él estaba resultando ser mucho más complejo de lo que ella se había imaginado nunca en Barcelona. Estar allí les estaba acercando; puede que les estuviera convirtiendo en otras personas y que el nuevo Elías y la nueva Valentina pudieran descubrirse juntos.

De noche era distinto. Había noches en las que no soñaba y otras en las que caía exhausta después de una jornada inacabable o porque había sido un día excitante. Japón ofrecía tanto por descubrir que quería aprovecharlo. Otras eran como esa, noches en las que el chico de las gafas se colaba en sus sueños y no podía dejar de verlo. Era extraño; ella había soñado antes con gente, a todo el mundo le ha pasado, pero con él era distinto. Era como lanzarse al mar y nadar contra las olas o como correr hasta que te falta el aliento. Cuando se despertaba tenía que dibujar y después se pasaba horas observando el resultado.

Aquellos dibujos inexplicables eran su refugio. Días atrás, después de terminar una llamada con Penélope se había puesto a llorar. Su hermana estaba embarazada de nuevo, era una muy buena noticia, una noticia maravillosa, y Valentina no estaba allí para celebrarlo juntas. Había conseguido contener las lágrimas hasta despedirse de ella y después, cuando creía que nada iba a consolarla, decidió abrir el cuaderno y buscar el último dibujo que había hecho del chico de las gafas. Era una escena algo extraña; él estaba rodeado de arbustos en medio de un laberinto y sus ojos, que habían salido de los dedos de Valentina, la observaban expectantes, como si le estuvieran preguntando qué pensaba hacer de allí en adelante. No se lo había contado a nadie, ni siquiera Penélope, que creía en un sinfín de conjeturas místicas. Valentina estaba convencida de que él la entendería, de que si él hubiese estado esa tarde allí con ella habría entendido que, aunque se alegraba muchísimo por su hermana, odiaba que ella no hubiese esperado a que volviera. Era irracional, por supuesto, pero él lo habría entendido. Él habría sabido qué decirle. Seguramente habría bastado con tenerlo cerca, a su lado. Habría bastado con abrazarlo.

Sacudió la cabeza. No podía pensar así; una cosa era dibujarlo y otra atribuir a esos dibujos poderes mágicos. Dejó el lápiz y buscó la caja pequeña de acuarelas; le hacían falta pocos colores. Pintó el mar embravecido, furioso, con olas azul oscuro y negras.

La chaqueta, roja.

6

POR FIN

Llevaba varios días sin dormir apenas, así que cuando aquella mañana sonó el despertador, Óscar escondió la cabeza bajo las sábanas y se preguntó una vez más a qué se debían esas noches de insomnio. Había decidido poner punto final a sus cábalas. Nada le iba mal, así que era absurdo que siguiera con aquel nudo en el estómago y que no fuera tan feliz como se suponía que debía ser. Como fingía estarlo frente a los demás.

Salió de la cama y se metió en la ducha, dejando la mente en blanco mientras intentaba que el agua se llevase consigo aquel malestar. Era jueves, le esperaba una jornada ajetreada en el trabajo y después había quedado con Paloma para ir a cenar y a un concierto en la playa. Iba a ser un buen día. Iba a ser un buen día, y si se lo repetía quizá acabaría siendo cierto.

Una consecuencia más del extraño estado de Óscar era que estaba más despistado de lo habitual. Parecía incapaz de centrarse en el presente, como si su mente y su cuerpo supieran que tenían que estar en otro lugar y en otro momento. Él, que nunca había creído en supersticiones ni historias mágicas, lo explicaba diciendo que tenía muchas cosas en la cabeza: el trabajo, ayudar a Héctor con lo de su padre, seguirle el ritmo a Ricky, sus padres y ahora Paloma. Sonrió al pensar en ella. Hacía ya un par de meses que se veían y le gustaba estar con ella. Era inteligente, divertida y cuando se veían sus incertidumbres desaparecían un poco. Ella seguía ocupada con su trabajo, a menudo quedaba con sus amigas y hasta el otro día ninguno de los dos había insinuado que quisiera inmiscuirse en esas facetas del otro. Se habían conocido a través de Alicia, la prima de Óscar, así que quedar con ella y su recién estrenado marido no lo había considerado nada especial y lo habían hecho un par de veces, pero el lunes de esa semana Paloma le había invitado a acompañarla a un fin de semana con sus amigos.

—Será el sábado y estarán todos, hasta el domingo por la noche —le había dicho frente al portal de casa de ella—. Alquilamos la casa rural desde hace tiempo. Es una especie de tradición pasar el fin de semana juntos. Es un poco ridículo, no te voy a engañar. Recordamos los tiempos del instituto, hacemos una barbacoa que siempre acaba en desastre, ya te lo puedes imaginar.

—Me lo imagino. —No había sabido qué más decir.

—Genial.

Paloma había dado por hecho que él aceptaba y Óscar no la había corregido porque tampoco tenía ningún motivo por el que no acompañarla y conocer a sus amigos. Héctor y Ricky le habían dejado claro que esperaban conocerla pronto y Óscar se estaba quedando sin excusas para no presentársela. Ni él sabía por qué no lo hacía.

Palpó los bolsillos para asegurarse de que llevaba las llaves, no podía volver a olvidárselas, y soltando un taco volvió al dormitorio en busca del móvil. Estaba justo donde lo había dejado anoche, encima del cuaderno amarillo de aquella desconocida a la que llevaba casi medio año sin ver; al menos en el mundo real, porque en sus sueños la veía constantemente.

Ese era el verdadero motivo por el que no dormía o, mejor dicho, dormía y no descansaba. Se pasaba las noches atrapado en algo que no sabía si eran sueños o pesadillas porque esa chica, la chica del metro, estaba allí y aunque los dos intentaban encontrarse nunca lo lograban. Miró el cuaderno furioso; todo aquello era absurdo y si seguía así acabaría poniéndose enfermo. Quizá ya lo estaba, quizá estaba buscando excusas para no dar una verdadera oportunidad a lo suyo con Paloma, quizá tenía miedo de asumir que se estaba haciendo mayor, que sus amigos y él mismo ya no eran unos niños y tenían problemas y responsabilidades. Quizá tenía miedo de aceptar que a menudo las cosas no salen como esperamos y eso está bien porque puede que lo que esperamos no sea lo que necesitamos.

Pero por más razones que se daba a sí mismo, por más motivos que listase uno tras otro sobre por qué era una locura que siguiera obsesionado con esa chica, no podía evitar soñar con ella. Tal vez despierto lo conseguía, sí, durante el día apenas pensaba en ella. Claro que últimamente había modificado su vida para conseguirlo; ahora ya nunca visitaba las paradas de metro donde la había visto y, si podía evitarlo, ni siquiera utilizaba esa línea. El cuaderno, sin embargo, seguía en su mesilla de noche y cada día pasaba una página tras otra hasta llegar a su preferida.

—Basta, Óscar. ¡Basta!

Agarró el móvil y se lo metió en el bolsillo; después agarró el cuaderno. Podía bajarlo a la calle y lanzarlo al interior del contenedor azul que había en la esquina. Se le retorció el estómago, abrió el cajón y lo dejó caer dentro. Lo cerró con tanta fuerza que la mesilla de noche se tambaleó y el par de gafas de repuesto que tenía allí encima cayeron al suelo.

—¿Todavía no te has adaptado al cambio de horario?

—Llevo aquí meses, Penélope, por supuesto que me he adaptado; tan solo me cuesta dormir. Ya lo sabes.

A Valentina le encantaba hablar con su hermana por Skype, así podía ver a su sobrina, pero si cada vez que se veían iba a decirle que tenía mala cara o que las ojeras estaban a punto de llegarle al suelo, iba a sugerirle que se llamasen por teléfono.

—Mira, tengo una idea: vuelve a casa y quédate con la niña; seguro que te dejará KO y podrás dormir... Y yo también —suspiró—. Necesito descansar. ¿Cómo va todo?

—Bien, muy bien —le aseguró; no tenía intención de preocuparla—. Esta noche nos llevan a un karaoke.

—¿Nos?

—A Elías y a mí. Para, Pe, para. No te hagas ideas. Solo somos amigos.

Penélope enarcó una ceja.

—¿Y de quién es culpa eso? De Elías no, eso seguro. Os vi en esa fiesta antes de que os fuerais, ¿te acuerdas? Y saltaban las chispas.

—Ves demasiadas películas románticas.

—Y tú demasiado pocas. Además, tienes que distraerme, es tu obligación. Te llamo para que me cuentes lo trepidante que es tu vida en Japón, lejos de casa, con un trabajo interesante y un tío bueno que babea por ti.

—Elías no babea y el trabajo es igual de interesante que si estuviera en Barcelona.

—Veo que no has dicho que no está bueno. Me conformo con eso. Cuéntame más.

Valentina se rio y cambió de tema. Penélope se lo permitió porque la pequeña reclamó su atención y tuvo que terminar la llamada. Minutos después, de camino al trabajo, Valentina se preguntó qué le habría dicho su hermana si le hubiese contado que el motivo por el que no podía dormir era porque se pasaba horas dibujando a aquel chico del metro.

El grupo no cantaba del todo mal y las estrellas iluminaban la noche cálida. Óscar y Paloma estaban sentados en la arena, encima de una toalla que ella había traído para la ocasión. Había antorchas colocadas estratégicamente para señalar la zona reservada y en el mar se veían las luces de un par de barcas pescando y las siluetas de unos cuantos surfistas temerarios.

—¿De qué me dijiste que conocías al cantante?

—Es el hermano mayor de una de mis amigas, Mónica. La conocerás este fin de semana. Ella me regaló las entradas.

—No son malos —dijo Óscar sonriéndole.

—No. Mónica me ha contado que a Félix le han hecho una oferta para ser profesor de canto en un *reality*.

—¿Y ha aceptado?

—No, qué va —Paloma señaló al chico que cantaba—. Félix se volvería loco en la tele.

El grupo terminó la última canción. Había actuado en una pequeña tarima de madera que habían construido en la arena para aquel festival y Félix saltó cuando cesaron los aplausos y fue a saludarlos. Abrazó a Paloma y después le tendió la mano a Óscar. Charlaron unos minutos, hasta que les dijo que tenía que reunirse con el resto de la banda y se despidió de ellos.

—Es simpático —señaló Óscar ya en la calle.

—¡Eh! No lo digas como si te sorprendiera. Mis amigos son simpáticos.

Entonces Paloma se detuvo.

—¿Por eso estás así? ¿Porque crees que te aburrirás este fin de semana si los conoces? ¿O es porque no quieres conocerlos?

Óscar titubeó y Paloma se dio cuenta. ¿Cómo podía explicarle lo que le pasaba?

—No, no es eso.

—¿Pues qué es? Llevas días ausente. Estás aquí y eres encantador, pero, a veces, es como salir con un autómata. Si no quieres acompañarme este fin de semana a la casa rural, no pasa nada. Si estás preocupado por algo, estoy aquí, cuéntamelo.

¿Y qué iba a contarle? ¿Que ella era fantástica y que le gustaba pero que, al mismo tiempo, sentía como si no debiera estar con ella, como si tuviera que esperar a otra persona? Llevaban poco tiempo juntos y, a pesar de las dudas de Óscar, si algo tenía claro era que Paloma no se merecía que jugase con ella ni que le mintiese o utilizase como sustituta.

¡Se estaba comportando como un cretino con ella y tenía que dejar de hacerlo!

—Lo siento. Siento haber estado ausente, pero he estado dándole vueltas a algo.

—¿A qué? ¿Te ha sucedido algo en el trabajo o con tus amigos?

—No, bueno, el trabajo es trabajo, siempre suceden cosas, y ya te conté lo del padre de Héctor. Ricky y yo estamos haciendo todo lo que podemos para ayudarle y estar a su lado.

—¿Quieres estar con él este fin de semana? ¿Es eso? Por mí no...

—No, no es eso. Este fin de semana Héctor está fuera y su hermano se queda a cargo de su padre. —Óscar fue completamente sincero—. Me gustas, Paloma, y hacía mucho tiempo que no estaba tan a gusto con alguien.

—¿Por qué suena como si fueras a añadir un «pero»?

—No hay ningún «pero». —Comprendió Óscar de repente—. No hay ningún «pero».

Paloma estaba allí, frente a él, se habían reído juntos durante la cena y el concierto en la playa había sido genial. Ella había empezado a presentarle a sus amigos y él, si dejaba de comportarse como un cretino, tenía que hacer lo mismo. La chica del metro había desaparecido de su vida y, tarde o temprano, desaparecería también de sus sueños.

Óscar le sonrió a Paloma y levantó una mano para acariciarle la mejilla.

—No hay ningún «pero».

—Me alegro —sonrió ella.

Y él la besó.

No pasó la noche con Paloma, pero por primera vez ella le preguntó si le apetecía subir a su apartamento. Tras aquel beso Óscar se había prometido dar una verdadera oportunidad a esa relación y quizá ella lo había visto en sus ojos porque, hasta esa noche, nunca le había invitado.

—No puedo. Mañana tenemos una reunión en el trabajo y... —Óscar había notado que se sonrojaba— y no quiero tener que irme.

La sonrisa de ella y un último beso lo habían acompañado de vuelta a casa, donde se tumbó en la cama y se puso a dormir sin abrir el cajón de la mesilla de noche ni aquel cuaderno amarillo.

Soñó con ella igualmente, y se despertó sudado y con un grito atrapado en la garganta. Le temblaban las manos y era incapaz de recordar qué había sucedido en la pesadilla, pero lo único que consiguió tranquilizarlo fue perderse en los dibujos del cuaderno. El alba lo descubrió pasando los dedos repetidamente por los trazos que esa desconocida (aunque él ya no la sentía así) había dibujado meses atrás.

Llegó al trabajo un poco antes de lo habitual y puso en marcha el ordenador. Hacía días que no recibía ningún correo de Valentina, la especialista en colores que trabajaba en Japón, y echaba de menos esas conversaciones. Nunca había hablado con ella por teléfono, pero para él los *e-mails* que se intercambiaban eran eso, charlas que bien podían pasar de un tema absurdo a otro trascendental. Ella le había dicho que echaba de menos la ciudad y días atrás Óscar le había adjuntado en un correo fotos de un par de calles que había descubierto en el barrio. Él le había dicho que no podía dormir, que tenía pesadillas, y ella le había mandado el enlace de una lista con los TED Talks más aburridos para ver si así conciliaba el sueño.

—*Es una broma, pero quizá te ayuden. ¿Por qué tienes pesadillas?*

Óscar había dejado esa pregunta sin responder. Quizá Valentina le había escrito de nuevo; lo último que había sabido de ella era que la habían convencido para ir a un karaoke y seguro que tenía alguna anécdota divertida que contarle. Nada, la bandeja de entrada estaba vacía.

—Buenos días, Óscar —lo saludó un compañero—. ¿Vienes a la reunión?

—Sí, voy enseguida.

Fue a por un café y, con la taza en la mano, entró en la sala de reuniones. Era nueva, como todo en ese edificio, y había un televisor enorme en la pared del fondo que utilizaban para hacer presentaciones y también cuando, como esa mañana, mantenían una reunión con alguna otra empresa. Así se veían las caras, bromeaba siempre su jefe y todos le reían la gracia.

Lo primero que oyó fue el sonido de la taza rompiéndose al golpear el suelo y un par de gotas de café le quemaron la piel de la mano.

—¡Óscar! ¿Sucede algo, estás bien?

—¡Óscar!

No podía moverse, no podía respirar y tenía miedo de parpadear porque si lo hacía quizá ella desaparecería.

—¡Óscar! —Pilar, la jefa de Producción lo zarandeó por el hombro—. Contesta.

Por fin reaccionó y giró la cabeza hacia ella un segundo, lo más rápido que pudo, para asentir y volver a mirar la pantalla. Ella seguía allí, sentada en un ordenador que quedaba en el margen derecho casi fuera de foco, pero era ella. La chica del cuaderno amarillo.

—Estoy bien, Pilar. —Se apartó de ella, seguro que parecía un loco, y caminó hasta la pantalla—. ¿Quién es esa chica? —Todos lo miraban atónitos—. ¿¡Quién es!?

Ramón, el jefe, decidió hacerle caso, probablemente para ver si así lo tranquilizaba y se dirigió al micrófono. Todavía no había entendido que no hacía falta, que le oían sin necesidad de acercarse tanto.

—Helga, perdona un segundo, ¿podrías decirle a esa chica que está detrás que se acerque? Óscar pregunta por ella.

Helga, igual de confusa, se dio media vuelta y llamó a la chica. Esta levantó la cabeza; había estado agachada trabajando en algo y se quitó los cascos. Óscar la vio arrugar el entrecejo y le temblaron las rodillas al identificar el gesto, el mismo que hacía cuando dibujaba en el metro. Él seguía de pie frente al enorme televisor y tenía la mirada fija en cada gesto de esa chica. La vio sonreír y dejar los auriculares en la mesa. Se alisó la falda al levantarse y caminó hasta detenerse frente a la pantalla de Helga. Seguía sonriendo cuando se sentó en la silla de Helga, porque esta insistió, y cuando miró hacia la pantalla sin saber qué se encontraría en el otro lado.

Se le abrieron mucho los ojos, y durante unos segundos su rostro pareció insuficiente para contener tanta sorpresa. Y alegría. Levantó la comisura derecha del labio y acercó dos dedos a la pantalla.

La voz de Helga se entrometió en aquel instante casi mágico. Óscar estuvo a punto de gritarle y pedirle que se fuera. Solo quería verla a ella.

—Bueno, aquí está Valentina.

Valentina.

Tendría que haberlo sabido.

Lo sabías.

—Eres tú. —Óscar solo podía decir eso—. Valentina.

—¿Estás bien, Óscar? —Ramón le tocó la espalda. Seguía tenso e inmóvil frente al televisor, con la camisa y los pantalones manchados de café y comportándose como si hubiese perdido la cabeza.

—Óscar —Valentina repitió su nombre desde la pantalla—. Eres Óscar.

Se habían encontrado y estaban a miles de quilómetros de distancia.

7

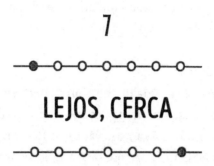

LEJOS, CERCA

Helga y Ramón, ella en la oficina de Tokio y él en la de Barcelona, observaban a Óscar y a Valentina sin entender nada, y estos no parecían estar dispuestos a explicarles qué estaba sucediendo. Más que dispuestos, no parecían capaces de hablar ni de reaccionar. Estaban inmóviles mirándose a través de las pantallas de ordenador, casi sin pestañear y apenas pronunciando nada más excepto sus nombres.

Helga, eficiente y resolutiva como siempre, tocó el hombro de Valentina hasta que esta le prestó atención y, hablándole bajito, le recordó que estaban en una reunión. Valentina se sonrojó, lo que produjo un efecto curioso en el pecho de Óscar, y se apartó de la cámara. No volvió a su mesa, esa del fondo de la que unos minutos antes se había levantado, sino que desapareció completamente del encuadre y la peculiar sensación del pecho de Óscar creció y mutó hasta convertirse en pánico.

Ramón le dio las gracias a Helga y, dado que Óscar seguía allí petrificado, siguió el ejemplo de la mujer y lo zarandeó un poco.

—Óscar, tenemos que empezar la reunión. —Fue severo, aunque no alzó la voz. En el aire todavía flotaba la extrañeza del momento.

—Sí, sí. Perdón. —Parpadeó y sacudió la cabeza—. Tengo que...
—¿Qué tenía que hacer? Le resultaba imposible pensar—. Tengo que...
—Bajó la vista—. A ver si arreglo esto. —Las manchas de café se habían extendido y, probablemente, la camisa fuera insalvable.

—Claro. —Ramón le dio una palmadita en el hombro—. Tómate tu tiempo. Pilar y yo empezaremos sin ti. Incorpórate cuando termines, ¿de acuerdo?

—Claro, claro. Gracias.

Salió apresurado de la sala de reuniones, pero en vez de ir al baño para intentar quitar esas manchas corrió hacia su despacho y puso en marcha el ordenador. «Vamos, vamos». Por fin aparecieron los iconos necesarios y abrió el correo. De un modo u otro tenía que asegurarse de que lo que acababa de suceder era verdad. Los pensamientos se golpeaban unos con otros en su cabeza para abrirse paso y el corazón le latía tan rápido que apenas podía respirar. No tenía ni idea de qué iba a escribirle; quería contarle tanto que no podía elegir cómo empezar.

Ella sí. En su bandeja de entrada lo estaba esperando un *e-mail* con una única palabra en el asunto: «Lejos».

Lo abrió.

No puedo creer que seas tú, el chico del metro, el chico de las gafas. Yo te llamo así, pero por fin sé tu nombre. Óscar. Y estamos tan lejos que no podríamos estarlo más. Lo siento, no tiene sentido lo que estoy escribiendo, es que... necesitaría dibujarlo. Tengo que irme. Ahora tengo que irme. Ojalá sepa de ti pronto.

Valentina

¿Pronto? ¿Por qué no ahora? ¿Cómo que tenía que irse? ¿Adónde? ¿Por qué? Óscar observó confuso y furioso (sí, estaba furioso) la pantalla del ordenador. Era injusto que la hubiese visto, que hubiese escuchado su voz, que hubiese descubierto su nombre apenas unos minutos antes y ahora tuviera que esperar hasta mañana. Valentina. Por fin tenía un nombre para la chica del cuaderno y «tener» era el verbo perfecto para describir aquel instante. Ahora que sabía su nombre, Óscar tenía una pequeña parte, pequeñísima, de la verdad de Valentina. Hasta aquel momento se había conformado con el cuaderno, aunque más que conformarse, se había refugiado en él, se había agarrado a aquel puñado de hojas de papel como un náufrago a una tabla. Estaba convencido de que, sin el cuaderno, Héctor y Ricky no habrían creído que la chica del metro era real; le habrían dicho que se la había inventado para no hablar con una chica de verdad.

Valentina era de verdad y llevaban semanas intercambiándose correos, hablando de detalles que no tenían nada que ver con el trabajo y que, al menos en su caso, no contaba a nadie. No eran secretos, sino anécdotas y curiosidades que solo había compartido con ella.

Le dio a responder y cambió el asunto del correo: «Cerca».

Son quilómetros, Valentina. Quilómetros. Nada más. Corrí detrás de ti en una estación hace meses. Estábamos en la misma ciudad, en la misma estación, en el mismo metro y no te alcancé. Ahora sé tu nombre y tú el mío. Estamos cerca. Mucho más que antes.
Tengo tu cuaderno.

«Por fin podemos ser...» —Dejó el cursor, pensando... ¿Amigos? Borró esa palabra, que le había formado un nudo en el estómago, y después borró la frase entera—. «Por fin podemos ser...».

Por fin podemos conocernos.

Óscar
El chico de las gafas.

Le dio a enviar.

Sí, estaban muy lejos, pero podía ser peor. Él podría haber nacido cincuenta años antes que ella, o un siglo antes. Podría haber vivido en otro continente toda la vida y cruzarse un día en un aeropuerto porque justo ese día se hubiesen alineado todas las estrellas del universo. Óscar sonrió; en realidad, tenían mucha suerte. Se habían conocido y nada de lo que pasase a partir de ahora cambiaría eso.

—Óscar, Ramón tiene una consulta. —Pilar apareció junto a él—. ¿Todavía no has ido al baño? Dudo mucho que puedas salvar esta camisa.

Óscar bajó la vista hacia la prenda sin perder la sonrisa.

—Yo también lo dudo. No importa. Solo es una camisa. —Se levantó y fue a la sala de reuniones.

Se sentía el hombre más afortunado del mundo. Un universo de posibilidades acababa de abrirse delante de él y de Valentina.

Valentina estaba sentada en su banco favorito del parque, el que le había robado el corazón la primera vez que visitó Tokio. Aquel día parecía formar parte de otra vida; aquel día ni siquiera se había atrevido a soñar con la posibilidad de presentar su candidatura al curso de ilustración de Hibiki y ahora tenía en sus manos la prueba de que la habían aceptado. Su primera reacción había sido creer que se trataba de un error, pues era imposible que esas letras formasen las palabras que confirmaban que la habían aceptado; era imposible que lo estuviera entendiendo bien. Había cerrado el correo y lo había vuelto a abrir tres veces como si, haciendo ese ritual, las palabras fuesen a formar otra frase. Pero no, cada vez decían lo mismo: la habían aceptado. Su candidatura había destacado por encima de las de otros candidatos y era para la escuela un honor darle la bienvenida al nuevo curso. ¿Cuántas posibilidades había de que la aceptasen? Quizá unas cuantas más que de encontrar al chico de las gafas allí en Japón. Y lo había encontrado. A pesar de los cientos de quilómetros que los separaban, por fin había vuelto a ver al chico de las gafas y, por fin, sabía su nombre.

Óscar.

Óscar era el chico de las gafas.

Tendría que haberlo sabido.

Sonrió y dejó unas nueces en una esquina del banco. En aquel primer viaje se había pasado una tarde entera sentada en ese banco dibujando. Había dibujado a Óscar. Pronunciar su nombre bajito fue como colocarse una chaqueta por encima de los hombros. Lo había dibujado y después había vuelto a soñar con hacer más dibujos y, quizá, tener algún día una historia que contar. Pero a Valentina le daban miedo los cambios y le daba terror estar lejos de las personas que quería, pocas de momento, y aunque el término «hogar» no había formado parte de su vocabulario de pequeña, se moría por crear uno propio. Quería tener amigos y descubrir qué significa pertenecer a un lugar, y eso era incompatible con quedarse en Tokio. O eso había creído hasta ahora. Penélope había insistido en que unos meses no eran toda la vida y que valía la pena luchar por su sueño. Ellas siempre serían hermanas y Valentina tenía ahora la oportunidad de estudiar lo que siempre había querido. No podía desaprovecharla.

Era una decisión difícil. Una parte de Valentina sentía que abandonaba a Penélope quedándose allí en Tokio y después de la muerte de su madre las dos habían jurado estar siempre juntas. No tenían a nadie más. No podían contar con su padre para esa clase de emociones y obligaciones. Su padre era genial para montar una fiesta o animar un sarao, pero completamente inútil para lo que de verdad importaba. Valentina no quería ser como él, ella quería ser de fiar, quería que su hermana pudiese contar siempre con ella. Penélope le había dado una colleja cuando pronunció esa frase delante de ella. Por supuesto que contaba con ella, no le hacía falta verla las veinticuatro horas del día para saber que su hermana la quería y tampoco tenía que vivir a dos paradas de metro para saber que podía contar con ella pasase lo que pasase.

En aquel banco Valentina había decidido que se presentaría a las pruebas del curso de Hibiki y en aquel banco se había prometido que, si la aceptaban, buscaría la manera de encontrar al chico de las gafas y hablar con él. No podía seguir esperando a que la vida que quería le pasase por delante de las narices sin hacer nada al respecto. Aquella tarde, después de tomar esa decisión, notó algo, unas cosquillas, y se sobresaltó asustada. Abrió los ojos y vio una ardilla y después otra. No tenían nada especial, pues en Tokio había ardillas voladoras y, sin embargo, esas dos eran ardillas normales y corrientes. Una sujetaba una nuez o algo parecido y la otra una flor, una margarita maltrecha que dejó justo al lado del pañuelo que Valentina había dejado caer al levantarse. Era una tontería, pero había guardado esa margarita durante mucho tiempo. Al principio la había llevado en el monedero y después la había pegado en una de las páginas del cuaderno amarillo, ese que ahora sabía que estaba en manos de Óscar. Todavía no podía creerse que sus dibujos, la parte más íntima de ella, estuvieran con él, que llevasen meses con él. La margarita ya no le hacía falta, pero aquel banco seguía siendo su lugar especial en la ciudad.

Por eso estaba sentada allí ahora, porque en ese banco había tomado la decisión de arriesgarse y ahora la habían aceptado en el curso de Hibiki y había conocido a Óscar.

Óscar.

Había empezado a creer que no volvería a verlo nunca más y, aun así, ahora que lo pensaba, desde que había empezado a intercambiar correos con él, los sueños con el chico de las gafas habían cambiado, igual que sus dibujos. Eran más cercanos, más reales, como si el destino la hubiese estado acercando a él, preparándola para ese momento.

Apenas había conseguido pronunciar dos frases con sentido y después de que Helga le recordase que tenían una reunión y que ese instante mágico había sucedido delante de uno de sus mejores clientes, había tenido que irse. La realidad se le había venido encima y tenía que refugiarse. Antes le había escrito un correo a Óscar porque quería tener una prueba tangible de que le había conocido de verdad. Y porque no quería que él la llamase o la escribiera y no la encontrase.

Quizá no lo haría.

Quizá él no había pensado en ella durante estos meses, quizá no había dedicado ni un segundo de su tiempo a esa desconocida del metro a la que había pillado dibujándole meses atrás. Quizá aquel día que ella había creído verlo corriendo detrás de ella solo había sido casualidad y él había ido en busca de otra persona.

O quizá sí había pensado en ella, quizá incluso tanto como ella en él y... ¿entonces qué?

Le vibró el teléfono y miró la pantalla para ahuyentar lo imposible. Era un mensaje de Penélope.

¡¡¡¡¡Felicidades!!!!! Sabía que lo conseguirías. Hablamos luego.

Esa tarde Valentina no tenía que estar en el trabajo, había pedido el día libre para formalizar los trámites de la matrícula del curso de ilustración y resolver distintos temas burocráticos. Había ido a la oficina porque necesitaba la firma de su jefa en un documento de inmigración. Daba igual que la hubiesen admitido en un curso al que solo admitían cinco extranjeros cada año y que Valentina estuviera flotando en una nube; la cantidad de firmas, papeles, sellos y trámites que tenía que hacer era comparable a las doce pruebas de Hércules, al menos para ella. Pasarse por la oficina en busca de esa firma había sido una etapa más del periplo.

Unos segundos antes de que el rostro de Óscar apareciera en la pantalla del ordenador de Helga y de que esta le pidiese que se acercase, Valentina le había dado al intro y había mandado el dichoso papel firmado y escaneado a su correo para no perderlo (además de guardar una foto en el teléfono por si sucedía algo). También le había mandado una foto a Pe de la oficina; su hermana llevaba semanas pidiéndosela y Valentina siempre se resistía, pero esa tarde solo estaba Helga y se había animado a hacerla. Después todo había cambiado; ahora ya estaba matriculada y sabía que el chico de las gafas se llamaba Óscar. Él seguía en Barcelona, ella iba a quedarse allí muchos meses más.

Apoyó las manos en el banco a ver si le traía un poco más de suerte. En los auriculares sonaba una de sus canciones favoritas y por ahora seguía ignorando el sudor frío y el vértigo. Era normal, se dijo, acababa de comprometerse a quedarse allí durante mucho más tiempo del que había creído en un principio. Iba a ser una aventura, el principio de algo maravilloso. Aprendería ilustración con profesores a los que llevaba años admirando y tendría acceso a un mundo con el que solo se había atrevido a soñar.

Lejos de casa.

Lejos de Penélope.

Lejos de lo que fuera que quizá algún día habría llegado a suceder con Óscar.

La sensación de pérdida que la abrumaba era absurda. Tendría que estar flotando en una nube. Apenas sabía nada de ese chico y por primera vez en mucho tiempo, en muchísimo tiempo, creía que su vida podía llegar a ser especial, algo que le gustase de verdad.

—Sabía que te encontraría aquí.

Valentina se giró.

—Sí —le sonrió a Elías—, me encanta este parque.

—Es tu banco favorito. Me lo contaste, aunque no me dijiste por qué.

—Creo que me trae suerte o eso espero.

Elías asintió y señaló el espacio que quedaba vacío.

—¿Puedo sentarme?

—Claro.

—Helga me ha dicho que has pasado por la oficina porque te faltaban unos papeles. ¿Ya es oficial?

—¿El qué?

—La matrícula. ¿Estoy sentado al lado de la futura creadora de *Candy Candy*? ¿Vas a dejar en ridículo a *Attack on titan*?

—No. Bueno, sí. Me he matriculado.

—Me alegro. —Había tal sinceridad en la voz de Elías que Valentina lo miró intrigada.

—¿Por qué? ¿Por qué te alegras?

—Estoy impaciente por descubrir qué historias tienes que contarnos, Valentina.

Ella tuvo que apartar la mirada. La llevó hacia delante, hacia la ciudad que los rodeaba. Llevaba tanto tiempo refugiada en sus dibujos, en el trabajo, incluso en la imposibilidad que representaba el chico de las gafas, que había estado a punto de olvidarse de vivir. Arriesgarse a dar una oportunidad al chico que tenía a su lado era más aterrador que dársela a uno que vivía miles de quilómetros de distancia, aun así, soltó el aliento.

Era absurdo. Ni Elías ni el chico de las gafas, Óscar, eran pares de zapatos; no eran intercambiables ni tampoco objetos inanimados sin opinión.

—¿En qué estás pensando?

—No me gusta el final de *Candy Candy*. Y me reservo mi opinión sobre la última temporada de *Attack on titan*; esa gente no tiene corazón.

Elías ensanchó la sonrisa.

—Confieso que no he visto ninguna reposición entera de *Candy Candy* y que yo, gracias al buen gusto de mi hermana mayor, soy más de *Bola de Drac*, pero tuve una novia que me obligó a pasar por ese rito de paso y he visto unos cuantos capítulos.

—¿Y?

—Tienes razón, es horrible.

—¿Qué pasó con ella?

—¿Con Candy? Pues que...

—No, idiota, con la novia. Ver *Candy Candy* con alguien es algo serio.

—No lo hizo, pero le habría gustado darle las gracias a Elías por ese instante, por alejarla de sus dudas. Por estar allí.

—Y que lo digas. Lloró desconsolada y no lo entendí, lo reconozco. Se sabía el final de memoria y había insistido ella en que lo viéramos. En fin. Me alegra poder decirte que Carmen está felizmente casada con un tío estupendo, uno de mis mejores amigos. Les presenté yo en realidad, tienen dos niños y gestiona la logística de una flota de camiones. Carmen y Toni, así se llama mi amigo, hacen *cosplay*. Todavía no he logrado borrarme de la mente la imagen de la última vez que los vi.

—¿Tienes una foto?

—Pues claro. ¿Quieres verla? —Valentina asintió y Elías buscó el móvil—. ¿Tú qué final le habrías puesto a *Candy Candy*? Solo por curiosidad.

—Detecto cierto interés en Candy, Elías, no disimules.

—Está bien, lo reconozco, me interesa. Es un clásico por algo.

—¿Sabes que hace unos años salió una novela con el «final definitivo» —hizo el gesto de comillas en el aire— y que Candy se casa con Terry?

Elías abrió los ojos y fingió, o tal vez no, indignación.

—Mira, estos locos son mis amigos. —Le enseñó la foto en la que él aparecía en medio sin disfrazar y sujetando en brazos a un niño pequeño.

—Os lleváis muy bien, salta a la vista.

—Como amigos no están mal. Cuando volvamos a Barcelona os presento.

Valentina perdió la sonrisa.

—Tardaré un poco.

—No importa. Nos estamos poniendo melancólicos y no puede ser. Tenemos que celebrar que vas a ser una dibujante famosa. —Elías se frotó las palmas y se levantó del banco para tenderle una mano—. ¿Vamos?

—¿Adónde?

—A celebrar que, pase lo que pase, tú nunca le habrías hecho eso a Candy y a Anthony.

—Lo sabía —Valentina soltó una carcajada—. Sabía que Anthony era tu favorito.

—¿Me estás diciendo que la chica del metro, la que se dejó olvidado aquel cuaderno amarillo, trabaja en Japón en una empresa relacionada con la tuya? —Héctor dejó la cerveza en el aire, a medio camino entre la mesa y sus labios.

—Sí.

—¿Y te has enterado al verla en una videollamada? —añadió Ricky igual de perplejo.

—Exacto.

—¿Y llevas semanas intercambiando correos de trabajo con ella?

—Sí. Chicos, para ser listos hoy estáis muy ofuscados.

—Es que... ¡Joder, Óscar!

—Sí, ¡joder! —convino él.

—No la encontraste en Barcelona ¿y la encuentras en Japón? —Ricky bebió un trago largo—. ¿Y qué vas a hacer?

—¿Cómo que qué voy a hacer? —Óscar bufó frustrado—. Nada. Escribirle. Llamarla. ¿Qué sé yo?

—¡Eh, calma! Quizá es una imbécil. —Rectificó al ver el cambio en los ojos de su amigo—. Vale, vale, no lo es.

—Lo que Ricky está intentando decirte con su habitual falta de tacto es que es fácil fijarte en un físico, en una sonrisa, en una mirada, pero que quizá después, cuando hablas con esa persona no hay nada. No hay chispa. Nada de nada.

—Sí, exacto, eso es lo que quería decir.

—A pesar de tu falta de sensibilidad, suena como si supieras de lo que hablas, Ricky. ¿Ha sucedido algo?

El aludido miró a Óscar y este tuvo la sensación de que su amigo estaba muy lejos, pensando en otra persona, y que tardaba unos segundos en volver a ese bar en el que se habían reunido.

—No, nada. Estoy algo ausente, lo siento. Cosas del trabajo. Además, visto está que a Héctor siempre se le ha dado mejor que a mí lo de dar consejos sentimentales.

—¿Yo? Yo no tengo ni idea de lo que hablo. Me baso solo en la teoría; al menos tú tienes práctica.

—Me he dado cuenta de que tengo práctica, como tú la llamas, en las cosas equivocadas. En fin, dejémoslo y centrémonos en Óscar. Creo que deberías hablar con esa chica. ¿Quién sabe qué sucederá si llegas a conocerla mejor? Puede que descubras que solo te dibujaba porque eras el tío más feo del metro.

Sus amigos se rieron a su costa y Óscar se lo permitió.

—No sé por qué os cuento estas cosas; tenéis la sensibilidad de una suela de zapato. Los dos —se defendió en broma.

—Cuéntaselo a Paloma, seguro que ella te aconsejará mejor —sugirió Ricky.

—A veces me pregunto cómo es posible que en tu trabajo crean que eres tan inteligente, Ricardo. —Héctor le dio una colleja—. Óscar no puede contarle a Paloma, la chica con la que está saliendo, que antes de conocerla se había pasado semanas, meses, buscando a una chica que había visto en el metro en plan película romántica y que por fin la ha encontrado. Eso no se hace.

—¡Ah, vale! Ya veo por dónde vas.

—Me alegro, me preocuparía por ti si no lo hicieras.

Óscar se quedó pensando.

—Paloma es genial —dijo en voz alta—. Y tenéis razón, quizá Valentina y yo no tendremos nada que decirnos.

—Exacto. —Héctor levantó la cerveza proponiendo un brindis—. Porque las pelis no existen.

Los tres chocaron las botellas.

—Y los finales felices, tampoco —añadió Ricky antes de beber.

—A vosotros dos os ha pasado algo. Vale que sois un par de huraños y unos cínicos, pero esto de hoy ya es demasiado. Quizá Valentina y yo no nos llevaremos bien cuando hablemos o quizá se convertirá en una buena amiga. Las posibilidades son infinitas.

—En realidad, Óscar, no lo son tanto. Cuando alguien no quiere, no quiere. No hay nada que hacer.

—Eso tampoco es del todo verdad —añadió Ricky, serio de golpe—. Puedes irte y buscar a otra persona, darte otra oportunidad. Estás bien con Paloma, Óscar, incluso yo puedo verlo. No la cagues.

—No la cagaré.

—Pues brindemos por eso. —Héctor levantó las tres nuevas cervezas que acababa de traerles el camarero—. Por no cagarla.

—Por no cagarla.

8

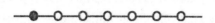

LA ABSURDA CAPACIDAD
DE SORPRENDERSE

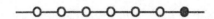

Valentina quería otro helado de chocolate, el tercero de esa noche, y cuando Elías la felicitó por su decisión ella respondió que así se celebraban las cosas, con chocolate, sushi y buenas conversaciones. La sonrisa de uno contagió al otro sin saber quién de los dos había sido el primero, y después él se levantó para ir en busca del camarero y de ese tercer helado. Valentina se quedó observándolo. ¿Por qué no había dibujado nunca a Elías? Elías era, sin duda, un sujeto ideal para ser dibujado. Tenía unas facciones casi perfectas, duras y al mismo tiempo con aire canallesco, la nariz algo torcida, la ceja izquierda cruzada por una cicatriz y una boca que parecía incapaz de mostrarse seria. ¿Por qué no le había dibujado nunca? Cualquiera lo miraba al pasar, era atractivo y a diferencia de otras criaturas con esa misma cualidad no daba miedo acercarse a él. Todo lo contrario, había algo en Elías que gritaba a los cuatro vientos lo fácil que era hablar con él y encariñarse con él. Quizá no había encontrado el momento, quizá el momento era ahora, quizá podía sacar el cuaderno y un lápiz del bolso y dibujarlo allí, pero no sentía ningún cosquilleo en la punta de los dedos y no quería dibujar a Elías por obligación. Las pocas veces que se había impuesto dibujar a alguien, porque se lo pedían en alguna fiesta y acababa convirtiéndose en un compromiso, no conseguía captar nada de esa persona y acababa odiando el dibujo en cuestión. Devolvió el bolso al lugar donde estaba antes y dio un sorbo a la cerveza que aún seguía en la mesa. Miró hacia la barra, donde seguía esperando Elías, y vio que una chica guapísima se acercaba a hablar con él, él le sonreía y la conversación fluía. Lo veía desde allí, aunque también veía que él tensaba los hombros y mantenía las distancias. Cuando el camarero le acercó lo que había pedido, Elías levantó la copa de helado y se despidió de la desconocida.

—Perdón, me han hecho esperar.

—No te preocupes. ¿Estás bien, Elías? ¿Te sucede algo?

Él arrugó las cejas y bajó la mirada. Esa expresión también le era desconocida a Valentina y se preguntó cuántas caras de Elías le faltaban por descubrir y por qué esa noche le inquietaba.

—Pasado mañana regreso a Barcelona.

Habían viajado a Tokio juntos, entonces ella todavía no sabía si iban a aceptarla en el curso de ilustración y había confiado tan poco en sus posibilidades que había dado por hecho que, llegado el momento, también regresarían juntos a Barcelona. Ahora ella iba a quedarse.

—No creía que fueran a aceptarme; estaba convencida de que volveríamos juntos a casa. —Se atrevió a colocar una mano encima de la que él mantenía tensa con el puño en la mesa—. Voy a echarte de menos, Elías.

Él giró la mano despacio y entrelazó los dedos con los de ella sin levantar la mirada, manteniéndola fija en aquel gesto, interpretándolo.

—Yo también a ti, y estos dos meses aquí, en Japón, el trabajo, nuestras charlas, nuestros paseos. Ha sido distinto. Al menos para mí. —Entonces la miró—. En Barcelona somos amigos y, no me malinterpretes, me gusta ser tu amigo, pero a veces es como si nuestra amistad estuviera encerrada en una caja. Una caja hermética de la que no podemos escapar, donde es imposible respirar.

A Valentina le sudaba la palma de la mano, no sabía qué hacer con ese Elías que parecía empeñado en decirle la verdad y en no conformarse con las medias tintas.

—Yo no te he puesto en una caja.

—Lo hemos hecho los dos, diría que yo incluso más que tú. Se me da bien salir con chicas, hablar con ellas, lo que se me da mal es escucharlas y cuando me di cuenta de que a ti te escuchaba no me gustó. Diría que la caja es más mía que tuya y cada vez que te pedía que salieras conmigo y tú te negabas la hacía un poco más pequeña, más hermética. Tú vas a quedarte aquí nueve meses y yo vuelvo a Barcelona en cuestión de horas. Podría no haberte dicho nada de todo esto. De hecho, no iba a decirte nada de todo esto.

—¿Y por qué lo has hecho?

—Porque hoy has encontrado al chico del metro. —Le soltó la mano y bebió un poco de cerveza. El helado que le había llevado a Valentina estaba derritiéndose olvidado entre los dos—. Cuando me hablaste de él por primera vez me pareció una historia absurda, no le di importancia.

—Siempre que te he contado algo de él me has tomado el pelo.

—Es que hasta hoy me parecía ridículo, pero hace un rato, cuando me has contado que le habías visto en esa reunión se me ha formado un nudo en el estómago.

Hacía horas de eso, había sido una conversación en medio de la docena o más que habían mantenido desde que Elías había ido a su encuentro en el parque.

—No lo entiendo —confesó Valentina.

—A mí me ha costado un poco —sonrió Elías, volviendo a ser en cierto modo el de antes, aunque no del todo—. Volveré a Tokio dentro de un mes y, lo más probable, es que entonces tenga que quedarme aquí durante un tiempo. No te lo había contado porque aún no es seguro —se apresuró a puntualizar.

—Creía que no te gustaba estar aquí.

Elías volvió a buscarle la mano.

—Digamos que la ciudad ha ganado incentivos en lo que a mí se refiere. Tú estás aquí —no disimuló— y me gustaría seguir descubriendo qué hay de verdad en nuestra caja, ¿qué te parece? Aquí, lejos de Barcelona, siento que todo es distinto y me gusta.

Valentina entendió lo que quería decir Elías con que allí ellos eran distintos. Apenas unos minutos atrás ella se había fijado en él como nunca lo había hecho antes. ¿Se atrevería a averiguar hasta qué punto podían cambiar las cosas o incluso ellos mismos?

—A mí también me gusta. Me da miedo —añadió sincera—, pero me gusta.

Elías sonrió y tomó una cuchara para comer un poco de helado.

—Te lo he dicho, no hay nada como el chocolate para celebrar buenas noticias. —Le soltó la mano para ponerse después en pie y volver a ofrecerle la suya—. ¿Te apetece bailar?

En el estrafalario restaurante sonaba la banda sonora de *Dirty Dancing* y Valentina y Elías bailaron *The time of my life* sin dejar de sonreír, riéndose el uno del otro de lo mal que imitaban la escena de la película. Después regresaron al edificio donde compartían apartamento y él le dio un beso en la mejilla antes de ir a acostarse. Al día siguiente el trabajo los mantuvo ocupados a ambos, y Valentina fue además de cabeza haciendo trámites para el curso de ilustración. Llegó la mañana de despedirse, Elías insistió en que no quería que lo acompañase al aeropuerto, no hacía falta, el tráfico era un infierno y era absurdo que Valentina perdiera esas horas. Ella tenía la sensación de que había algo más, pero no insistió, ella tampoco sabía cómo decirle adiós después de aquel par de días.

—Llámame cuando llegues, bueno, cuando te hayas recuperado del vuelo y esas cosas —le pidió Valentina algo tímida en el rellano del edificio mientras esperaban al taxi que iba a llevarse a Elías.

—Te llamaré cuando llegue y si te parece bien otras veces. Quiero hablar contigo.

—Me parece bien.

El taxi se detuvo en la calle y bajó el taxista.

—Tengo que irme. —Elías levantó una mano y apartó un mechón de pelo del rostro de Valentina—. No bailes *Dirty Dancing* con otro estos días, ¿de acuerdo?

Una risa floja escapó de los labios de Valentina.

—Dudo mucho de que surja la oportunidad.

Elías le dio la maleta al taxista y se agachó para recoger del suelo la bolsa que le quedaba.

—Yo no estaría tan seguro; tú, Valentina, tienes la increíble capacidad de sorprenderme.

Elías la abrazó, depositó un beso en lo alto de la cabeza de Valentina y se metió en el taxi antes de que ella pudiera responderle que, al parecer, él también tenía la increíble capacidad de sorprenderla.

Óscar volvió a cargar la página del correo para ver si en los últimos segundos Valentina le había escrito. Nada, la bandeja de entrada seguía sin recibir noticias de ella. Exceptuando aquel mensaje que ella le había escrito después de verse en esa reunión y descubrir quiénes eran en realidad, Valentina no había vuelto a escribirle.

Él tampoco, pero era el turno de ella, ¿no? Le tocaba a ella.

Se levantó furioso de la silla y fue a por un café. Estaba pensando como un adolescente (uno que no pensase demasiado) y no le gustaba, menos aún cuando esos últimos días había decidido hacer exactamente lo contrario y no cagarla. Tenía que actuar con cabeza y debía comportarse como el hombre sensato que se suponía que era. No cagarla, ese había sido el mantra que Óscar había acuñado con sus dos mejores amigos la última vez que los había visto. Si lo vieran ahora, seguro que se reirían de él y con razón.

El café le sirvió para centrarse un poco; llevaba días durmiendo fatal y eso seguro que no ayudaba a su mal humor, y también tenía más trabajo pendiente del que podía quitarse de encima. Terminó la bebida y empezó a abrió el primer archivo de su larga lista de pendientes. Un par de horas más tarde, y con un par de tareas tachadas ya de su lista, sonó el teléfono y contestó sin mirar quién era.

—¿Sí?

—Hola, Óscar, ¿te pillo mal?

La voz de Paloma le despertó una sonrisa. Por culpa de una serie de imprevistos llevaba días sin verla y apenas habían intercambiado ningún mensaje. Una parte de él quería contarle lo de Valentina, la extraña historia que compartía con la chica del metro desde que se habían cruzado en aquel vagón meses atrás, pero otra no lo veía tan claro, pues no quería darle más importancia de la que tenía. Al fin y al cabo, él y Valentina (todavía le resultaba extraño saber su nombre) no se conocían realmente y ella estaba a miles de quilómetros de distancia. Y después de hablar con Ricky y Héctor no tenía claro que contarle eso a Paloma fuera lo más adecuado.

—No, por supuesto que no. ¿Cómo estás?

—Bien, agotada. Siento haber tenido que anular nuestra última cita y haber estado desaparecida en combate estos días; el trabajo ha sido una locura y...

—No tienes de qué disculparte. ¿Ahora ya estáis más tranquilas?

Paloma trabajaba de escaparatista; a él le había sonado muy raro el día que se lo dijo, pues cuando le preguntó qué hacía ella le respondió que «creaba mundos imaginarios que desaparecían constantemente». Le había sorprendido, «intrigado» quizá lo describía mejor. Hasta aquel día Óscar no se había fijado demasiado en los escaparates de las tiendas, pero ahora no podía evitarlo. La especialidad de Paloma era el papel; diseñaba estructuras de papel increíbles y con unas tijeras afiladas y el papel adecuado podía crear un pequeño teatro de sombras chinas en una hora. El último estaba ahora en el escaparate de una lujosa tienda de bolsos de la ciudad.

—Sí, Margot y yo volvemos a tener la situación bajo control, al menos de momento. —Margot era su socia, una fotógrafa muy huraña en palabras de Paloma, pero con un excelente sentido del humor y una lista de contactos inacabable—. Por eso te llamaba; Margot se siente culpable por haberme encarcelado estos días, se ha puesto muy dramática y me ha dado dos entradas para un concierto de esta noche. No sé quiénes son, seguro que es algún grupo experimental de esos que le gustan a ella, pero no me ha dejado rechazarlas. ¿Te apetece acompañarme?

—Claro.

—Todavía no te he dicho quiénes son ni qué tocan, ni dónde es ni nada.

—Da igual. No me importa. Tú estarás allí y con eso me basta.

Paloma soltó una carcajada que hizo que Óscar respirase mejor al otro lado del teléfono.

—Es a las ocho y media, en una de esas calles que tenéis aquí con nombres de filósofos o pintores. —Paloma disfrutaba fingiendo que no conocía Barcelona.

—¿Paso a recogerte a las ocho? —ofreció Óscar—. Te traeré un mapa de la oficina, aunque sabes perfectamente los nombres de esas calles.

—Gracias, yo también tengo un regalo para ti. Nos vemos a las ocho.

Cuando Óscar salió del trabajo y fue a casa a ducharse y cambiarse de ropa para el concierto, vio el cuaderno amarillo de Valentina encima de la cama. Seguía abierto por la página que él había estado mirando esa mañana, una en la que aparecía él apoyado en la pared del vagón con los ojos cerrados. Le falló el aliento como siempre que lo observaba, pero esta vez acompañado de una rabia desconocida. Si ella, la chica que lo había dibujado de esa manera, no quería saber nada más de él, no podía forzarla. Cerró el cuaderno y lo lanzó al fondo de un cajón del mueble que tenía junto a la entrada. Mañana, cuando fuera a trabajar, le mandaría un correo para preguntarle dónde podía mandarle el cuaderno.

No quería seguir teniéndolo cerca.

9

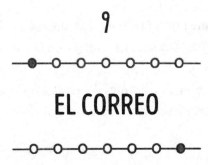

EL CORREO

No pensó demasiado en el texto, no quiso hacerlo. De camino a la oficina se puso los cascos y escuchó una de las listas que Ricky le había mandado. Cuando Ricky necesitaba concentrarse preparaba esas listas de canciones extrañas y sorprendentes que solo él encontraba. Si una era excepcional no descansaba hasta conseguir que Óscar y Héctor la escuchasen. Nadie lo diría al verlo, pero Ricky era un gran entendido y apasionado de la música en todas sus facetas. El próximo viernes, cuando se reunieran, le diría que esa le había gustado.

Puso en marcha el ordenador y esperó a que apareciera el icono del correo. Esa mañana había visto un arcoíris y la noche anterior había acabado en tormenta. Óscar y Paloma habían tenido que despedirse delante de la puerta de la sala de conciertos porque ella había coincidido allí con una chica que había conocido en París y él las había dejado poniéndose al día. Paloma se había disculpado porque, debido a su anterior trabajo, le sucedían a menudo esas cosas. Antes de establecerse por su cuenta había trabajado en unos grandes almacenes estadounidenses y prácticamente había viajado por todo el mundo. Ahora había decidido instalarse en Barcelona, y aunque apenas tenía amigos en la ciudad, siempre se encontraba con algún conocido. Óscar había insistido en que no pasaba nada, él estaba cansado y saltaba a la vista que ella estaba encantada de haberse encontrado con su amiga y quería seguir charlando. Paloma le sonrió, le acompañó a la puerta y, tras ponerse de puntillas, le rodeó el cuello con los brazos y le besó antes de que Óscar emprendiera una carrera bajo la lluvia. El beso todavía le hacía cosquillas en los labios y en el interior de la boca, y la punta de los dedos recordaban aún el tacto de la piel de la espalda de Paloma que había podido acariciar levemente al abrazarla.

Pero el arcoíris le había hecho pensar en Valentina y había tenido que contenerse, acelerar el paso y prácticamente obligarse a seguir caminando para no sacar el móvil del bolsillo y fotografiarlo para después mandárselo.

Se puso a escribir. En su cabeza había recitado cada línea, había escogido una palabra indiferente tras otra. Iba a ser educado, profesional, distante, un perfecto desconocido. Era el correo ideal, breve y directo sin delatar en ningún momento que su autor estaba enfadado o, ni mucho menos, dolido por el silencio del receptor. Era la obra maestra de los correos objetivos y había calculado incluso la hora perfecta para mandarlo, a media mañana. No era lo bastante importante como para mandarlo a primera hora ni tampoco algo que tuviera que hacer antes de salir; a media mañana sería la hora perfecta para denotar indiferencia. No quería que ella pensara que había tenido en cuenta la diferencia horaria. Lo mandaría entonces, a la hora que a él le iba bien, sin pensar si ella lo vería entonces o si a esa hora estaría durmiendo. Iba a redactarlo y lo dejaría en la bandeja de borradores listo para enviar en el momento preciso; tan solo quería quitárselo de encima para así empezar la jornada tranquilo y centrado. Nada más.

Los planes y teorías de Óscar, sólidos cual columnas dóricas se tambalearon en cuanto vio el nombre de Valentina en su bandeja de entrada.

Hola, Óscar:

Perdona que no te haya escrito nada estos días, pero no sabía qué decirte. Escribirte, saber que tú, tú, ibas a leer mis palabras... me ha dado miedo. Perdona, pero no quiero mentirte y no quiero inventarme ninguna excusa. Esta es la verdad: me daba miedo escribirte y por eso he tardado en hacerlo.

Pero te he dibujado; tengo un cuaderno nuevo y te he dibujado. Espero que no te importe. ¡Oh, Dios mío! Ahora que lo pienso nunca he llegado a preguntarte si te importa. ¿Te importa? ¿Quieres que deje de hacerlo?

Me imagino qué estás pensando: a esta chica le daba miedo escribirme y ahora prácticamente escupe las palabras en el teclado. Tienes razón, pero es que hoy he tenido un gran día, un día fantástico que en realidad ha empezado mal, muy mal, pero ha terminado bien, muy bien. ¿A ti no te parece que los finales son casi más importantes que los principios?

Me estoy yendo por las ramas; la cuestión es que he empezado un curso de ilustración, un curso muy importante. No voy a aburrirte con los detalles, pero lo combino con el trabajo y la verdad es que me faltan horas porque al parecer los humanos tenemos que dormir y comer o nos convertimos en objetos animados andantes altamente peligrosos, capaces de provocar cualquier desastre. No preguntes.

La cuestión es que hoy en clase nos han pedido que dibujásemos algo divertido y te he dibujado a ti y a esas jugadoras de *hockey* que te golpearon con los palos en el metro. El profesor, que es un hueso muy duro de roer, me ha felicitado y he pensado que quería contártelo. En realidad, aunque no me hubiese felicitado iba a escribirte, quería contarte que tenías razón, que no estamos tan lejos como yo creía y que sigo dibujándote.

Espero de corazón que no te importe y que algún día, si quieres, me escribas.

Valentina

Las columnas se derribaron piedra a piedra, como si Óscar jamás las hubiese levantado. El corazón le galopaba por la garganta y era incapaz de apartar la mirada de la pantalla del ordenador. Tecleó igual que respiraba, a golpes, con dificultad.

No me importa que me dibujes, no dejes de hacerlo. Solo me gustaría ver alguno de esos dibujos. ¿Quieres que te mande el cuaderno amarillo? Puedo hacerlo, aunque me he acostumbrado a hojearlo.

No me importa que hayas tardado en escribir; yo también tenía miedo de hacerlo y ya que tú has confesado eso primero, te diré que estaba dolido por tu silencio. Haz con esta confesión lo que quieras, yo tampoco sé cómo interpretarla.

Cuéntame más sobre ese curso. ¿Dónde es? ¿Qué vas a estudiar exactamente? Cuéntame también lo de ese desastre, si quieres. Cuéntame lo que quieras.

Quiero escribirte, ojalá también pudiera verte, aunque solo fuera sentada frente a mí en un vagón de metro.

Óscar

Después de darle a enviar, Óscar comprendió dos cosas: la primera, que no iba a contarle a Héctor y a Ricky nada sobre ese correo; la segunda, que a Paloma no iba a decirle nada sobre Valentina. Confiaba en sus amigos, le conocían mejor que nadie en este mundo y él también a ellos, por eso sabía que le dirían que estaba cometiendo una locura, que eso solo podía acabar mal y no quería oírlo. No era que Óscar dudase de la existencia de esa posibilidad, sabía que Valentina y él no podían ir a ninguna parte, sin embargo, no podía dejar escapar la posibilidad de conocer mejor a esa chica. Valentina y él no iban a acabar mal; por circunstancias del destino ni siquiera podían empezar. Por eso no iba a hablar a sus amigos de ese correo ni a contarle nada a Paloma, porque no había nada que contar. Intercambiar unos cuantos correos con Valentina, quizá incluso hablar con ella algún día, no iba a hacer daño a nadie y él no sabría explicarlo, pero lo necesitaba. En realidad, las columnas siempre habían sido muy endebles.

10

EN OTRO UNIVERSO

Buscar uno de los dibujos del cuaderno de Valentina y mirarlo mientras se tomaba el café antes de salir hacia el trabajo era el ritual favorito de Óscar. Si no lo hacía porque se dormía o porque pasaba esa noche con Paloma, sentía que le faltaba algo y que ese día iría de mal en peor. Había dejado de buscarle un sentido y se repetía que no había nada de malo en ello. No hacía daño a nadie y a él le reconfortaba ver los trazos de Valentina en una hoja de papel. Nunca les había sacado fotografías a los dibujos para poder llevarlos encima (eso sería ir demasiado lejos), pero le gustaba abrir el cuaderno, imaginárselo en las manos de Valentina como cuando se cruzaban en el metro e imaginar qué había pasado el día que ella había hecho ese dibujo.

Ahora que sabía que ella estaba en Tokio y que iba a quedarse allí bastante tiempo, se había resignado a no encontrarla en el metro y había dejado de buscarla en cualquier rincón de la ciudad. Y, aunque no le gustaba reconocerlo, también se había dado permiso para ser feliz con Paloma. De nada servía que siguiera preguntándose qué sucedería con Valentina si ella no estaba aquí y quizá no volviera nunca. Una parte de él siempre se arrepentiría de no haberse acercado a hablar con ella en el metro; quizá si se hubieran conocido antes de que ella se fuera las cosas habrían sido distintas, pero no lo había hecho y tenía que vivir con ello.

Las posibilidades de que entre él y Valentina hubiese existido algo siempre seguirían vivas en otro universo, se decía, porque era imposible que no existiera uno en el que ellos no estuvieran juntos. Pero en ese, en el que vivía él, había llegado tarde.

Su universo era el de Paloma.

Con esa convicción buscó el teléfono y le mandó un mensaje para preguntarle si esa noche le apetecía ir a cenar. Ella respondió al cabo de un rato, estaba trabajando en una tienda de la calle Enric Granados, terminando el nuevo escaparate, y si Óscar pasaba a buscarla a eso de las ocho podrían ir adonde él quisiera.

Óscar sonrió y siguió trabajando. Seguía con la apatía de esos últimos meses y había curioseado por distintas páginas especializadas en busca de ofertas para alguien con su perfil, pero ninguna había captado su atención. Había días en los que se preguntaba si las dudas que tenía sobre su carrera profesional estaban, de algún modo, ligadas también a Valentina y a ese otro universo en el que estaban juntos y él tenía un trabajo que de verdad le gustaba. Desechaba la idea por absurda y cobarde; no le hacía falta ser psicólogo para reconocer que era muy práctico no asumir ninguna responsabilidad y creer que las cosas no iban como tú querías porque estabas en el universo equivocado.

Todavía no había sacado el tema del trabajo con Paloma; hasta la semana pasada solo se veían para ir a cenar, al cine o para tomar algo. Todo había cambiado el día que había leído aquel correo de Valentina, cuando ella le contó lo del curso de ilustración.

Óscar había intentado convencerse de que una cosa no tenía relación con la otra, que no se había acostado por primera vez con Paloma después de asumir que Valentina no iba a aparecer, pero cuando estaba a solas con sus pensamientos no podía negarlo. Se sentía muy mal por ello, ya que Paloma no se merecía algo así y su relación tampoco, y se había prometido a sí mismo que a partir de ahora Valentina no tendría ninguna influencia en ellos.

No podía otorgarle esa clase de poder a una chica que vivía a más de diez mil quilómetros de él. Ya se le había metido en el alma, si entraba en su corazón no podría hacer nada para echarla.

La cosa todavía no era tan grave. No había pronunciado el nombre de Valentina ni había pensado en ella mientras estaba con Paloma. No era tan capullo. Paloma y él habían salido a tomar algo con Ricky y Héctor, que esa noche no cuidaba de su padre y había cedido a la presión de Ricardo para dejar de comportarse como un monje. Paloma se había presentado con unas amigas y la noche se había animado. Estaban bailando en una discoteca cuando Óscar vio unas Converse rojas subiendo la escalera que conducía a los baños y salió corriendo tras ellas. A medio camino se detuvo furioso consigo mismo. ¿Qué estaba haciendo? No podía seguir así; acabaría perdiendo la cabeza y haciendo daño a Paloma. Valentina no estaba allí y, aunque lo estuviera, no existía nada entre ellos dos.

Nada.

Volvió al lugar donde estaban sus amigos charlando y bailando y los observó durante unos segundos. Envidió la capacidad que tenían para estar allí sin querer estar en otra parte, con otra persona. Buscó a Paloma con la mirada y, cuando la encontró, ella le sonrió y esa sonrisa fue como alcanzar un salvavidas en medio de un naufragio. Caminó hasta ella y le sujetó el rostro para besarla con todas sus fuerzas. Cuando la soltó, Ricky silbó como si estuvieran en un bar del lejano Oeste y Héctor lo miró intrigado. Por suerte, Paloma le tomó la mano y entrelazó los dedos. Esa noche, cuando se fueron a casa, ella le preguntó si quería subir a su piso y Óscar aceptó por primera vez.

Descubrir a Paloma de esa manera fue bonito y más tarde, cuando ella se quedó dormida, Óscar pensó que existía la posibilidad de que llegasen a ser importantes el uno para el otro. No como con Valentina, pero no por eso de una manera menos valiosa. No todas las historias son cohetes y fuegos artificiales, de hecho, la pirotecnia suele ser breve y dejar graves secuelas.

Por la mañana despertaron juntos como si lo hubieran hecho cientos de veces, ella se duchó mientras él preparaba café y después salieron a pasear y pasaron el domingo juntos. Al llegar la noche, Paloma se despidió con un beso y le dijo que ya se verían durante la semana. Fácil, relajado, sin complicaciones. Y cuando Óscar subió al piso, se obligó a no buscar el cuaderno de Valentina.

El lunes no se habían visto y el martes tampoco. El miércoles ella le había invitado a una galería donde exponía una artista con la que Paloma había coincidido en Nueva York y después de la exposición y de la cena ella se había quedado a dormir en el piso de Óscar. Esa vez había sido más física que la primera, más desinhibida, dos cuerpos conscientes de que necesitaban y querían la desconexión que proporciona el sexo. Por la mañana, él no había abierto el cuaderno, se le retorció el estómago solo de pensarlo, y salieron juntos hacia el trabajo.

De eso hacía ya una semana y Óscar y Paloma se sentían cómodos y felices con la rutina que habían establecido. Se entendían muy bien y adivinaban cuándo tenía el otro ganas de quedar o cuándo preferían estar cada uno en su casa. El sexo era divertido y Óscar, por fin, comprendía a esa gente que llevaba toda la vida con la misma persona y estaba a gusto. No podía imaginarse discutiendo con Paloma, y que tampoco pudiera imaginarse el resto de su vida con ella era normal; se estaban conociendo y él estaba disfrutando del proceso.

Un mes más tarde Paloma tuvo que cambiarse de piso; el dueño había fallecido y los herederos habían vendido la finca entera. Óscar la acompañó a visitar unos cuantos y ella le preguntó su opinión en varios aspectos, aunque al final fue ella la que decidió cuál se ajustaba más a lo que estaba buscando. Óscar no habría sabido qué decir si Paloma le hubiese preguntado directamente qué piso le gustaba más a él. Estaban bien, ella le gustaba y creía que era una chica fantástica, pero era como si supiera que su corazón estaba capacitado para sentir algo mucho más grande que lo que estaba sintiendo ahora.

Pero él no era así, se recordaba a diario; él era práctico y si su relación con Paloma no tenía ningún fallo, no iba a inventárselos y no iba a volver a preguntarse si existía la posibilidad de que Valentina lo estuviera esperando en Tokio. Él no iba a mudarse allí.

Y era imposible que ella no tuviera a alguien a su lado.

Él tenía a Paloma y no iba a permitir que su subconsciente o una historia absurda con una chica con la que en realidad no había hablado nunca en persona la echase a perder.

—¿Qué te parece esta estantería? —le preguntó Paloma.

Estaban en IKEA porque ella todavía necesitaba algunos muebles para su nuevo piso. Óscar parpadeó, se había quedado atontado delante de una lámina fotográfica con la imagen de Tokio. No era de extrañar que su mente hubiese divagado hacia donde no debía.

—¿Dónde vas a ponerla?

—En esa habitación que me sobra. Creo que tiene el espacio perfecto para mis libros y mis cajas de papeles estampados.

—¿Tienes las medidas? A veces estas cosas engañan.

Paloma sonrió.

—Cariño, en mi trabajo tomo medidas constantemente. Créeme, la estantería es perfecta.

—Entonces no le des más vueltas.

No le gustaba que lo llamase «cariño» y se sentía fatal por ello. No tenía problemas con el apelativo en sí, era que no sentía que su relación estuviera en ese punto, y no estaba seguro de que llegase a estarlo. Óscar, demostrando una vez más que era un chico práctico de verdad, había imaginado que enamorarse era como probarse la chaqueta perfecta, esa que se ajusta a la perfección a tu espalda y a tus brazos, no tira de ningún lado y no hay que hacerle ningún arreglo. Las chaquetas son las prendas más difíciles de confeccionar por un sastre, así que si una te sienta bien a la primera, tienes que quedártela porque tienes muy pocas posibilidades de volver a encontrar una igual.

Así imaginaba él que era enamorarse, como encontrar la chaqueta perfecta, y aunque Paloma le gustaba y demostraba ser fantástica a medida que pasaban los días y su relación iba evolucionando, no podía quitarse de encima la sensación de que esa chaqueta (su relación) necesitaba demasiados retoques.

Seguramente el problema era él. Estaba convencido de que el problema era él.

Él y su incapacidad de resignarse a vivir en ese universo por mucho que lo intentase.

—Óscar, ¿estás bien? —Paloma le puso una mano en el antebrazo—. Estás pálido.

—Aquí hace calor. Hay mucha gente, ¿no crees?

Ella lo miró confusa.

—La verdad es que hoy no hay demasiada. Ya he quedado con el chico; me traerán la estantería el viernes. ¿Podrás pasarte el sábado y ayudarme a montarla? Prometo compensarte después... —Apoyó una mano en su torso y la deslizó despacio hacia abajo—. Este fin de semana no hemos quedado con nadie y podemos estar los dos solos en casa. En la cama.

Óscar capturó la muñeca de ella para que no siguiera bajando. Paloma abrió los ojos y a Óscar no le costó ver la sorpresa y el disgusto por su reacción, así que para hacerse perdonar la rodeó por la cintura con la otra mano y tiró de ella hacia él.

—Hay niños delante —improvisó y bajó la cabeza para darle un beso. Después la soltó y se apartó—. Cuenta conmigo el sábado, montaremos la estantería.

—Y después pasaremos todo el fin de semana en la cama.

Paloma se alejó para ir a concretar algo más con el encargado de esa sección y Óscar, que en otra vida debió de ser un mártir muy sacrificado o directamente masoquista, caminó de nuevo hasta esa lámina de Tokio.

Él estaba aquí y no allí.

Paloma estaba aquí.

Valentina, no.

Tenía que encontrar la manera de que la chica del cuaderno amarillo no se entrometiera más en su vida o acabaría echándola a perder.

Se alejó de la lámina y, cuando llegó junto a Paloma, la tomó de la mano y caminó con ella hacia fuera. En la calle de ese polígono industrial de Badalona, Óscar besó a Paloma como tendría que haberlo hecho dentro y se dijo que ahora sí, que iba a dejar de pensar en Valentina de esa manera.

Cuando llegase a casa guardaría el cuaderno en algún lado, en una caja en lo alto de un armario o, mejor aún, le pediría a Valentina su dirección y se lo mandaría a Tokio, porque mientras tuviera ese cuaderno en su poder seguiría creyendo que existía la posibilidad de que ellos dos se encontraran.

En este universo y en cualquier otro.

11

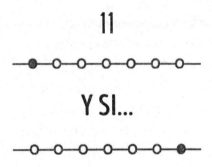

Y SI...

Óscar salió silbando de la estación de metro. Héctor y Ricky llevaban más de diez minutos esperándolo, pero ninguno de los dos le había mandado todavía el mensaje de rigor recordándole que llegaba tarde y que habían empezado sin él. Sonrió al notar la vibración del móvil y abrió la puerta del bar levantando la mano para saludarlos.

—Sois unos impacientes.

—Y tú eres incapaz de llegar puntual —le recriminó Héctor.

—Cualquiera diría que tenéis otros planes —se defendió Óscar sin acritud. Nada podía empeorar su humor los últimos meses.

—Pues los tenemos, o al menos yo sí —dijo Ricky—. Tú tienes a Paloma y aquí el mártir —señaló a Héctor— al parecer ha hecho voto de castidad.

—Yo no...

—Lo has hecho, Dios sabrá qué tontería se te ha metido ahora en la cabeza, pero no estamos hablando de esto. —Ricky dio una colleja a Héctor por interrumpirlo y siguió como si nada—. Estamos hablando de mí, de que hoy tengo una cita.

—¿Estamos hablando de ti? —Óscar se quitó la chaqueta y dio el primer trago de cerveza—. Vaya novedad.

—Sí, el señorito exige mucha atención —se burló Héctor—. No queremos que se nos vuelva a poner melancólico. ¿Algún día vas a contarnos que sucedió de verdad entre tu jefa y tú en la universidad? Porque deja que te diga que nunca me he creído ese rollo de que solo coincidisteis en unas optativas.

Ricky se atragantó con el cacahuete que estaba comiendo, lo bajó con un poco de cerveza e ignoró el comentario y la pregunta de Héctor para hacerle otra.

—¿De verdad no quieres venir esta noche? Sé que Óscar es misión imposible; desde que dejó de comportarse como un idiota y vio que no podía perder a Paloma ya no me sirve para estas cosas, pero tú estás soltero y sin compromiso y no das miedo del todo. Kim tiene amigas muy majas.

—Tiemblo solo de pensar en las amigas de Kim —sentenció Héctor.

—Menos mal que yo soy más valiente que tú, cagado. —Ricky dio unas palmas—. Tú te lo pierdes.

—Lloraré la pérdida como es debido, no te preocupes. No he hecho voto de castidad ni nada por el estilo, no me apetece quedar con una desconocida. Y no me digas que así nunca conoceré a nadie. Ya conoceré a alguien cuando tenga tiempo, ahora me conformo con dormir una noche entera sin despertarme. No me miréis así; sé que los dos estáis más que dispuestos a ayudarme con lo de mi padre, gracias, pero de momento me las apaño solo. —Carraspeó y bebió un poco de cerveza—. Y aparte de tu cita con Kim, ¿qué tal el resto de la semana? ¿Alguna novedad en el trabajo?

—Tus hermanos son unos capullos, tendrían que ayudarte más y no me vengas con el rollo de que hacen lo que pueden. Estás hecho una mierda, Héctor, aunque no quieras hablar de ello. Y en cuanto a mi trabajo, no. Nada. Ninguna novedad. Todo sigue igual —respondió Ricky demasiado rápido.

—Suenas hastiado —detectó Héctor—. Hace meses decías que quizá buscarías algo en otra parte. Todavía no sabes nada de ese cambio de departamento y, que yo sepa, no llegaste a mandar ningún *e-mail* a mi empresa, ¿verdad?

—No, ninguno, supongo que se me pasó. He estado liado. ¿Y tú? —señaló a Óscar, que estaba distraído y aprovechó para alejar la atención de sí mismo—. ¿Todo bien en el trabajo?

—El trabajo bien, como siempre. Mi trabajo no es emocionante como el vuestro, no todo el mundo tiene vocación. Y no encontrar el trabajo de mis sueños no significa que no me guste lo que hago. No es emocionante y ya está.

Ricky y Héctor intercambiaron una mirada y en su mente Óscar volvió a verlos como cuando eran pequeños y jugaban juntos al baloncesto; esos dos iban a hacerle una jugada. Y se dejó hacerla porque tal vez él estaba hecho un lío con lo de Paloma y Valentina, pero ellos tenían sus propios problemas y, por lo que acababa de ver, pocas o ningunas ganas de afrontarlos, así que si burlarse de él iba a relajarlos, adelante.

—La emoción es subjetiva —empezó Ricky.

—Ya sabes lo que dicen los de Recursos Humanos: la motivación lo es todo —añadió Héctor.

—Sí, vale, capto la ironía. —Óscar optó por beber un poco y sonrió a ver qué más le decían, pero se quedaron callados.

El silencio era una novedad entre ellos; no estaban acostumbrados y no sabían lidiar con él. Las bromas que se habían hecho constantemente de adolescentes quizá ahora les chirriaban, pensó Óscar, y, de momento, ninguno de los tres estaba dispuesto a asumir que esos años les quedaban ya muy atrás. Por separado estaban preparados para enfrentarse a las dificultades de sus vidas, pero en esos encuentros de los viernes los tres fingían que eran los de antes, que el problema más serio que tenían era un mal examen, un partido perdido o que la chica que les gustaba era inaccesible. Algún día tendrían que cambiar, pero no iba a ser aquel viernes. Hoy no iban a hablar de Héctor ni del motivo por el que no quería salir con nadie, ni tampoco de Óscar, que sí, últimamente estaba feliz, pero también había cierto tema que había desaparecido de las conversaciones de esos encuentros y cierta persona que, a todas luces, era inabordable ahora que Paloma se había convertido en su pareja. Ricky, dispuesto siempre a ser el aceite que engrasaba la maquinaria del grupo, carraspeó y les contó una anécdota del trabajo, con toda seguridad inventada, y tras arrancarles las carcajadas de rigor anunció que se iba. Lo estaban esperando, les dijo al despedirse con unas palmaditas en la espalda. Les recordó que habían quedado el domingo para correr juntos en la playa (una idea sádica que había tenido Héctor días atrás y que, para sorpresa de los tres, había cuajado) y les prometió que entonces les contaría todo lo que se habían perdido al no querer acompañarlo con Kim.

Al quedar solo dos, quizá porque al perder un miembro la fuerza del grupo siempre disminuía, Óscar se atrevió a preguntarle a Héctor por su padre.

—Está bien, todos estamos bien. —Se terminó la cerveza—. Y tú, ¿has hablado con la chica del cuaderno amarillo últimamente?

—*Touché!* —Óscar levantó la cerveza y brindó en el aire aceptando la derrota—. Dime al menos si te has hecho las pruebas.

Héctor se crujió los dedos, un tic que no había conseguido eliminar nunca, y dejó la mirada fija en el suelo.

—No, todavía no. Lo más importante es mi padre.

Óscar le dio una puntada en el pie, empujándolo un poco.

—¡Eh, mírame, capullo! —Esperó a que lo hiciera—. No tienes que hacer todo esto solo, estamos contigo. Y no es solo una frase hecha. Después de lo que hemos pasado juntos, ya deberías saberlo.

Héctor tragó saliva.

—Lo sé.

—Vale.

—Vale.

—¡Joder, qué mal se nos da esto! —Óscar se puso en pie—. Voy a pagar, no digas nada, me toca a mí. Y luego nos vamos. ¿Tienes prisa? ¿Te apetece caminar un rato?

—Claro, no me esperan en ninguna parte.

En la calle esquivaron a un repartidor que, justo después de bajar con su bici de la acera, fue a parar a un charco sin resbalar y sin salpicarlos y siguió como si nada. Fue toda una proeza, pues no solo estaban

Óscar y Héctor allí en medio, sino que también había un grupo de chicas hablando unos metros más allá y un gato despistado había cruzado como si fuera el dueño del barrio.

—¿Has visto eso?

—Sí, hemos tenido suerte. Ricky se habría burlado de nosotros durante el resto de nuestras vidas si llega a atropellarnos una bicicleta. —Héctor buscó el paquete de cigarrillos en el bolsillo.

—¿Has vuelto a fumar? No crees que...

—¿Qué más da? —ignoró el reproche de Óscar y sacó el encendedor.

—Tendrías que hacerte los análisis.

—No serviría de nada.

—Hombre, te dirían si estás o no enfermo.

Héctor dio una calada; esa noche clara parecía incapaz de contener la frustración que de él emanaba.

—No quiero saberlo, aún no. No cambiaría nada o, como mucho, empeoraría las cosas y créeme, Óscar, las cosas ya están muy mal tal como están.

—¿Y si no estás enfermo?

Héctor sonrió.

—¿Y si lo estoy? Mira, te agradezco que te preocupes y también se lo agradezco a Ricky. Antes de que llegaras al bar he tenido una conversación idéntica a esta con él, pero ahora mismo no es esto lo que necesito de vosotros.

Se puso a caminar y Óscar lo siguió.

—¿Y qué necesitas?

—¿Qué?

—¿Que qué necesitas? —Lo tiró de la manga del jersey y lo obligó a detenerse.

—A mis amigos. No quiero que me tratéis como si estuviera hecho de cristal o como si creyerais que voy a desmoronarme de un momento a otro. Quiero que las cosas sigan como siempre. No quiero pensar en que mi padre tendría que haber ido antes al médico ni en que quizá yo o uno de mis hermanos o, ¡joder!, todos nosotros podemos tener la misma enfermedad. No quiero estar hablando de esta mierda todo el tiempo. Voy a volverme loco si mi vida se reduce a esto.

—Está bien. De acuerdo —Óscar asintió al instante y de repente comprendió qué tenía que hacer. Lo abrazó.

Héctor se quedó petrificado un instante y después soltó el aire como si durante los breves segundos que duró el abrazo de Óscar fueran los primeros en que podía respirar en mucho tiempo.

—De acuerdo —carraspeó—. Gracias.

Óscar lo soltó y reanudó la marcha.

—De nada. Vamos, esta mañana le he prometido a Paloma que la ayudaría a montar una estantería.

Durante el paseo hablaron de tonterías. Los dos sabían que, en realidad, no habían arreglado nada y que los temores y dudas que ambos tenían seguirían esperándolos agazapados, dispuestos a atacar de nuevo. Pero el abrazo había servido para ahuyentarlos un rato y para recordarles que eran amigos de verdad y que siempre podían contar el uno con el otro. No solo para lo bueno y para lo malo, como dice el refrán, sino para lo difícil y lo doloroso y lo divertido y ridículo.

—¿Tienes planes para el fin de semana? Aparte de torturarme el domingo cuando salgamos a correr, claro está —preguntó Óscar cuando llegaron a la esquina donde sus caminos se separaban.

—¿Necesitas ayuda con la estantería de Paloma? —bromeó Héctor.

—No. Gracias, creo que nos las apañaremos.

—Óscar, esa estantería que tienes que montar está en el piso nuevo que ha alquilado Paloma, ¿no es así? El mismo que tiene el sofá que le ayudaste a elegir hace tres semanas y el mismo por el que me pediste que te pasase el número de teléfono de mi primo Javi, el pintor.

—¿Adónde quieres ir a parar?

—¿A que no será que Paloma te está insinuando que puedes irte a vivir con ella y tú no te estás enterando?

A Óscar se le cerró el estómago.

—Solo hace unos meses que nos conocemos. La mayoría de nosotros todavía no nos comportamos como si tuviéramos cuarenta años, Héctor.

Héctor se paró, lo miró con una ceja en alto y después reanudó la marcha.

—No tienes cuarenta pero tampoco quince, Óscar, y esa chica es lo mejor que te ha pasado en mucho tiempo. En el mundo real, al menos. No digo que tengas que irte a vivir con ella ni que le pidas matrimonio, solo que a veces, cuando hablas de ella, tengo la sensación de que la consideras algo pasajero.

Óscar, que seguía parado, aceleró para atrapar a su amigo.

—Sé que Paloma es maravillosa y eso que insinúas no es verdad. Ni Paloma ni yo queremos precipitarnos. Tú la conoces, sabes que es una mujer lista, mucho más que tú y que yo, y creo que si ella quisiera que fuéramos a vivir juntos, como mínimo, habría sacado el tema. Hace poco montó su negocio y acaba de instalarse en la ciudad, te aseguro que lo de vivir conmigo ni se le ha pasado por la cabeza.

—Tal vez no, pero una cosa es ser lista, que lo es y mucho, y otra es querer que alguien, el idiota con el que tienes una relación desde hace meses, por ejemplo, haga algo por ti. Puedes ser la persona más lista y la más independiente del mundo y, aun así, querer que te suceda algo romántico.

—Hago cosas románticas. Fuimos a un pícnic hace poco, ¡por el amor de Dios! Paloma y yo estamos bien juntos, no busques problemas donde no los hay.

—No estoy buscando problemas ni pretendo insinuar que sucede algo malo entre vosotros. Mira, te lo diré de otra manera. A menudo hablas de Paloma, nos cuentas lo que haces con ella y cosas así; es como si tuvieras la necesidad de pasarnos el parte a Ricardo y a mí.

—No es así.

—Lo que tú digas, pero cuando te escucho tengo la misma sensación que cuando oigo a mi madre hablar de la enfermedad de mi padre. No deja de repetir que está bien, que está mejorando, que se recuperará. Como si al decirlo en voz alta fuera a convertirlo en realidad.

—No sé por qué lo hace tu madre, todos nos enfrentamos a los problemas como podemos, pero te aseguro que no es lo que yo estoy haciendo con Paloma.

—Vale, de acuerdo. Entonces, dime una cosa: ¿por qué no hablas nunca de Valentina? ¿Por qué no nos cuentas si has hablado con ella o si todavía guardas ese dichoso cuaderno? A veces es más importante lo que callamos que lo que contamos. Callarnos algo es como convertirlo en un secreto o en algo que debemos proteger de los demás. Tal vez no hablas de esa chica porque es especial para ti y quieres mantener vuestra historia a salvo de la realidad del mundo exterior, de Paloma.

La voz de Héctor ocultaba en aquel consejo partes de algún secreto, de algo vivido y de lo que Óscar no tenía ni idea.

—No estoy protegiendo a Valentina; no hay nada que proteger porque no ha sucedido nada entre nosotros. Os lo habría contado. —Más tarde analizaría las palabras de Héctor, porque no estaba seguro de estar diciéndole la verdad a su amigo—. Nunca te había oído hablar así. Ricardo y yo siempre te tomamos el pelo llamándote «serio» y «viejo», pero la verdad es que no sé qué haríamos sin ti. Esto que has dicho sobre lo que no contamos, sobre que lo que nos callamos es porque queremos protegerlo, ¿hablas por experiencia? ¿Alguna vez te ha pasado algo parecido?

Héctor bufó.

—No, por desgracia no. Y la verdad es que ahora mismo el amor podría plantarse delante de mí y lo único que haría yo sería apartarlo para seguir adelante. Tengo demasiadas cosas en las que pensar. —Se subió el cuello de la cazadora—. Gracias por la charla y por todo, Óscar. No le des más vueltas a lo que te he dicho. Últimamente, además de viejo —le guiñó un ojo— estoy demasiado intenso, y saluda a Paloma de mi parte. —Le dio una palmadita en el hombro y cruzó justo antes de que el semáforo de los peatones se pusiera en rojo.

—¡Eh, Héctor! —lo detuvo Óscar—. Ahora que lo pienso, antes no nos has dicho si tienes planes para mañana por la noche.

—No, tienes razón. No os lo he dicho. Los tengo. No os preocupéis por mí. Nos vemos el domingo temprano, no llegues tarde o te haré correr dos quilómetros más.

12

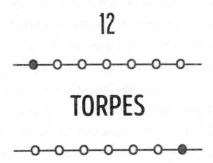

TORPES

Combinar las clases de ilustración con el horario laboral no le estaba resultando nada fácil a Valentina y, aunque era casi feliz, aún le costaba creer que aquella fuera su vida y no un sueño. Le había costado mucho llegar hasta allí y durante aquel tiempo siempre había dado por hecho que, cuando lo consiguiera, el ansia desaparecería y se sentiría completa. Se supone que las carreras de obstáculos terminan al cruzar la meta y ella acababa de cruzarla, estaba donde quería, haciendo lo que más quería y, sin embargo, Valentina tenía la sensación de que no podía dejar de correr. Le faltaba el aire y no acababa de encontrar su lugar y lo peor era que, además, estaba furiosa consigo misma por no ser capaz de eliminar el «casi» y ser feliz del todo. ¿Por qué no dejaba de preguntarse qué habría sucedido si no la hubiesen aceptado en el curso y hubiese regresado a Barcelona? ¿Estaría triste por no haberlo conseguido o feliz por estar de nuevo cerca de Penélope y de la vida que había empezado a crearse allí?

Se suponía que el curso de ilustración era el sueño de su vida; el problema era que Valentina estaba empezando a entender que los sueños están formados de cientos de pequeños retales y que cada uno de ellos es muy difícil de encontrar y de combinar con los demás. Y que algunos son imposibles de conseguir si eliges otros. No era una metáfora muy sofisticada, pero Valentina se imaginaba su vida como una colcha de *patchwork* (su madre tenía una preciosa) en la que el curso de Hibiki era un retal muy grande y Penélope otro y a su alrededor había muchos más; había retales brillantes, otros estampados, otros con dibujos y algunos lisos pero de texturas maravillosas. Tenía miedo de que Óscar fuese un retal importante y haberlo perdido. O quizá el retal era Elías. O quizá no le hacía falta ningún retal de esa clase y podía acabar su colcha perfectamente sin ellos. Lo mejor sería que dejase de pensar en la costura y acelerase el paso.

Llegó al estudio del profesor Hibiki y ocupó el escritorio que le habían asignado. Encima había ya un pequeño vaso de cristal con un poco de agua y los pinceles estaban limpios y alineados encima del retal de lienzo blanco donde ella los había dejado el día anterior. La caja de acuarelas la esperaba cerrada al lado y también un afilado lápiz negro. El lápiz más esnob del mundo, según su hermana, pensó Valentina sonriendo y echándola de menos, y tenía razón, pero era su preferido y cualquiera que hubiese probado un Palomino la entendería. Alzó el lápiz y abrió el cuaderno que había sacado del bolso al sentarse. Faltaba media hora para que empezase la clase y estaba sola en el aula; el silencio y los pensamientos que la habían acompañado toda la mañana la impulsaron a dibujar. Estaba tan concentrada que no vio al profesor Hibiki hasta que este le habló desde su espalda.

—Debería dibujar así más a menudo.

—No le había visto, profesor. —Cerró el cuaderno—. Solo estaba distrayéndome.

El hombre le sonrió y se apartó para dirigirse a la tarima desde donde impartía la clase.

—¿Le he contado que la primera vez que dibujé a Minora fue para mi hija? Mi esposa y yo trabajábamos y todavía estudiábamos. El dinero no nos daba para nada y habíamos cometido la locura de tener a Nora. Una noche no dejaba de llorar, mi esposa todavía no había llegado, y yo no sabía qué hacer, así que me la senté en el regazo y me puse a dibujar. Si a mí me tranquilizaba, también podía funcionar con ella, pensé.

—Y funcionó.

El profesor Hibiki no le había contado la historia antes, pero Valentina la había leído en una de las pocas entrevistas que había concedido.

—No exactamente. —Hibiki sonrió—. Nora no dejaba de moverse y, como seguía llorando, yo no podía pensar. Ya sabe que los hombres somos más limitados que las mujeres. Dibujé lo que tenía más cerca de la punta de los dedos, lo que ocupaba mi mente y mi corazón todo el día.

—A su hija.

—Nunca me ha perdonado que su dibujo tenga orejas de diablo y cola de gato. —La sonrisa de antes llegó a los ojos y transmitió lo unido que estaba Hibiki a su familia—. Lo que quiero explicarle con esto, señorita Valentina, es que en este curso puede aprender técnicas, puede descubrir nuevas maneras de crear personajes, de animarlos, de darles volumen. Existen infinidad de posibilidades. Lo difícil, lo importante, es escuchar qué nos pasa por dentro, encontrar ese personaje, esa historia que tenemos que contar porque esa será la que los demás querrán escuchar. ¿Lo entiende?

—No muy bien, la verdad.

—El dibujo de antes, el de su cuaderno. —Hibiki señaló el bolso de Valentina—. Ese chico estaba también en uno de los dibujos que presentó en su prueba de acceso. Me acuerdo de él y ¿sabe por qué?

—No, ¿por qué?

—Porque tiene vida, alma. Hay algo en él que hace que quiera conocer su historia. —Entraron el resto de los alumnos e Hibiki se dirigió a Valentina por última vez—. Supongo que tendré que esperar a que usted decida contármela.

El dibujo al que se refería Hibiki era Óscar, y Valentina no podía quitarse de la cabeza una frase: «Dibujé lo que ocupaba mi mente y mi corazón todo el día». Ella intentaba no pensar en Óscar; ahora que había descubierto la identidad del chico de las gafas ya no tenía sentido que siguiera tan intrigada por él. Sabía su nombre, sabía dónde trabajaba y si quería podía escribirle, incluso llamarlo. No tenía sentido que él siguiera dominando sus dibujos o que siguiera apareciendo en sus sueños. Quizá, pensó de regreso a su apartamento, si le hubiera escrito o hubiese vuelto a hablar con él las cosas cambiarían, pero no había vuelto a hacerlo desde el último correo.

La mañana siguiente, después de leer lo que Óscar le había escrito («Cuéntame lo que quieras»), Valentina había sido incapaz de escribir nada. El problema era (y seguía siendo) que quería contárselo todo y que sabía que era una locura y que iniciar aquel camino solo serviría para acabar hecha un mar de lágrimas. Mejor mantener una relación cordial, sus trabajos les daban la excusa perfecta para eso y podía mandarle un correo de vez en cuando.

Entonces, ¿por qué no lo había hecho?

Observó el interior del vagón del metro, desvió la mirada hacia una de las puertas e intentó imaginarse a Óscar allí de pie, igual que lo había visto en esas ocasiones en Barcelona cuando no sabía su nombre y no se atrevía a hablar con él. Cuando solo lo dibujaba. Encerró el lápiz entre las páginas del cuaderno y sacó el móvil del bolso. Escribió el correo antes de cambiar de opinión.

Hola, Óscar:

Estoy en un vagón de metro y sé que es imposible que aparezcas en la próxima estación y, sin embargo, cada vez que se abren las puertas levanto la mirada buscándote. También sé que no te he escrito desde hace meses, desde que nos vimos en esa videollamada, y tú tampoco me has escrito a mí. No sé a qué se debe tu silencio y tal vez no quieras romperlo, pero en el caso de que sí, te dejo mi teléfono. Me encantaría hablar contigo.

Valentina.

Le dio a enviar y volvió a dibujar, ahora con el trazo más ligero.

El apartamento que había alquilado Valentina no estaba lejos de la estación de metro y el camino estaba lleno de tiendas de comestibles y florísterías. Estas últimas habían sido lo que la había convencido de elegir este y no otro que estaba más cerca del trabajo y era un poco más caro, para qué negarlo. Vivía sola, una excentricidad en una ciudad como Tokio y con el sueldo que ella tenía, pero podía permitírsela durante un tiempo porque gracias a los consejos de Penélope, y también a los de su padre, había administrado bien la herencia que había recibido de su madre cuando esta murió. No era una fortuna, pues su madre era fotógrafa de bodas, bautizos y comuniones, y cuando sucedió la tragedia Valentina se negó a tocar ni un céntimo de lo que recibió. Todavía lo regalaría todo a cambio de un minuto más con ella, pero tras horas y horas de terapia había aprendido que nada conseguiría que su madre volviera. Seguro que a ella le gustaría el piso y le encantaría Japón, siempre había sido una aventurera, y que le diría que dejase de pensar en recuerdos tristes y disfrutase el momento. Valentina compró unas flores en honor de su madre y la cena, y después de colocar el precioso ramo en un jarrón junto a la ventana se sentó frente al escritorio con ganas de seguir dibujando.

El móvil vibró minutos más tarde y, cuando leyó el nombre del autor del mensaje, Elías, se obligó a no decepcionarse. Elías le mandaba los detalles de su próximo vuelo y le confirmaba que tenía muchas ganas de volver a verla. Hablaban un par de veces por semana, conversaciones ligeras, divertidas, que conseguían que Valentina sonriera y se alegrase de tener a alguien como Elías en su vida. Ella también tenía ganas de volver a verlo, de charlar con él cara a cara, de escuchar las historias que él le contaría de Barcelona; quería tenerlo un poco más cerca y descubrir si esta vez tenía ganas de abrazarlo. Le había gustado que él lo hiciera la noche que se despidieron, pero mentiría si dijera que soñaba con él o que ese abrazo había puesto su mundo del revés.

Leyó el mensaje de nuevo y sonrió, era el efecto que siempre le producía Elías y, a veces, como en aquel instante, Valentina se preguntaba por qué no le pasaba nada más. ¿Por qué no se le encogía el estómago o le sudaban las manos o algo por el estilo? Elías era genial y él, a decir verdad, no había vuelto a decirle que ella le gustaba ni nada parecido, pero Valentina tenía miedo de no ser capaz de sentir esa clase de emociones, de nervios, de ganas, por nadie. Tal vez no tenía esa capacidad. O tal vez la había perdido; le daba terror añadir alguien más a la lista de personas que pueden morir y destrozarte el corazón.

No servía de nada darle vueltas, ni le apetecía ni quería entrar en eso, pero se prometió que la próxima vez que viese a su psicóloga se lo contaría. Hacía meses de la última videollamada que había tenido con ella y seguro que la ayudaría. Valentina había empezado a ir a la consulta, entonces físicamente, tras la muerte de su madre, eso no necesitaba mayor explicación, pero lo cierto es que ella ya había empezado a cerrarse en sí misma antes, cuando su padre se largó y las cambió por la familia número dos. La muerte de su madre empeoró las cosas porque, en la cabeza y en el corazón de Valentina, si uno de los dos tenía que morir no podía aceptar que hubiese sido ella y no él. Él no las quería, él no sabía qué significaba el amor de verdad y creía que veníamos a este mundo solo para asistir a una fiesta tras otra. En cambio su madre era constante, buena, cariñosa. Valentina nunca había dudado de su amor ni se había planteado que ella pudiera no estar a su lado. Si uno de sus padres tenía que desaparecer de escena, tendría que haber sido su padre. Ahora se avergonzaba de ese sentimiento, la psicóloga la había ayudado a entenderlo mejor, pero había días en los que todavía se cruzaba por su cabeza. Penélope había reaccionado de un modo completamente opuesto. Su hermana era la persona más abierta al amor que ella conocía y también la más honorable. Pe creía en el amor y se arriesgaba por ese sentimiento, lo defendía, saltaba a la vista cuando la veías con Javier o con su hija. Valentina no, Valentina creía en el amor de su hermana y desde hacía unos años en el cariño de su padre, pero ¿creer en el amor de un desconocido? Jamás. Esa clase de amor le causaba el mismo pavor que colocarse frente a un tren en marcha o tirarse de un acantilado. Su psicóloga también le decía que eso no era sano, que no podía pasarse la vida encerrada en una jaula y manteniendo al resto del mundo a quilómetros de distancia. No podía dejar todas las emociones solo para sus ilustraciones.

Centró de nuevo la vista en el mensaje de Elías y le respondió diciéndole que ella también tenía ganas de verlo y abrió un cajón para hacer una fotografía a lo que guardaba dentro: dos entradas para el cine, para una sesión de *Dirty Dancing* con baile incluido. Se había enterado por una de las chicas que hacían el curso de ilustración con ella; en el pase de la película el público cantaba y había actores que animaban la sala e, incluso, podías ponerte a bailar en cualquier momento. Valentina estaba como mínimo intrigada y esperaba que Elías también lo estuviera. Iba a ser una sorpresa, pero había visto el cuaderno abierto con uno de los dibujos de Óscar y se había sentido mal por no haber dibujado nunca a Elías.

Él respondió con un montón de emoticonos y con una frase que la sonrojó. Había hecho bien en mandar la foto.

A Valentina la monotonía le resultaba agradable, segura, como estar sentada delante de una chimenea arropada con una manta muy suave. Le gustaba saber qué le depararía la jornada laboral y conocer a todas y cada una de las personas con las que iba a interactuar a diario. Por eso cuando decidió estudiar Bellas Artes todos, excepto su madre, se sorprendieron porque hasta ese momento había dicho que quería estudiar Magisterio y pasar unas oposiciones. Su madre no se sorprendió porque había sido ella la que le había dicho que cometía un error siendo tan cobarde a esa edad. «Ya tendrás tiempo de tener un horario estable, le había dicho, ser maestra no es tu sueño ni tu vocación; lo es dibujar».

Valentina no lo sabía el día que se matriculó, pero entonces su madre ya estaba enferma. Meses más tarde ella se había ido para siempre y Valentina se tomó estudiar esa carrera como el último regalo que le había hecho su madre. Buscar trabajo apenas dos semanas después de su muerte fue probablemente (con toda seguridad según su psicóloga) la manera de recordarse a sí misma que en realidad lo que quería era estabilidad y tener un lugar donde aferrarse, y empezar de becaria en una fábrica de tintes era tan estable y previsible como necesitaba. Las sorpresas estaban sobrevaloradas y aquel trabajo, por aburrido, soso o poco importante que pareciera la había llevado a Tokio y la estaba ayudando a hacer realidad su sueño. Así que sí, le gustaba, se sentía segura en ese entorno y para ella eso valía muchísimo más que tener un trabajo trepidante. Por ahora prefería seguir guardando las emociones fuertes en su cuaderno. Aunque tal vez podía dejar salir alguna en un *e-mail*.

A Óscar se le aceleró el pulso cuando vio el nombre de Valentina en la bandeja de entrada del correo. Llevaba media hora corriendo cuando vibró el teléfono; en circunstancias normales no se habría detenido, pero desde que habían vuelto a ingresar al padre de Héctor estaba pendiente de cualquier aviso proveniente del aparato. Tenía la respiración entrecortada por la carrera y se secó el sudor de la frente con el antebrazo. Lo primero que pensó fue que cada vez que tomaba la determinación de no volver a pensar en Valentina ella volvía a colarse en su cabeza. Lo segundo fue que la había echado de menos.

Y entonces estuvo a punto de gritar un improperio en mitad del paseo marítimo porque, ¡joder!, no podía seguir y no se refería solo a Valentina, porque ella en realidad no formaba parte de nada porque no tenía sentido que lo hiciese. No podía formar parte de nada si Óscar pretendía ser capaz de tomar la decisión definitiva sobre su trabajo, algo que ahora no iba a analizar, y si quería estar al lado de sus mejores amigos, y por supuesto que quería, y si quería ver dónde podía llegar su relación con Paloma, la preciosa y generosa Paloma, y por supuesto que también quería eso. Sería idiota si no lo quisiera. O un inconsciente. O ambas cosas.

—¡Joder!

Tendría que borrar el correo. Llevaban meses sin escribirse. Si Valentina le hubiese escrito al día siguiente de verse en esa videollamada, si hubiese escrito él, si por algún milagro hubiesen vuelto a coincidir en algún vagón de metro en alguna parte, quizá las cosas ahora serían distintas, pero no lo eran.

La pantalla quedó oscura del rato que estuvo observándola como si ahí fuera a aparecer la respuesta a sus dudas. Volvió a meterse el móvil en el bolsillo de la chaqueta y reanudó la marcha sin hacer nada con ese correo. Aceleró el ritmo, quizá si los pulmones le dolían se convencería de que la falta de aire se debía solo a la carrera. Llegó a casa más tarde de lo que había previsto y no sirvió de nada que casi se hubiese acabado las calles de Barcelona. Entró en el dormitorio y desvió la mirada hacia la cama donde dormía Paloma. Desde aquella visita a IKEA en septiembre, Óscar no había vuelto a preguntarse si con Valentina sentiría algo distinto.

No se había permitido imaginarse un mundo en el que Valentina estuviera en la cama y no Paloma. No podía correr ese riesgo. Pero tampoco le había mandado el cuaderno, seguía teniéndolo él y seguía buscándolo y abriéndolo más veces de las que estaba dispuesto a reconocer.

Apretó los dedos en el marco de la puerta; no era decepción lo que sentía. Solo un idiota y un hombre muy cruel desearía que esa chica fuese distinta. Otra. Paloma no tenía que cambiar, ella era... No, el problema no era Paloma. Era él y saberlo tampoco mejoraba nada. Tenía que ducharse, correr no había ayudado, pero el agua fría lo haría reaccionar. Le haría recuperar la razón y alejaría de su mente pensamientos y deseos absurdos que solo tenían sentido en medio de la noche cuando corría solo por el parque. O cuando se dormía o cuando se lo permitía. No se acercó a Paloma, en aquel instante Óscar se odiaba a sí mismo por lo que estaba pensando, y se encerró en el baño para ducharse. Antes, abrió de nuevo el móvil, buscó la aplicación del correo y colocó el dedo encima del *e-mail* de Valentina.

—Bórralo. —Le tembló el pulso—. ¡Mierda!

Abrió el correo y lo leyó, era una tontería que lo borrase sin abrir, pues lo más probable era que fuese algo absurdo o quizá Valentina le escribía para decirle que él la había decepcionado por no haberse puesto en contacto con ella durante estos meses.

No decía nada de eso y los pulmones de Óscar vacilaron de nuevo, las piernas le fallaron un poco y el hueco que tenía instalado en el pecho se ensanchó. Había corrido demasiado, era eso. Tenía que borrar ese correo. Lo borró. Lo eliminó de la carpeta de correos eliminados. Se aseguró de no dejar rastro de esas pocas frases de Valentina.

Entró en la ducha, giró el grifo del agua caliente y dejó que le quemase la piel. Unos segundos más y cambiaría a agua completamente helada.

—¡Mierda!

Separó la mampara de cristal sin apagar el agua y buscó el teléfono. Siempre había tenido muy buena memoria para los números. Apuntó el teléfono que le había dado Valentina y lo guardó.

—¡Mierda!

Ni la ducha más larga del mundo serviría para quitarle de encima la sensación de que estaba haciendo algo despreciable porque, por mucho que les dijera a sus amigos que solo pensaba en Valentina como la chica del metro, como una casi desconocida con la que había vivido una anécdota simpática, Óscar sabía la verdad. El problema no era cómo pensaba en ella, de un modo complicado, constante, íntimo. El problema era cómo no pensaba en ella.

No pensaba en ella como pensaba en Paloma.

13

EL GRAN SALTO

En el trabajo, siempre que Óscar tenía que aconsejar a alguno de sus compañeros sobre alguna decisión profesional importante, de esas que pueden cambiar el futuro de una persona, les decía que lo más importante era que fueran sinceros consigo mismos. Dejando a un lado cuestiones filosóficas para las que, sin duda, no estaba preparado aquel lunes por la mañana, no había una respuesta correcta o incorrecta si uno sabía qué quería conseguir y daba los pasos adecuados en esa dirección.

Pues vaya hipócrita estaba hecho.

O tal vez lo más acertado sería llamarle «cobarde» y estaba harto de darle vueltas al tema. Cuando algo no tenía solución no servía de nada seguir pensando en ello; ese era otro de sus grandes consejos. Otro que tendría que empezar a aplicarse cuanto antes.

Tenía una reunión con Ramón, así que recogió el cuaderno y un lápiz y se dirigió al despacho de su jefe. Hacía meses del traslado de la empresa y el equipo entero estaba encantado con la nueva localización, aun así, todavía quedaban algunos aspectos por solucionar. Además, distintos departamentos estaban creciendo, gracias al cambio de rumbo que había tomado la Dirección acerca de la creación de mapas digitales, y tenían que poner en marcha más procesos de selección. Era una época excitante, o se suponía que debería serlo, porque Óscar seguía sin sacudirse de encima la sensación de que aquello no le interesaba. Se sentía mal por ello, por mucho que se repitiera que era afortunado, que tenía un trabajo excelente y que se dejase de estupideces; que poca gente se levantaba cada día sintiéndose cien por cien satisfecho y realizado con su trabajo y que él era un privilegiado.

—Óscar, ¡qué bien que te pillo! —Pilar lo detuvo en el pasillo—. Necesito que me eches una mano con los contratos internacionales, ¿estás libre más tarde?

—Claro, me paso por tu despacho cuando termine.

—Gracias.

Bastó eso para que Óscar se preguntase si en uno de esos contratos encontraría el rastro de Valentina y así tendría una excusa para pensar en ella durante el resto del día.

El despacho de Ramón siempre le había producido un efecto calmante y más ahora que había podido comprobar que dicho efecto no se había perdido con el traslado. Óscar suponía que se debía a la personalidad tranquila de su propietario y a los mapas que decoraban casi cada espacio posible. Ramón le había contado la historia de todos ellos y, cuando aparecía alguno de nuevo, incorporaba el relato a los demás. No era algo que hacía solo con Óscar, pues nada le gustaba más a Ramón que hablar de sus mapas. Algo que demostraba, pensó Óscar a mitad de la reunión, que su jefe había elegido el camino adecuado y él no.

—¿Puede saberse qué te pasa, Óscar?

—¿Eh? Perdón, lo siento. ¿Puedes repetir la última pregunta?

—¿Te encuentras bien?

—Sí, perfectamente. Lo siento, me he despistado un segundo.

Ramón se echó hacia atrás y cruzó los dedos delante de él.

—No ha sido solo un segundo —señaló serio con más preocupación que enojo—. Y últimamente te pasa a menudo. —Levantó una ceja para detener la respuesta que estaba a punto de salir de los labios de Óscar—. Tu trabajo no se ha visto resentido, todavía, pero no tardará en hacerlo si no reaccionas.

Óscar carraspeó avergonzado. Su jefe tenía razón, hacía meses que estaba descentrado y que acudía cada día al trabajo como un autómata. Su cuerpo estaba allí y era lo bastante listo como para mantener cierta profesionalidad, pero con la mente en otra parte no iba a poder seguir haciéndolo mucho tiempo más. Visto estaba que ya no podía seguir así.

—Tienes razón, Ramón. Mi trabajo no ha estado a la altura y entiendo perfectamente que...

—¿Te gusta tu trabajo, Óscar? —lo interrumpió y al ver la confusión en Óscar insistió—: ¿Te gusta tu trabajo? ¿Te gusta lo que haces?

Óscar tomó aire. Era una pregunta sencilla, la misma que él había hecho infinidad de veces a otras personas. Él sabía responderla y, sin embargo, se quedó sin palabras. De hecho, de repente se quedó sin oxígeno. El despacho entero se vació y le costó respirar.

—¡Vaya! Así que así están las cosas. —Ramón se levantó de la silla y se acercó a Óscar, que empezaba a marearse. Le puso una mano en la nunca y lo empujó levemente—. Agacha la cabeza entre las rodillas y respira despacio.

Óscar obedeció porque la otra opción era desmayarse y eso habría sido incluso más humillante.

—Eso es. Despacio. Inspira, expira.

Poco a poco se le aflojaron los pulmones y el aire empezó a circular de nuevo.

—Gracias —farfulló incorporando la cabeza.

—De nada. Una de mis hijas tiene ataques de pánico de vez en cuando. No te levantes todavía.

Ramón no volvió a su sitio; apoyó la cadera en la mesa del escritorio y siguió observando a Óscar, preparado para recogerlo del suelo si llegaba el caso. O para ponerle la basura delante porque el color de Óscar todavía dejaba mucho que desear.

—Ya estoy mejor, gracias. Creo que esto es lo más humillante que me ha pasado en la vida.

—No te preocupes. Y espero por tu bien que tu vida sea mucho más interesante de lo que insinúas. Toma —se giró y le acercó un botellín de agua de los dos que tenía por abrir encima de la mesa—, te irá bien beber algo.

Óscar lo aceptó sin discutir.

—Gracias otra vez, Ramón. Lo siento mucho. Podemos retomar la reunión.

—Dejemos la reunión para más tarde. Todavía no has respondido a la pregunta que te he hecho antes: ¿te gusta tu trabajo?

Óscar volvió a agachar la cabeza. Tenía la nuca empapada de sudor y el respeto que durante los últimos años se había ganado Ramón delante de él le impedía enfrentarse a su mirada.

—Tengo un muy buen trabajo.

—Cierto.

—Y siempre me ha gustado.

—La cuestión, Óscar, es si te gusta ahora y si quieres seguir haciéndolo mañana y pasado mañana. No es necesario que quieras hacerlo toda la vida, pero, aunque nos dediquemos a los mapas, uno no siempre está a tiempo de cambiar de dirección.

Sonó el móvil de Ramón y Óscar aprovechó descaradamente para huir.

Esa noche Óscar estaba cenando solo y, mientras se servía un poco de agua, cayó en la cuenta de que no recordaba la última vez que había estado así, solo en su apartamento, con un *podcast* atrasado sonando de fondo e intentando no darle más vueltas a lo que había sucedido esa mañana en el trabajo. Paloma no estaba con él, ella había quedado con unas amigas, y Óscar había decidido no llamar ni a Héctor ni a Ricky. Necesitaba pensar sin interrupciones ni distracciones.

Bebió el agua y se terminó la sopa. Sin saber muy bien se preguntó qué estarían haciendo sus padres; hacía semanas que no sabía nada de ellos. Habían regresado de un crucero meses atrás, pero ¿habían vuelto a irse a alguna parte? Podría llamarlos y así estaría ocupado unos minutos más. No lo hizo; él y sus padres no tenían esa clase de relación. Óscar no podía decir nada malo de ellos, de hecho, podía afirmar que habían sido muy buenos padres. Habían seguido al pie de la letra las instrucciones de los mejores libros y guías sobre paternidad del mercado. Óscar lo sabía porque de pequeño había visto los libros en casa y los había leído. Para sus padres, Óscar había sido un proyecto, un mueble que debían montar con precisión, y después lanzar al mundo para que se las apañase solo. Sí, Óscar no podía decir nada malo de ellos, pero cuando se imaginaba teniendo hijos en el futuro, estaba seguro de que jamás sería como ellos. Era curioso, no sabía si algún día sería padre, dudaba de que alguna vez tuviera la valentía necesaria para arriesgarse, y también tenía miedo de no saber elegir a la persona adecuada con la que lanzarse a esa locura. Pero sabía, sin lugar a dudas, que jamás se asemejaría a sus padres.

Guardó la botella en la nevera y metió la cabeza dentro durante unos segundos. Tal vez había sido mala idea no llamar a sus amigos.

O preguntarle a Paloma si le apetecía que se vieran más tarde.

Buscó el móvil y, antes de que pudiera decidir a quién llamaba, recibió un mensaje de Ricky preguntándole si estaba solo y si le apetecía tomar algo.

Contestó que sí y en cuestión de minutos dejaba el apartamento.

—He dejado el trabajo. —Fue la frase con la que Ricky consiguió dejar atónito a Óscar nada más entrar en el bar—. Me he largado.

—¿Qué? —Óscar dejó la chaqueta y se sentó delante de la cerveza que lo estaba esperando—. ¿Cuándo? ¿Por qué?

Ricky tenía círculos negros bajo los párpados y le temblaban un poco las manos. Era obvio que no había dormido mucho últimamente y que esa decisión, aunque la intentase pintar como repentina, le había costado mucho.

—Héctor no tardará en llegar, os lo cuento a la vez, pero te adelanto que es la mejor decisión que he tomado en toda mi jodida vida. Ya no podía más. Esos cretinos no se merecen que desperdicie los mejores años de mi vida y si... —tuvo que carraspear— y si cierta persona es incapaz de verlo y quiere quedarse allí hasta que le succionen toda el alma y las ganas de vivir, pues allá ella, pero yo tenía que irme. ¿Lo entiendes, Óscar? Tenía que irme.

Óscar no entendía nada, pero aun así, asintió.

—Ya estoy aquí. —Héctor tampoco tenía muy buena cara—. ¿Qué ha pasado? ¿Estás bien, Ricky? Tienes muy mal aspecto. Y tú también, Óscar.

—¡Vaya! Gracias. Estaba pensando lo mismo de ti —respondió Óscar—. Siéntate. Creo que será mejor que, además de las cervezas, pidamos algo de comer; diría que esto va para largo.

No esperó a que sus amigos respondieran y se acercó a la barra. Oyó la reacción de Héctor desde la distancia.

—¿Cómo que te has largado sin más? Tío, que eres abogado y se supone que sabes negociar.

—No podía más, Héctor. —Ricky apretó la cerveza—. Y tranquilo, lo tengo todo bien atado.

—¡Joder!

—¿Qué ha pasado que te ha hecho saltar así? —le preguntó Óscar—. No sabía que las cosas estaban tan mal.

No quería preguntarle directamente por qué no les había contado nada hasta ahora, por qué había dejado que las cosas llegasen a ese punto sin hablar antes con ellos.

—Ya no vale la pena darle más vueltas. Lo hecho, hecho está.

—Si dices una frase absurda más, Ricardo, te bebes el agua del jarrón que hay en la barra —lo amenazó Héctor—. Cuéntanos la jodida verdad.

Óscar miró preocupado a Héctor; se suponía que era el calmado de los tres y parecía estar a punto de cumplir con esa amenaza.

—Déjale hablar —sugirió—. Vamos, Ricardo, sé que no soy ningún ejemplo y dentro de un rato puedes llamarme «hipócrita» e insultarme, pero la verdad es que creo que necesitas hablar con alguien.

—¿Vas a ponerte en plan psicólogo conmigo, Óscar? ¡Pues voy apañado!

—Deja de hacer el gilipollas y habla de una vez. Si quieres, atácame a mí ahora llamándome «monje de clausura» o recuérdame que me escondo detrás de la enfermedad de mi padre. Vamos, suéltalo. Tal vez entonces podrás contarnos la verdad de una vez.

—Iros a la mierda los dos. —Le brillaron los ojos a pesar de las bruscas palabras—. Está bien, tenéis razón. ¿Contentos? Pero que conste que no os he pedido que vinierais aquí por eso.

—¿Estás seguro?

Óscar esperó y vio cómo Ricky soltaba el aliento igual que si dejase ir lastre y empezaba a hablar.

—En la universidad todos éramos unos inconscientes, pero yo era un capullo de magnitudes épicas. Vosotros sois mis mejores amigos y sé que no me veíais así.

Héctor casi escupió la cerveza por la nariz.

—Perdón. Lo siento. Yo sí te veía así, pero te quiero de todos modos, tío. Somos familia, pero eras un capullo.

—¿Y por qué no me dijiste nada?

—¿Me habrías hecho caso?

Ricardo se pasó las manos por el pelo, no tenía el pulso firme, y tardó un par de segundos en retomar la conversación.

—¿Tú también me veías así, Óscar?

—A veces, supongo, pero ya sabes que nunca he sido tan estricto como Héctor y siempre he creído que eras el clásico *Aladdín*, un diamante en bruto.

—O un capullo que no se detiene ante nada para conseguir lo que quiere. Tan equivocado no estabas.

—¿A qué viene este viaje al pasado? Dejamos la universidad hace tres años y no suele gustarte hablar de esa época.

—Tuve un lío con una profesora, con la de Procesal.

Héctor y Óscar se quedaron helados.

—¡Joder! ¿Y ahora nos lo cuentas? ¡Podrían haberte echado de la facultad! ¡Tu vida se habría ido a la mierda!

—Por no mencionar que podría considerarse acoso por parte de esa mujer y que es moralmente despreciable que un profesor tenga esa clase de relaciones con uno de sus alumnos. Me da igual que tuvieras más de dieciocho años, ¿cuántos años tenía ella?

—Cincuenta y os aseguro que todo lo que estáis pensando de ella es poco comparado con la realidad. —Ricky palideció—. No os lo conté porque me daba vergüenza, sentía asco de lo que había hecho y no me refiero al sexo, aunque eso también. Incluso ahora tengo arcadas.

—Ricardo, ¡joder!, lo siento. —Héctor le puso una mano en el antebrazo y lo apretó—. Dime cómo podemos ayudarte.

Óscar fue a por un par de botellines de agua y, cuando volvió a la mesa, aprovechó para tocar a Ricky en el hombro y recordarle así que estaban a su lado.

—La verdad es que ahora que he empezado a contároslo me encuentro un poco mejor. Lo peor de esa relación, aunque no se merece la palabra, fue la clase de persona en la que me convertí mientras duraba. Nerea es la mujer más retorcida y cruel que he conocido nunca, y me avergüenza decir que eso precisamente fue lo que me atrajo de ella. Era idiota y pensé que estar con una mujer así me hacía más adulto, más interesante. ¡Vaya estupidez! Nerea disfrutaba con los juegos de poder, jugaba contigo hasta hacerte creer que tú también querías algo así, que también disfrutabas torturando a los demás. Para ella la gente eran piezas de un juego, simples objetos con los que distraerse. Cuando me di cuenta de lo que estaba haciendo quise dejarla, al menos puedo decir eso, pero ella siempre lograba convencerme. Hasta que encontré la manera.

—Fue cuando pediste ese Erasmus —adivinó Óscar—. Siempre pensé que no tenía sentido que quisieras irte. La idea apareció de la nada y te fuiste a Helsinki. ¿Qué estudiante de Derecho se va a Helsinki?

—Uno que quiere huir —dijo Héctor sin poder evitar el tono de reproche.

—Si hubiera sido capaz de hablar con alguien de lo que me estaba pasando habríais sido vosotros, tenéis que creerme. Pero no podía. Lo único que se me ocurrió hacer fue escapar.

—Lo importante es que lograste encontrar una salida.

—Pero no conseguí dejarlo atrás para siempre.

—¿Y qué pinta Bea, tu jefa, en esto?

—Antes de que se me ocurriera lo del Erasmus intenté dejar a Nerea, pero ella decía que nadie la dejaba nunca, que ella dictaba el final de sus relaciones y que aún no se había aburrido de mí. —Cerró los ojos un segundo y, cuando los volvió a abrir, estaban vacíos. Tanto Héctor como Óscar tuvieron que morderse la lengua para no decir lo que pensaban de esa profesora—. Nerea me propuso algo, un juego. Si ganaba yo, me dejaría ir.

—¡Dios santo!

—El juego consistía en que ella elegía a una chica y yo tenía que seducirla.

—¡Joder, Ricardo! ¿Bea?

—Bea. Me contó que lo había hecho varias veces, que era de lo más divertido, en especial cuando la chica o el chico en cuestión se hundía en la miseria y dejaba la carrera. Eso era lo que tenía que conseguir; tenía que seducir a Bea, enamorarla, acostarme con ella y después dejarla. Si Bea dejaba la carrera antes de dos meses, Nerea me dejaría ir.

Ricardo había empezado a sudar y parecía estar a punto de vomitar.

Héctor y Óscar, sin decirse nada, estaban tramando maneras de ajustar cuentas con esa profesora. Denunciarla era lo mínimo, alguien así seguro que había dejado varias víctimas a su paso.

—Pero Nerea se equivocó con Bea. Esta es mucho más fuerte y valiente de lo que aparenta. —Ricardo tragó saliva—. Mi plan no funcionó.

—¿No la sedujiste? —Óscar cometió el error de preguntar.

El rostro de Ricky se desencajó.

—¡Oh! Sí que lo hice. Esa parte funcionó.

—Bea averiguó la verdad —adivinó Héctor.

Ricky solo fue capaz de asentir. Óscar intentó ponerse en el lugar de su amigo, un chico al que quería y al que hasta ahora habría creído incapaz de cometer crueldad semejante.

—¿Y no la reconociste cuando la viste en el trabajo? —le preguntó perplejo.

—Claro que la reconocí. —Héctor sacudió la cabeza—. Reconocería a Bea en cualquier parte. Es imposible que me olvide de ella. Os mentí. La reconocí el primer día, aunque delante de ella fingí no hacerlo.

—¡Joder, Ricardo! Eso fue un error.

—Lo sé, Héctor, lo sé. Pero no sabía qué decirle.

—Podrías empezar por pedirle perdón.

—Lo he hecho y no sirve de nada. Y, ¿sabéis qué?, la verdad es que me alegro. No merezco que Bea me perdone. Hice algo horrible.

—Y por eso has dejado el trabajo —concluyó Óscar.

—No, por eso no. Hace meses que estaba harto. Si os soy sincero, cuando llegó Bea pensé que las cosas cambiarían para bien. Ya, ya, lo sé, soy idiota.

Héctor se levantó de la silla y se acercó a Ricky.

—Todos lo somos a veces. ¡Joder, tío! No sé qué decirte, ojalá pudiera aconsejarte. ¿Has hablado con ella, con Bea, de lo que pasó?

Ricky sacudió la cabeza mientras contestaba.

—Lo he intentado. Ella no quiere. Lo único que quiere Bea es no verme nunca más, así que...

—Así que te has largado sin más. —Óscar se quedó mirando a sus amigos.

—Voy a por una botella de *whisky* —dijo Héctor.

—No puedo cambiar lo que pasó con Bea y hoy no puedo seguir hablando de ello. Os contaré el resto otro día. Gracias por escucharme y por no decirme lo que seguramente me merezco.

—Creo que ni Héctor ni yo podríamos decirte nada que no te hayas dicho tú ya. No vamos a decirte que hiciste bien, tú sabes que no es así. Si en su momento me hubiese enterado de lo que estabas haciendo, te habría dicho que estabas cometiendo un error y que rectificases; ahora ya es tarde. Pero somos tus amigos y estamos a tu lado.

—Lo mismo digo.

—Gracias. —Ricky se apretó los ojos con los dedos y tuvo que tragar varias veces para encontrar la voz—. Espero que no os arrepintáis porque quiero proponeros algo.

—¿Que te ayudemos a buscar a esa profesora para ajustar cuentas con ella?

Sorprendido por la vehemencia de Héctor, Ricky soltó una carcajada muy necesaria.

—No, pero gracias. Es bonito saber que alguien como tú estaría dispuesto a delinquir por mí.

Héctor lo miró serio: no se dejó engañar por el tono de voz de Ricky.

—Voy a servir el *whisky*; creo que nos hace falta.

Óscar se ocupó de la bebida mientras Ricky retomaba la conversación.

—Quiero proponeros que hagamos algo que tendríamos que haber hecho hace tiempo.

Héctor soltó el aliento.

—Si te refieres a nuestro viaje a Praga, ahora no es...

—No me refiero a ese estúpido viaje, aunque a ti, señor mártir estirado, te iría bien relajarte un poco.

—¡Eh, chicos! No os desviéis del tema —intervino Óscar—. ¿A qué te refieres, Ricky? ¿Qué es lo que tendríamos que haber hecho hace tiempo?

—Montar algo juntos. Dejar estos trabajos que no nos aportan nada, que solo sirven para que vayamos quemando días de la semana, de nuestra vida, y dejarnos la piel por algo nuestro.

Héctor y Óscar se quedaron sin habla. Otra vez. Vaya tarde llevaban.

—Lo dices en serio —afirmó Óscar aturdido.

—Muy en serio.

—Montar algo juntos —repitió Héctor—. ¿Y supongo que sabes exactamente qué deberíamos montar?

—Por supuesto —Ricky sonrió de oreja a oreja—. Y vosotros también; hace años lo estuvimos hablando.

Los miró a los ojos y esperó a que los otros dos amigos recordasen esa conversación.

—Ese horrible fin de semana que tuvimos que ayudarte con aquel caso —recordó Héctor—. Óscar y yo nos pasamos dos días y dos noches leyendo sentencias inútiles.

—Gané el caso gracias a ello.

—Todavía tengo pesadillas sobre el tema —confesó Óscar—. Te convertiste en un pequeño dictador: lee esto de una vez, Óscar; busca ese archivo, Héctor.

—Alguien tenía que poner orden.

—¿Y qué es exactamente lo que propones?

—Tú llevas meses como un zombi, Óscar, y, dejando a un lado el tema tabú de la chica del metro, estás aburrido de tu trabajo. Y tú, Héctor, además de cansado estás haciendo verdaderos malabares para combinar el trabajo con los cuidados de tu padre. Lo que propongo es que montemos por nuestra cuenta una agencia laboral que se preocupe de verdad por encontrar el trabajo perfecto para cada persona y no la persona perfecta para cada trabajo.

Era cierto que habían hablado de eso aquel fin de semana que se habían pasado salvándole el culo a Ricky, de lo absurdo que era que, a Ricky, que era un caos con cualquier tema mínimamente administrativo, le hubiesen encargado un trabajo como aquel y no uno que tuviera que ver con sus dotes comunicativas o persuasorias.

—Sigue hablando —le pidió Héctor prestando verdadera atención.

Ricky sonrió.

—Tú y yo somos abogados y Óscar psicólogo. Nos conocemos desde que tenemos uso de razón y —se pasó las manos por el pelo—, ¡joder!, sabemos lo que quiere y lo que busca nuestra generación.

—No hace tantos años que estamos trabajando, Ricky, pero tienes razón. Hace meses que no me motiva mi trabajo —reconoció Óscar.

—Y ser mi propio jefe me iría muy bien ahora con mi padre.

—Reconozco que no puedo seguir trabajando cerca de Bea. Si ella no quiere verme, lo único que puedo hacer es irme, pero siento aquí dentro —se llevó una mano al estómago— que es el momento de dar el gran salto —sentenció Ricky.

—Podemos estrellarnos.

—Vamos a tener que invertir todos nuestros ahorros y puede salirnos muy mal, por no hablar de que ninguno de nosotros tres ha montado nunca una empresa ni nada parecido.

—Tan difícil no puede ser si lo hace tanta gente.

—Hay muchos inconscientes sueltos.

—Pues parece que vamos a unirnos al grupo. ¿Qué os parece? —Ricky levantó el vaso de *whisky* y miró a los ojos a Óscar y Héctor—. ¿Nos lanzamos?

—Nos lanzamos.

14

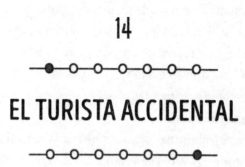

EL TURISTA ACCIDENTAL

A pesar de la diferencia horaria entre Japón y España, Valentina había conseguido cuadrar su horario con el de Margarita, su psicóloga, y tenía sesión con ella una vez al mes. La sesión tenía lugar a través de videollamada y Margarita le había contado que cada vez tenía más pacientes que recurrían a ese sistema. Para algunos no era lo mismo, pero para otros funcionaba.

Margarita no era la primera psicóloga que había atendido a Valentina tras la muerte de su madre. El primero había sido un supuesto especialista en atender a huérfanos del cáncer que tenía la sensibilidad de una suela de zapato y tanta paciencia con los adolescentes como tenía Valentina con los sudokus: ninguna. Valentina se negó a abrir la boca en esa primera consulta y el tipo la dejó sola en el despacho farfullando que había accedido a esa visita como un favor personal (hacía maratones con el hermano de la segunda esposa del padre de Valentina). Tras ese fiasco, Penélope la convenció de que volviera a intentarlo. A peor no podían ir.

Al principio Valentina se había negado, pero el día que cumplía diecinueve años se dio cuenta de que había estado a punto de no querer salir de la cama, y no por vagancia o porque estuviera cansada o quisiera pasarse el día entero leyendo o dibujando, sino porque se había preguntado seriamente si valía la pena hacerlo. Tal vez nada valía la pena y si se quedaba tumbada se apagaría hasta desaparecer. Se asustó mucho porque vio que estaba a un paso de seguir ese camino y se obligó a agarrar el móvil y teclear en el buscador «psicóloga en Barcelona».

Llamó al número de la consulta de Margarita porque era el número 19 de la larguísima lista que apareció y, cuando sonó el teléfono, Margarita contestó y fue «terapia a primera vista». Fue algo más complicado, pero a las dos les gustaba recordarlo así.

Desde entonces Valentina había acudido a la consulta de Margarita en diversas ocasiones. A veces se veían cada semana y otras estaba meses sin pasar por allí. Pero sabía que, si algún día la necesitaba, solo tenía que llamar y pedir hora.

La sesión de hoy era la primera que hacía desde que estaba en Japón y, superados los primeros minutos en los que Margarita le preguntó si ya hablaba japonés y comía mucho arroz, la psicóloga se centró.

—Cuéntame cómo estás.

—Bien, feliz. Contenta de estar aquí. Lo digo en serio —añadió al ver la mueca de Margarita.

—Te creo. ¿Echas mucho de menos a tu hermana?

—Mucho, pero hablamos cada día y espero poder ir a Barcelona pronto.

—Veo que sigues convencida de que tienes que volver a casa. No es una traición querer estar fuera, Valentina. ¿Has hablado últimamente con tu padre?

—¿No vas a darme más tregua?

—No.

—Está bien. No, no he hablado con mi padre. Me manda un mensaje cada tres semanas, seguro que la esposa número tres lo tiene marcado en el calendario y le avisa. Siempre es el mismo o como mucho tiene una pequeña variación. Dos líneas exactas y un emoticono, no fuera a ser que se perdiera alguna fiesta para llamarme o escribirme algo más largo.

—¿Y qué harías si tu padre de repente se presentase allí, en Japón? ¿Te gustaría verlo?

—No vendría a verme a mí.

—Dudarías de él.

—Con mi padre es la única opción. —Habían hablado a menudo de la dificultad que tenía Valentina para confiar en los sentimientos de los demás.

—¿Y quién te gustaría que viniera a verte, además de tu hermana, claro está?

Valentina sonrió al instante y pensó en Óscar. Cuando estaba con Margarita bajaba tanto la guardia que no consiguió convencerse de que tendría que haber pensado en Elías.

—He conocido al chico de las gafas.

Le había hablado de él en varias ocasiones, incluso le había enseñado un par de los dibujos que había hecho de él.

—¿En Tokio?

—Sí, bueno, no. Es una historia algo rara. Lo conocí en una videollamada de trabajo. Se llama Óscar y vive en Barcelona.

—¿Y te gustaría que él fuese a visitarte? ¿Tenéis esa clase de relación?

—No, es decir, me gustaría que viniera a visitarme y no, no tenemos esa clase de relación. Él está en Barcelona y yo aquí, en Tokio, y a pesar de nuestros encuentros en el metro apenas hemos intercambiado unos correos. No le conozco.

—Y aun así es la primera persona que te ha venido a la mente. ¿Qué me dices de ese chico que trabaja contigo? Elías, creo que se llamaba. ¿Todavía sois amigos?

—Elías viene a Tokio de vez en cuando y sí, somos amigos.

—Entiendo.

—Odio cuando haces eso.

Margarita se rio.

—Porque sabes qué voy a decirte ahora. Voy a obligarte a pensar.

—Vas a decirme que debería cuestionarme por qué he pensado primero en Óscar.

—No. Voy a decirte que te cuestiones por qué no has pensado primero en Elías. Es más fácil pensar en Óscar porque sabes que es imposible que él aparezca. Ese chico no forma parte de tu vida y, por tanto, no puede hacerte daño. No puede dejarte ni morirse ni nada por el estilo. Es como uno de tus dibujos, está atrapado en uno de tus cuadernos. En cambio, Elías no. Piénsalo. ¿Nos vemos el mes que viene?

Valentina pensó en ello, día y noche, mientras trabajaba y cuando dibujaba. Dibujos en los que Elías seguía sin aparecer. Le habría gustado poder decirle a Margarita que se equivocaba, que ella pensaba tanto en Óscar porque sabía que algo mágico la unía a él, pero sabía que esa frase era absurda. Hasta ahora lo único que la unía a Óscar eran una serie de encuentros en el metro y un par más de coincidencias.

Aun así, ¿cuántas posibilidades había de que sucedieran tantas?

Pero quizá Margarita tenía razón y Valentina pensaba tanto en Óscar y en si existía o no alguna posibilidad de que ellos dos coincidieran en algún lugar, en algún instante, y llegasen a conocerse porque en el fondo de su corazón sabía que era imposible. Y saber que nunca llegaría a pasar la hacía sentirse segura.

Y sola.

Y triste.

Y como si se le estuviera escurriendo por entre los dedos la oportunidad de vivir algo mágico.

Abrió el cuaderno. Estaba en casa y había intentado leer un poco antes de acostarse para ver si le entraba sueño. Visto que no había funcionado, quizá dibujar la ayudaría. Sacó punta a un lápiz y dio rienda suelta a sus emociones, las mismas que según Margarita no dejaba salir al mundo real.

Dibujó a Óscar en lugares donde no lo había visto nunca: en la estación de metro que ella cogía para ir a trabajar, en el café donde compraba las pastas que más le gustaban de la ciudad, en su banco de la suerte. Lo dibujó en Japón para ver si así lograba convencerse de que él no formaba parte de ese paisaje o de su vida.

No sirvió de nada.

O quizá sí porque, después de varias horas, se dio cuenta de que no podía seguir así. Era absurdo que invirtiese tanto tiempo en pensar en un chico al que no conocía. Estaba construyendo su vida y no podía otorgar esa clase de poder a alguien que solo existía en su imaginación. El Óscar del mundo real vivía en Barcelona y seguro que no estaba solo, seguro que su vida había seguido adelante sin ella y no la echaba en falta.

Ella tenía que hacer lo mismo. Cerró ese cuaderno, se permitió acariciarlo una última vez y lo guardó en lo alto de un armario.

Empezó uno nuevo y dibujó a Elías.

Elías llegó a la ciudad el miércoles siguiente. Era una visita de trabajo, aunque él y Valentina, a lo largo de varias llamadas y múltiples mensajes, habían hecho planes para aprovecharla al máximo. Iba a quedarse quince días, más de lo que era habitual últimamente. Ahora que ella estaba instalada allí, los viajes que hacía Elías desde Barcelona si bien eran frecuentes eran más breves que antes. Pocos días bastaban para que hiciera las visitas de turno y resolviera los temas que se escapaban del área de trabajo de Valentina. Se encontraron en el trabajo y él se quedó allí cuando ella terminó la jornada para ir a clase.

—¿Paso a recogerte y vamos a nuestro lugar de siempre? —le preguntó él levantando la cabeza del ordenador.

—Claro.

Elías le sonrió y Valentina pensó que era bonito saber que tenían «un lugar de siempre», que compartían lugares reales y no solo imaginarios.

Elías fue a buscarla puntual y recién duchado.

—Veo que has pasado por el hotel —le dijo Valentina al ver el pelo algo húmedo.

—Sí, cuando he aterrizado he ido directamente a las oficinas.

—Tienes que estar exhausto. Podemos dejar esto para mañana, Elías. Sería mejor que fueras a acostarte.

—Estoy bien y tengo ganas de estar contigo fuera del trabajo. Vamos. —Le tendió la mano—. Además, nos esperan en el karaoke.

Valentina aceptó la mano de Elías y se dejó llevar. Lo observó mientras hablaba y descubrió que le había echado más de menos de lo que creía. Hablaron como siempre, tranquilos el uno con el otro, pero esa noche por primera vez Valentina se preguntó por qué tenía miedo de arriesgarse con él. Conocía a Elías y sabía que, pasara lo que pasase entre ellos, él jamás le haría daño adrede.

¿Por qué se resistía cuando era obvio que le gustaba tanto estar con él?

Y que a él le gustaba estar con ella.

Elías estaba contándole algo que había sucedido en las oficinas de Barcelona cuando sonrió y después bostezó. Valentina también sonrió y pensó que le gustaría ver así a Elías más a menudo; no tan perfecto, más descompuesto, cansado y quizá un poco suyo. Estaba segura de que Elías no bostezaba delante de cualquiera.

No pudo evitarlo, tuvo que besarlo y él reaccionó al instante y le devolvió el beso.

Minutos más tarde, cuando se soltaron, Valentina le mesó el pelo y sonrió de oreja a oreja al comprobar que él ronroneaba como un gato.

—Estás cansado. Vamos al hotel.

Elías la miró a los ojos.

—¿Vamos?

—Sí, vamos.

Fue una noche bonita, cálida. Elías la desnudó despacio y después ella hizo lo mismo con él. Ninguno de los dos tuvo prisa y cada beso, cada caricia, le susurró a Valentina al oído que había sido una tontería tener miedo a esto.

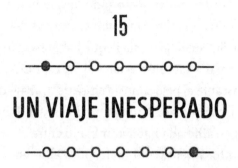

15

UN VIAJE INESPERADO

Valentina tiró del asa de la maleta y la rescató de la cinta de equipajes del aeropuerto. Era la primera vez que regresaba a Barcelona desde su partida y, por familiar que le resultase todo, incluso los rostros de los desconocidos con los que se cruzaba, no se quitaba de encima la sensación de que allí ella no encajaba, de que estaba de paso. A pesar de la extrañeza, se alegraba de estar en la ciudad. El motivo de aquel improvisado viaje era que su hermana Penélope había dado a luz a su segunda hija. La pequeña se había adelantado, pero tras el susto inicial la pequeña y la madre por fin estaban en casa. Valentina todavía estaba enfadada con Penélope por haberle ocultado que se había puesto de parto. No quería que se preocupara, le había dicho, y, además, aunque se hubiera montado en el primer avión que salía de Tokio no hubiese llegado a tiempo. Era mejor así, ahora podía pasar unos cuantos días con ellas, ayudarla y contarle todo lo que había estado haciendo en Japón.

Volver a comprobar que la distancia que la separaba de su hermana no era tan infranqueable como internet les hacía creerse a diario, hizo que Valentina la añorase aún más y que volviera a plantearse cosas que se había obligado a esconder bajo la almohada.

Se dirigió hacia la salida y, cuando se abrió la puerta y vio a Elías esperándola, sonrió y la presión que sentía en el pecho se aflojó un poco. Llevaban poco más de un mes sin verse y era la primera vez que Valentina viajaba a Barcelona desde que estaban juntos. Era extraño, pensó, hacía meses que se acostaban, pero todo lo que había sucedido entre ellos había sucedido en Japón. Era como si, fuera de allí, ellos dos todavía no existieran. Sí, Penélope sabía lo que había pasado y Elías le había dicho que su hermana también estaba al corriente. Al parecer, esta le había tomado bastante el pelo sobre la chica del trabajo que le gustaba y que siempre le decía que no. Pero aparte de eso, en Barcelona seguían siendo solo amigos, allí nada había cambiado entre ellos.

Sonaba absurdo, Valentina lo sabía, pues ellos eran los mismos en ambos continentes. Si estaban juntos lo estaban y si no, pues no. Pero no podía evitar pensar así.

Elías ensanchó la sonrisa impaciente y Valentina aceleró el paso.

Se alegraba de verlo. Había echado de menos el olor de su colonia cuando se afeitaba o que insistiera en comprarle helado de chocolate para celebrar cualquier tontería. Elías ya no se alojaba en un hotel cuando visitaba Tokio, sino que se quedaba en el piso de Valentina, y había insistido en contarles a los colegas del Departamento de Recursos Humanos que tenían una relación. Valentina no lo había visto tan claro; no veía la necesidad de explicarles a unos desconocidos lo que ellos dos estaban haciendo. Además, estaban empezando, no era que fueran a vivir juntos ni nada por el estilo. Que Elías se quedase en su apartamento cuando pasaba por la ciudad tenía sentido, solo eran unos días; si estuvieran en Barcelona, Valentina no se habría ido a vivir con él. Todavía no.

Había cedido en lo de Recursos Humanos porque Elías iba a hacerse cargo pronto del departamento donde trabajaban los dos. Eso lo convertiría en su jefe y no quería meterlo en ningún lío. En lo que se refería a todo lo demás, Valentina quería ir despacio.

Le gustaba estar con él, le gustaba cómo eran los dos juntos, pero una parte de ella seguía soñando con algo más. Con alguien más. Y, a pesar de las promesas que se había hecho a sí misma, seguía dibujándole.

Por fin esquivó a la última persona que tenía delante y se metió entre los brazos de Elías. Tal vez así alejaría esos pensamientos.

—Por fin estás aquí —susurró él.

—Hola.

Elías los apartó con eficacia del flujo de pasajeros y tras soltarla un poco la besó. Valentina notó la sonrisa en los labios de él y, poco a poco, la alegría se le contagió y ella también sonrió. Besar con una sonrisa era algo nuevo en la vida de Valentina.

—Vamos —dijo él cuando se separaron—, te llevo a casa de Penélope, que seguro que estás impaciente por achuchar a tu nueva sobrina.

Valentina lo abrazó de nuevo y apoyó la frente en la camisa de Elías. Le sorprendía que él la conociera tan bien.

—Gracias por venir a buscarme.

—No me las des. Lo he hecho porque así te tengo solo para mí durante un rato —confesó poniendo cara de malo de dibujos animados.

Dos días atrás, cuando Penélope por fin le había contado la verdad a Valentina y esta había comprado el primer billete de avión disponible rumbo a Barcelona, Elías le había dicho que podía quedarse con él. Más que decírselo, la había invitado abiertamente, le había dicho que a él le haría feliz que se quedase con él esos días. Valentina había rechazado el ofrecimiento en cuestión de segundos, tras los cuales la línea telefónica se quedó en silencio. Valentina se justificó entonces; seguro que Penélope estaba cansada y agradecería la ayuda de su hermana pequeña. Además, quería pasar tanto tiempo como pudiera con la recién nacida, Marcela, y con su otra sobrina, Violeta, que seguro que no llevaba demasiado bien haberse convertido en la hermana mayor. La reacción de Elías había sido buena, él siempre reaccionaba bien, pero Valentina sabía que le había dolido un poco que no se quedase a dormir con él en su apartamento. Podía entenderlo, Elías le había dicho que tenía muchas ganas de estar allí con ella, de verla en su cama y de despertarse con ella a su lado en su ciudad. Una parte de

Valentina también quería eso, pero otra mayor necesitaba estar con Penélope y sus niñas. Además, ellos dos dormían juntos en Tokio, no pasaba nada si no podían hacerlo en Barcelona esos días; habría otros más adelante.

Elías no se enfadó, todo lo contrario, fue tan comprensivo que Valentina acabó sintiéndose culpable cuando en realidad sabía que no estaba haciendo nada malo. Con Elías le pasaba eso; Valentina sentía como si estuviera a prueba, como si tuviera que hacer méritos delante de un tribunal invisible para merecerse a alguien tan perfecto como él. Pero ella no quería un chico perfecto, quería alguien que no la hiciera sentirse tan imperfecta como era.

Llevaba tres días en la ciudad, y en tres más tendría que volver a subirse a un avión para regresar a Tokio. Se había enamorado de Marcela y se había pasado horas y horas jugando con Violeta, abrazándola y escuchándola, diciéndole que la recién nacida tenía la mejor hermana mayor del mundo. Al ver a las dos niñas juntas, Valentina se había dado cuenta de que ella también era muy afortunada en lo que a hermanas mayores se refería. También se había dado cuenta de que, si se hubiese quedado allí, habría vivido el embarazo de Penélope de una manera distinta y que su relación con las pequeñas sería otra, pero ella tenía que acabar de encontrar su camino y sabía que el curso de ilustración y animación en Japón era una pieza clave. Llevaba semanas trabajando en una historia con Hibiki y él le había pedido que dibujase un par de capítulos, que se imaginase cómo sería ver esos personajes en movimiento. Hibiki y su prestigioso estudio iban a estrenar una película a principios del año siguiente, lo sabía todo el mundo, y había una gran expectación alrededor del título porque era el primero que lanzaban tras cinco años de silencio. Hibiki había dicho a los alumnos del curso que se estaban planteando la posibilidad de que un corto precediera la película. Pixar llevaba años haciéndolo, cortos creados por sus dibujantes con total libertad, más arriesgados normalmente que la película en sí, que tenía que contentar a los directivos del estudio. Hibiki había lanzado esa bomba como si nada y había añadido que, por supuesto, no era seguro, pero que en el caso de que llegara a serlo, él personalmente se alegraría mucho de que dicho corto saliera de uno de sus alumnos de ese curso.

Valentina no había considerado ni por un segundo la posibilidad de que ella fuera la elegida, pero las posibilidades son eso, posibilidades, y lo cierto era que, si ella terminaba a tiempo la historia en la que estaba trabajando, podía presentarla como candidata. Por eso ahora mismo estaba bajando la escalera de la estación de metro más cercana al piso de su hermana, porque la historia en la que estaba trabajando sucedía en un metro y Valentina se había quedado estancada dibujando.

La inspiración no solía faltarle, los sueños que seguían abordándola cada noche le proporcionaban material más que suficiente, además de cosas a las que seguía sin querer hacer frente, pero el *jet lag* y el miedo a cruzarse con cierto chico con gafas que no había vuelto a escribirle en meses la tenían bloqueada. El *jet lag* tenía sentido, lo otro no, así que esa mañana tras desayunar con Violeta y acompañarla al colegio se había equipado con el cuaderno de dibujo y su lápiz de costumbre e iba a entrar en el metro.

Montó en el primer tren que se detuvo en el andén y recorrió la línea entera. Fue como si la engullera una ola; si hubiera tenido más manos habría dibujado todo lo que desfilaba ante sus ojos. Esbozó a parejas sonriendo, a un grupo de niños que iban de excursión, a dos abuelas que venían del mercado junto a los dos abuelos que las acompañaban, a dos chicos tomados de la mano hablando de ajedrez. Intentó retener en una mera hoja de papel cada mueca, cada arruga de piel, y si hubiera podido, habría capturado también el sonido. Llegó a las penúltimas hojas del cuaderno y se dio cuenta de que tenía hambre, había perdido la cuenta de los recorridos que había hecho ya; cuando llegaba al final de una línea bajaba y se subía al primer metro que aparecía en el andén de enfrente. Quería aprovechar al máximo esa sensación, pero el hambre era innegable y se conocía lo suficiente para saber que si seguía sin comer se pondría de mal humor y los dibujos que hiciera en aquel estado serían lamentables, así que cuando notó que el vagón aminoraba la marcha, guardó el lápiz y el cuaderno en el bolso y se puso en pie para poner punto final a aquel trayecto. Estaba contenta, tanto que si hubiera sido atrevida como su hermana habría gritado un «¡Gracias!» a pleno pulmón en medio del vagón. Casi se rio al imaginar las caras que pondrían sus compañeros de viaje.

El vagón frenó y el pitido anunció la apertura de las puertas.

Cuando se abrieron un chico apareció plantado al otro lado, frente a ella.

Óscar.

Lo habría reconocido en cualquier parte, aun así, pronunció su nombre y levantó la mano hacia él para asegurarse de que no era un espejismo causado por el hambre, el cansancio o las ganas que siempre tenía de verlo.

—¿Óscar?

—¿Valentina?

Él estaba igual de confuso y feliz que ella; se veía en sus ojos y en el gesto idéntico de su mano, que se había levantado hacia Valentina.

El pitido de las puertas volvió a sonar, anunciando que iba a separarlos de nuevo.

Pero esta vez las manos de Óscar y Valentina se encontraron y él tiró de ella para que se quedase a su lado.

El sonido del metro al alejarse los dejó en silencio y con los ojos enredados hasta que por fin él dijo:

—Hola.

Valentina tardó unos segundos; no se habían soltado y el tacto de la piel de él era extraño y a la vez familiar, como si sus dedos estuvieran haciendo memoria, recordando lo bien que encajaban. No había dejado de mirarlo y de repente se fijó en un detalle que no pudo contenerse y habló:

—Llevas gafas nuevas.

Él soltó el aliento en medio de una sonrisa. ¿De qué tenía miedo?, se preguntó Valentina. Quizá él también había estado pensando en ellos esos meses, a pesar de no haber aceptado el ofrecimiento de ella para hablar.

—Sí, me las cambié hace poco. Tú te has cortado el pelo.

Valentina se sonrojó; iba a explicarle que justo el día anterior Penélope la había convencido para que la acompañase a la peluquería, cuando se dio cuenta de que era absurdo que estuviera tan cómoda con Óscar y, al mismo tiempo, contuviera ejércitos de mariposas en su interior. Llegó otro metro a la estación y la puerta volvió a detenerse delante de ellos, por lo que tuvieron que apartarse y soltarse, y Valentina fue la primera en hablar.

—¿Ibas a alguna parte?

Óscar ladeó la cabeza.

—No —carraspeó—. No puedo creerme que esté hablando contigo. Iba a alguna parte, pero puedo ir más tarde, ahora prefiero estar contigo. Si a ti te parece bien, claro.

—Claro. Tengo hambre, iba a comer algo, ¿me acompañas?

—Por supuesto, vamos adonde tú quieras.

Empezaron a andar hacia la salida. Cada peldaño que subían se miraban, temiendo que el otro fuera a desaparecer.

—Ya, a mí también me parece increíble —confesó Valentina.

Óscar sacudió la cabeza y agachó la mirada.

—Creía que no volvería a encontrarte nunca más. —Llegaron a la calle y él volvió a mirarla—. ¿Adónde quieres ir?

Valentina volvió a sonrojarse.

—No sé dónde estoy. Eso ha sonado peor de lo que es. Quiero decir que —lo miró y le temblaron las rodillas de la manera más absurda posible— estaba dibujando en el metro y me ha entrado hambre y he decidido salir a comer algo. No tenía nada en mente.

Óscar desvió la mirada hacia la mano derecha de Valentina y encontró las manchas de carboncillo.

—Vale. Entiendo. Aquí cerca hay un bar al que suelo ir con mis amigos. A nosotros nos gusta; no es nada del otro mundo, es uno de esos sitios de antes, de toda la vida como dice Héctor, aunque nunca sé qué quiere decir exactamente con eso.

—Yo creo que sí lo sabes.

—¿Te parece bien que vayamos allí?

Valentina asintió; esa clase de lugares eran sus preferidos. No lo había visto y ya tenía ganas de dibujarlo.

El bar no la decepcionó. Óscar le contó cuáles eran sus platos favoritos y cuáles recomendaban siempre sus amigos, Héctor y Ricky, a los que ella obviamente no conocía, pero le encantaría hacerlo a juzgar por la mirada de Óscar cuando hablaba de ellos.

—Sigo sin creerme que estemos comiendo juntos.

—Yo tampoco —dijo Valentina—. Ya lo daba por imposible. Después de... —Se atragantó.

Él le sirvió agua y adivinó el final de la frase.

—Después de que yo no volviera a escribirte y de que no te llamase nunca. Lo siento. Es que...

—No, por favor. No tienes que disculparte.

—Por supuesto que tengo que disculparme. He sido un idiota y un cobarde. Y un maleducado.

—Sí —sonrió Valentina—, eso último es lo peor de todo —bromeó.

—No sé cómo explicarte por qué no te llamé o no volví a escribirte. —Alargó la mano derecha y buscó la de Valentina—. No sé explicarlo; te parecerá absurdo.

—Inténtalo, por favor. —Valentina aceptó entrelazar los dedos. No le hacía falta que Óscar se disculpase, pero sí necesitaba que se explicase—. A mí tampoco me resulta fácil entender esto, y ese *e-mail* donde te daba mi número de teléfono, me costó mucho mandártelo.

—Me sé tu teléfono de memoria. Casi cada noche lo tecleo y dejo el pulgar encima del último número durante unos segundos. Me imagino cómo será nuestra conversación y después guardo el móvil.

—¿Por qué? No tiene sentido. No digo que esto de hoy, sea lo que sea, lo tenga, pero lo que dices no tiene ningún sentido. Y lo cierto es que me gustaría entenderlo o entenderte, supongo.

—Y a mí entenderte a ti, ese es el problema. —Valentina enarcó una ceja y Óscar siguió hablando—. Tú y yo nos cruzamos en el metro durante meses, yo me fijaba en ti siempre y tú en mí y, sin embargo, por el motivo que fuera nunca nos atrevimos a acercarnos el uno al otro.

—Dibujar se me da mucho mejor que hablar.

—Y a mí me cuesta demasiado lanzarme, aunque últimamente estoy intentando mejorar. Hoy no he dejado que desaparecieras delante de mí.

—Entonces, ¿por qué no me llamaste o por qué dejaste de escribir?

—Cuando dejamos de cruzarnos en el metro creí que habías desaparecido de mi vida y de golpe, sin saber que eras tú o sin que tú supieras que era yo, empezamos a escribirnos en el trabajo.

—Cuando a Helga se le estropeó el ordenador, me acuerdo.

—No dejamos de encontrarnos.

—¿Y eso te parece mal? —Valentina no lograba descifrar la expresión de Óscar. No podía decir que lo hubiera visto muchas veces, pero lo había imaginado tantas que erróneamente creía que lo conocía. Los dibujos que hacía de Óscar, más de los que él creía, describían un chico que tal vez no se pareciera tanto al que ahora tenía sentado delante.

—Me parece injusto.

—¿Con quién?

—Contigo, conmigo —tomó aire— y con las personas que nos rodean.

Valentina empezó a entenderlo. En los últimos meses, con cada cambio que daba su relación con Elías se preguntaba si habría dado esos pasos de haber conocido mejor a Óscar. Elías le gustaba y, como acababa de decir Óscar, no era justo para él que le comparase o comparase su relación con un desconocido con el que apenas había hablado. Sin embargo, lo hacía. Y también pensaba a menudo en Óscar cuando lo dibujaba y caía en la cuenta de que, si no hubiese viajado a Japón, no estaría ahora a punto de terminar el curso de animación que quizá le cambiaría la vida, pero si se hubiese quedado en Barcelona, a Óscar, en vez de dibujarlo, podría tocarlo.

—Ni siquiera nos conocemos; apenas hemos hablado un par de veces —dijo ella bajando la mirada, como si así pudiera dotar de lógica lo que les sucedía.

—Yo no tengo esa sensación y diría que tú tampoco. Por eso no te llamé. Creía que era lo mejor y ahora que te tengo aquí enfrente sé que me equivoqué. Y no sabes cuánto me arrepiento.

Valentina volvió a mirarle.

—¿Por qué?

—Porque me he pasado todos estos meses echándote de menos.

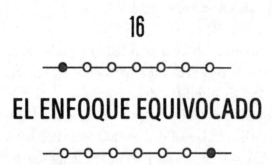

16

EL ENFOQUE EQUIVOCADO

Óscar cerró los dedos alrededor del reposabrazos de la silla porque no se le ocurría qué más hacer para no alargar las manos en busca de las de Valentina. Después de tantos meses, de tantas oportunidades perdidas y de tantas posibilidades rechazadas en aras del sentido común, de la vida real y de «Esto no puede ser normal, Óscar», allí estaba ella. Valentina. Sentada delante de él.

Él, que había dejado un trabajo estable y que le gustaba, para abrir una agencia con sus dos mejores amigos.

Él, que había decidido pedirle a Paloma que dejase cuatro cosas en su piso porque, de todos modos, dormía allí dos o tres noches por semana.

Él, que cada vez se acercaba más a la vida que creía que quería allí, en Barcelona, con la locura de esa aventura con Héctor y Ricky, con Paloma, que tan bien encajaba en ella.

Él ahora, en aquel preciso instante, lo único que quería era levantarse de la silla y abrazar a Valentina. Por eso se quedó quieto donde estaba.

—Antes de empezar un dibujo lo veo en mi mente, ¿sabes? Cierro los ojos y detrás de los párpados veo deslizar los trazos que da el lápiz guiado por mi imaginación. No tengo que borrar ni una sola vez, obviamente

—sonrió—, y después, ¡zas!, el resultado perfecto. Las sombras están en el lugar perfecto, cada ángulo está definido y la expresión del personaje que he creado es maravillosa. Después, cuando lo hago de verdad, no con mi imaginación sino con mis manos, no queda igual.

—Te olvidas de que he visto tus dibujos.

Valentina sacudió la cabeza.

—Lo que quiero decir es que quizá tú y yo llevamos demasiado tiempo imaginando cosas cuando el mundo real es mucho menos perfecto. La realidad acostumbra a decepcionar.

Óscar se quedó pensando. Su primera reacción había sido decirle que dudaba mucho que la realidad con ella fuera decepcionante, pero se mordió la lengua. No tenía nada que pudiera demostrarlo.

—¿Y qué es lo que propones?

—Que dejemos de imaginar y vivamos en el mundo real. Seamos amigos. Yo voy a quedarme por Barcelona tres días más y después volveré a Tokio; de momento estoy asentada allí y no sé qué haré cuando termine el curso de animación.

Esa frase le provocó varios nudos en el estómago a Óscar.

—¿Curso de animación? —Eligió aflojar ese primero—. En un correo me hablaste de un curso, ¿es el mismo?

—Sí, llevaba tiempo soñando con ir, pero tiene muy pocas plazas y es muy difícil que te acepten, así que lo había descartado. Mi hermana Penélope me animó a que lo intentase —se encogió de hombros— y finalmente me animé a hacerlo. Lo peor que podía pasar era que me dijesen que no, pero me aceptaron.

—¿Tienes una hermana?

—¿Ves cómo no sabemos nada el uno del otro? —Sonrió satisfecha—. Tengo una hermana mayor, Penélope. Ella es el motivo de que ahora esté aquí; ha dado a luz a mi segunda sobrina.

—Felicidades.

—Gracias.

—De hecho, debería irme ya. Le prometí a mi otra sobrina, la hija mayor de Penélope, que esta tarde la llevaría al cine.

—Claro. —Los dos se levantaron para irse—. ¿Podemos volver a vernos antes de que te marches?

—Cuéntame algo sobre ti —le pidió Valentina.

—He dejado mi trabajo en la empresa de mapas y junto con mis dos mejores amigos, Héctor y Ricky, hemos decidido montar una agencia laboral. Buscamos el mejor trabajo para cada persona y no al revés. Es una locura, todavía estamos adecentando la oficina que hemos alquilado, solo hemos tenido un cliente y los tres nos lo estamos jugando todo, pero me gusta.

—Hace semanas Helga mencionó que había habido cambios en el Departamento de Recursos Humanos de tu ahora ex empresa, pero no me atreví a preguntar. Está bien, de acuerdo, nos vemos mañana y me cuentas más sobre esa agencia que habéis abierto los tres mosqueteros. Se te ve contento, me alegro mucho por ti. —Miró el reloj—. Ahora tengo que darme prisa.

—¿Quieres que te pare un taxi o prefieres ir en metro?

Valentina le sonrió.

—Creo que iré en taxi. No sé si estoy preparada para entrar en un metro contigo, Óscar.

Esperó a que subiera al taxi, cerró la puerta tras ella sin abrazarla (algo que le costó demasiado) y se despidió hasta el día siguiente.

Tres días en los que él y Valentina iban a hacerse amigos para así dejar de imaginar que entre ellos existía la posibilidad de algo más.

Cuando se encontró a Valentina en el metro, Óscar iba de camino a su nueva oficina. Después de que Ricky les convenciera a él y a Héctor de que había llegado el momento de hacer algo juntos, dio los quince días de rigor a Ramón, quien lo animó a que iniciase esa aventura y le deseó lo mejor. La despedida del trabajo había sido agridulce, triste incluso, pues allí había aprendido mucho y se llevaba buenos recuerdos. Pero tenía que reconocer que desde que había tomado la decisión de irse sentía que había colocado una pieza más del puzle en el lugar adecuado.

Héctor, Ricky y él formaban un buen equipo y los tres, por distintas razones, creían en lo que estaban haciendo.

Cuando Valentina le había pedido que le contase algo sobre él, eso había sido lo primero que le había pasado por la cabeza, porque presentía que esa decisión iba a marcar parte importante de su vida y quería que ella lo supiera. Quería que lo entendiera.

Había mandado un mensaje a Héctor y a Ricky avisándolos de que llegaría tarde. De momento habían cerrado un contrato; habían conseguido que un profesor de la Universidad de Barcelona diese clases en la Universidad de París durante el próximo año. El hombre había acudido a ellos porque conocía a Héctor y les había contado que su mujer, de nacionalidad francesa, necesitaba volver a la capital de su país durante una temporada larga para cuidar a sus padres. La Universidad de Barcelona no había hecho nada para ayudar; de hecho, decían que no era su problema y que siempre podía pedir una excedencia y buscarse la vida. Pablo, así se llamaba su primer cliente, era un excelente biólogo, pero pésimo en establecer relaciones internacionales o en recordar el funcionamiento o el nombre de las personas encargadas de los Departamentos de Recursos Humanos de las distintas universidades.

Óscar había sido el primero en reunirse con él, y lo entrevistó para entender qué necesitaba exactamente. Flaco favor le haría si lo mandaba a París a trabajar a un laboratorio y dejaba a su mujer y a sus hijas solas con los abuelos. Pablo había dejado claro desde el principio que para él su familia era su prioridad, por eso estaba dispuesto a irse a Francia. Óscar trazó un plan para buscar el trabajo perfecto para Pablo, uno que reuniera lo que él necesitaba y donde él pudiera también aportar todos sus conocimientos, y después desató sobre las pobres universidades que incluyó en su lista de candidatas toda la agudeza comercial, la labia y la tenacidad de Ricky. Estas no tuvieron ninguna oportunidad; en pocas semanas tres universidades ofrecieron un puesto a Pablo. Héctor fue el encargado de analizar cada una de esas propuestas, las desmenuzó hasta que no quedó ningún fleco por cubrir y recomendó a Pablo que aceptase la de la Universidad de París.

Pablo y su familia se mudaban en pocos días.

El nombre de la agencia, Brújula, empezaba a sonar por la ciudad, pero necesitaban tener pronto más clientes si querían salir adelante. Habían recibido a varios posibles clientes en los últimos días y la reunión a la que Óscar llegaba tarde era para ver cuál podían aceptar. Héctor y Ricky no le preguntaron nada al principio; los dos parecían desbordados de trabajo y cansados. Él también, pero haber pasado ese rato con Valentina había conseguido que el día adquiriera tintes mágicos.

—¿Puede saberse qué te pasa? Tienes cara de idiota —lo insultó Ricky.

—Sí, eso. ¿Por qué has llegado tarde?

Estaban cerrando la oficina, era tarde y el muy iluso había pensado que sus amigos no se darían cuenta o que pasarían por alto que los hubiera dejado plantados antes.

—Me he encontrado con alguien.

—¿Con quién?

—Sí, ¿con quién? —Héctor y Ricky compartieron una mirada—. Desembucha de una vez, Óscar.

—Con Valentina.

Los dos se detuvieron en seco en medio del portal del edificio.

—¿Valentina, Valentina?

—¿La chica del metro? ¿Esa Valentina?

La posibilidad de que sus amigos le dejasen irse sin contarles nada más eran nulas. Tendría que haber mentido, podría haber dicho que se había perdido o que le habían abducido unos alienígenas. Cualquiera de las dos excusas habría sido más fácil de explicar que lo de Valentina.

—Sí, esa Valentina. Nos hemos encontrado en el metro. —Alargó la mano hacia la puerta para salir, pero Héctor se colocó delante.

—¿En serio piensas que vas a irte sin más?

—Bloquea la puerta, Héctor.

—Tal vez los vecinos quieran salir —dijo Óscar.

—No son horas de estar en la calle —sentenció Héctor—. Cuenta.

—Nos hemos cruzado en el metro. Ella salía del vagón al que yo iba a entrar y al final hemos ido a comer algo juntos. Ya está.

—¿Ya está? —Ricky lo miró decepcionado—. Espero por tu bien que estés mintiendo. Eres peor que los protagonistas de esas telenovelas turcas.

—¿Y tú cómo sabes cómo son los protagonistas de las telenovelas turcas?

—No cambies de tema, Óscar. ¿Cómo que ya está? ¿Habéis ido a comer y ya está? Llevas meses, qué digo meses, te has pasado más de un año pensando en esa chica. —Ricky de pronto miró hacia el techo—. Dime que no has hecho nada de lo que puedas arrepentirte, dime que no la has cagado con Paloma.

—Cierto. Paloma no se merece que la traiciones.

—Vaya, gracias, colegas. Suerte que sois mis mejores amigos. Por supuesto que no he hecho nada y por supuesto que Paloma no se merece que la traicione. ¿Por quién me tomáis?

—Nunca has sido objetivo con la chica del metro.

—Lo dices como si estuviera obsesionado con ella. Y no lo estoy. Solo hemos hablado, hemos ido a comer y después ella se ha ido al cine con su sobrina. Ya está, fin de la historia.

—Sabemos que no estás obsesionado —dijo Ricky—; eso tendría fácil solución. Tío, lo tuyo es mucho peor que eso, tú no te ves cuando hablas de ella.

—Deja de ver esas telenovelas, Ricardo, te están afectando.

A Héctor le sonó la alarma del móvil.

—¡Mierda! Tengo que irme. Me esperan en el hospital. Hoy me toca a mí el turno de noche. Y no, no volváis a preguntarme si podéis ir uno de vosotros o si estoy bien. Estoy bien.

—Genial, capitán América. —Óscar le dio una palmadita en la espalda a su amigo, que por fin se apartó de la puerta para salir. El apodo molestaba sobremanera a Héctor y muestra de lo cansado y preocupado que estaba fue que no dijo nada al irse.

—Los dos estáis fatal —suspiró resignado Ricky—, menos mal que me tenéis a mí. Uno de los tres tiene que estar centrado.

—Centrado, dice. Centradísimo.

Llegó a casa exhausto. En un intento por despejarse había decidido regresar a pie y al final solo había servido para que la maraña de pensamientos se enredase aún más y le doliese más la espalda. Dejó la bolsa del ordenador en el suelo y se quitó las deportivas. Encima del mueble de la entrada donde dejaba las llaves y los papeles que siempre perdía vio un par de coleteros de Paloma y también las gafas de sol. El domingo anterior, cuando salieron a pasear, se le cayeron al suelo y se le soltó una varilla. Óscar le había prometido que se las arreglaría, las había recogido del suelo y había bromeado con ella intentando ponérselas cojas. Paloma se había reído y él le había dado un beso. Estaban cerca de la playa, se estaba poniendo el sol y el pelo rubio de Paloma capturaba los últimos rayos. Había sido un gran día, pensó ahora incómodo Óscar, un día de esos que cuando pasasen los años tal vez recordaría con cariño, de esos que aparecen a veces en conversaciones. «¿Te acuerdas de esas gafas que tenía hace años? Esas que se rompieron aquel día en la playa».

Paloma no estaba esa noche, Óscar suspiró aliviado y al instante se sintió despreciable. Era culpa del cansancio, nada más. Mentira, había algo más, y si lo negaba ahora que estaba solo, si se lo negaba a sí mismo e intentaba justificarlo con alguna excusa absurda sería despreciable de verdad. Recordó una frase que le había dicho Héctor en una ocasión: no hagas nada que te avergüence reconocer. De momento así había sido, y mañana, cuando viera a Paloma podría contarle que se había cruzado con Valentina y habían comido juntos en un bar. También podría decirle que volverían a verse mientras ella estuviera en Barcelona. Claro que tampoco hacía falta que se lo contase, ellos dos no se lo contaban todo, no eran esa clase de pareja. Paloma nunca le hacía demasiadas preguntas sobre su día a día y tampoco le contaba qué había hecho durante todo el tiempo que no había estado con él. A decir verdad, a Óscar no le intrigaba demasiado.

¡Dios! ¿Qué estaba haciendo?

Le estaba dando demasiadas vueltas, eso era lo que estaba haciendo.

Estar con Paloma le gustaba, los dos estaban muy bien cuando se veían. Paloma era feliz, y lo sabía porque ella se lo había dicho con esas mismas palabras varias veces en las últimas semanas. Y él también lo era.

Si echaba de menos algo más era, probablemente, porque se estaba haciendo mayor y echaba de menos algo que en realidad no existía. En el instituto sí que se montaba películas sobre las chicas que le gustaban y sobre los trabajos que tendría de mayor y sobre los viajes, el piso, la vida que llevaría. Cada día que pasaba se encargaba de demostrarle que la realidad era distinta, a momentos mejor y a momentos peor.

Mejor cuando algo dejaba de ser un sueño para convertirse en realidad. Montar un negocio con sus amigos era mejor de lo que se había imaginado.

Peor cuando ese negocio implicaba endeudarte con el banco y el dinero o la solución no caía del cielo como en los magníficos planes que había trazado de adolescente.

Quizá la diferencia entre Valentina y Paloma era esa, que una era una realidad y la otra no, y compararlas era no solo injusto sino también imposible.

17

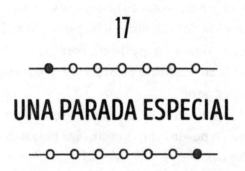

UNA PARADA ESPECIAL

—Empieza por el principio; cuéntame cómo os conocisteis.

Óscar y Valentina estaban sentados en un café cerca del piso de Penélope y llevaban más de una hora hablando. Él acababa de contarle más despacio por qué había dejado el trabajo después de meses de apatía y Valentina, además de escucharlo, le había dicho que le entendía, que esa sensación la había empujado a ella a decidirse por fin a solicitar plaza en el curso de animación.

Las preguntas y respuestas se les habían amontonado junto a los cafés y, con cada detalle que descubría Valentina sobre Óscar, más sonreía y más detalles añadía mentalmente a los dibujos que había hecho sobre él en los pasados meses.

No era como si lo conociera de otra vida, era como si supiera que necesitaba conocerlo en esta. Sabía eso igual que sabía que ella era bajita, que le gustaba el helado de chocolate y que mataría a cualquiera que hiciera daño a su hermana y a sus sobrinas.

Ahora él le estaba contando cómo había conocido de pequeño a sus dos mejores amigos, Héctor y Ricky, y Valentina los podía imaginar hasta el último detalle. Quizá no supiera si eran muy altos o bajitos, qué estilo de ropa llevaban o de qué color tenían el pelo, pero la mirada de Óscar le decía todo lo que necesitaba saber sobre ellos. Ya sentía cosquillas en los dedos de las ganas que tenía de dibujarlos y quizá incluirlos también en alguna escena con Óscar.

A él todavía no le había contado que en esos meses se había convertido en el protagonista de la historia en la que estaba trabajando para el curso de animación. Guardaba ese detalle para más adelante.

—Tal vez podría conocerlos la próxima vez que vuelva a Barcelona.

—¿Y cuándo será eso?

—La verdad es que no lo sé. Los vuelos son muy caros y entre el trabajo y el curso no puedo tomarme otra vez tantos días libres.

—Claro, es lógico.

Vio que Óscar doblaba la servilleta de papel varias veces con movimientos precisos.

—Y dejando a un lado a mi hermana y a mis sobrinas, tampoco tengo demasiados motivos por los que regresar a Barcelona.

—¿No echas de menos a tus amigos?

Óscar siguió doblando.

—Digamos que siempre se me ha dado mejor dibujar que hablar. ¿Y tú? ¿Te imaginas viviendo lejos alguna vez?

Óscar le ofreció una sonrisa ladeada y le acercó la servilleta doblada que ahora tenía una forma curiosa.

—Toma, es para ti. Es una rana.

Valentina la aceptó y pasó el dedo con cuidado por encima de la cabeza cuadrada.

—Ahora sería imposible; todos mis ahorros están invertidos en Brújula y Héctor y Ricky me matarían si los dejase plantados.

—¡Oh, claro! Por supuesto. —Intentó sonreír—. Tenéis que ir a por todas, seguro que os irá muy bien.

—Me alegro de que al menos tú lo creas. Nosotros no lo vemos tan claro.

—Bueno, de todos modos, si alguna vez pasas por Tokio, ven a verme.

—¿Acaso no piensas volver nunca?

—«Nunca» es mucho tiempo. Por ahora me concentro en aprovechar el curso al máximo; existe la posibilidad de que después pueda hacer unas prácticas en el estudio de Hibiki, ¿quién sabe?

Guardó la ranita en un compartimiento del bolso por puro instinto, para que estuviera bien protegida.

—Tiene que haber algo que eches de menos de Barcelona. Vamos, piensa un poco, no puede ser que esta ciudad no se haya ganado un poco de tu cariño.

Valentina no quería hablar de cosas tristes con Óscar; sabía que esa tarde era un regalo, un paréntesis en la vida que los dos llevaban. En un acuerdo tácito, tanto él como ella habían evitado hablar de eso, de los quilómetros que los separaban, pero Óscar acababa de romperlo y ya no había vuelta atrás. Se quedó pensando y de repente recordó algo que le iluminó el rostro.

—Sí que hay algo.

—¿Qué?

—La estación de metro de Urquinaona.

Óscar se levantó, dejó el dinero de la cuenta encima de la mesa y le tendió la mano.

—Vamos.

Valentina aceptó, enredó los dedos con los de él y lo siguió a la calle.

Casi corrieron más que andar hasta la calle Bruc y de allí siguieron hasta el cruce con la Ronda de Sant Pere. Se detuvieron bajo el cartel, un arco modernista de hierro forjado y no se soltaron.

—¿Y ahora qué? —preguntó Valentina sin aliento.

—Ahora bajamos juntos a la estación. No pienso dejar que vuelvas a desaparecer en otro andén. Vamos.

Bajaron la escalera riendo. Una señora los miró y un par de adolescentes los esquivaron.

—¿Y ahora?

—Ahora voy a invitarte al metro. —Óscar sacó su tarjeta de viajes y con una floritura, como si la estuviera invitando a bailar un vals, la deslizó por la entrada para que Valentina pudiera pasar.

—Gracias.

—De nada.

Con una sincronización perfecta, un metro se detuvo frente a ellos y entraron. Había poca gente en el vagón y se sentaron junto a la puerta.

—¿Y ahora? —Valentina repitió la pregunta anterior y miró a Óscar segura de que sus ojos mostraban demasiado, pero no le importaba. Esa tarde no contaba, no formaba parte de su mundo real.

—Ahora vas a contarme por qué esta estación es especial para ti.

Valentina se sonrojó.

—Está bien. De acuerdo. Mi madre murió cuando yo tenía diecisiete años. Fue muy difícil y siempre la echaré de menos.

—¡Dios, Valentina, lo siento mucho! Si quieres podemos irnos ahora mismo.

—Gracias, no es necesario. Me gusta estar aquí.

—¿Puedo hacer algo? ¿Quieres seguir hablando del tema? ¿Quieres darme una patada por haber metido la pata hasta el fondo?

Valentina sonrió y se contuvo para no alargar la mano que tenía libre y apartarle de la frente el mechón que insistía en caerle ahí. Tomó aire y retomó la historia que iba a contarle:

—Mi padre se ha casado tres veces; con mi madre, que fue la primera, ni siquiera hizo eso. Mi padre y mi madre se conocieron en la universidad, se enamoraron, o eso espero, y nos tuvieron a Penélope y a mí.

—¿Por qué intuyo que esa frase no describe ni de lejos lo que pasó?

—Porque eres demasiado listo. Calla y déjame continuar.

—De acuerdo.

Valentina fingió que no se daba cuenta de que él le estaba acariciando la parte superior de la mano con el pulgar. Lo fingió su cerebro porque el resto del cuerpo lo tenía clarísimo y reaccionaba acorde; se le había erizado la piel, las mariposas habían montado un enjambre en su estómago y le costaba respirar.

—Mi padre es encantador y le gusta ser el centro de atención. Para conseguirlo ha perfeccionado el arte de hacer que te sientas especial. Puede llevar meses sin verte, años, y tú puedes estar convencida de que estás enfadadísima con él y que le odias y, cuando reaparece en tu vida, chasquea los dedos y vuelves a creer que es el hombre más maravilloso del mundo. Conmigo ya no funciona, pero te aseguro que es un gran truco.

—Te creo.

—Hace poco más de un año montó una fiesta para el hijo de su tercera esposa, Carmen. Me cae bien, no somos amigas ni nada por el estilo, pero está bien. Mi padre acabará haciéndole daño. En fin, que mi padre montó una fiesta para ese niño, el hijo de Carmen y de su primer marido, y nos pidió a Penélope y a mí que fuéramos. Penélope se negó, pero yo...

—Tú fuiste.

—Fui y me sentí miserable. Mi padre me ignoró todo el rato, pero lo peor no fue eso. Lo peor fue que también ignoró a Pedro, el hijo de su esposa. Había montado la fiesta para quedar bien con no sé quién. Cuando me enteré fui a hablar con él y discutimos. Me fui de allí llorando. No fue uno de mis mejores momentos. Entré en el metro en Urquinaona y te vi. Llevabas una camisa hawaiana, estabas tan ridículo y se te veía tan contento, tan feliz, que quise acercarme a ti y preguntarte cómo lo hacías. Pero no lo hice.

—Lástima.

—No era la primera vez que te veía, pero sí fue la primera que te vi en una línea de metro distinta a la habitual. Pensé que eras una señal del destino, que habías aparecido de la nada para animarme. Te dibujé, intenté capturar tu sonrisa y al final me la contagiaste. Había tenido un día horrible y tú y tu camisa hawaiana conseguisteis que lo fuera un poco menos.

—Recuerdo esa camisa. Y recuerdo ese día, pero yo no te vi. Ojalá lo hubiera hecho. Quiero creer que, si te hubiera visto tan triste, me habría acercado a ti para preguntarte qué te pasaba. —Óscar se giró hacia ella y la miró, el metro acababa de frenar en una estación y la sacudida la había despeinado. Él levantó una mano despacio, hipnotizado, y le colocó el mechón de pelo detrás de la oreja—. Perdón. —Carraspeó—. Lo siento.

Valentina no sabía por qué se estaba disculpando Óscar, si por haberla tocado de esa manera o por no haber hablado con ella aquel día en el metro. Si era por el primer motivo, no necesitaba hacerlo. El leve roce de su piel en el rostro le había puesto la piel de gallina y estaba segura de que, cuando se despidieran, lo recordaría. Lo recordaría durante mucho tiempo. Y tampoco era necesario que se disculpase por lo que había sucedido cuando no se conocían; ella no le había mentido. Aquel día le había bastado con dibujarle para hacerla sonreír.

—No importa.

El metro volvió a ponerse en marcha. Valentina no tenía ni idea de adónde se dirigía ni ella ni el vagón, pero pensar en su padre le hizo recordar algo importante: ella se había prometido no ser nunca como él.

—Tengo que decirte algo, Óscar. Encontrarte en el metro era el mejor momento del día, tanto daba si había tenido un mal día en el trabajo, si mi padre había vuelto a hacer de las suyas o si había tenido un día estupendo. Encontrarte y dibujarte lo superaba todo, lo arreglaba, me daba poderes para creer un poquito más en mí, en mis sueños. Creo que por eso nunca me acerqué a hablar contigo, porque tenía miedo de perder esa magia.

—Yo te busco cada vez que entro en un metro, aunque sepa que estás en Japón, aunque supiera que estás en la Luna, siempre te busco porque si te encuentro todo es mejor. El mundo, mi mundo, pasa a ser un lugar en el que quiero vivir y no solo estar de paso.

—Pero tu mundo está aquí en Barcelona, con Héctor y Ricky, con vuestros sueños y vuestra nueva empresa. Y también con Paloma.

—Y el tuyo está en Tokio con el curso de animación y el estudio de Hibiki, y con el trabajo que seguro te ofrecerá dentro de nada. Y también con Elías.

Valentina asintió y cerró los ojos, dejó que el sonido del metro le entumeciera la mente. No quería estar triste con él. Óscar y sus encuentros en el metro eran su lugar feliz.

—Me han dicho que existe una cosa llamada internet. ¿Tú sabes cómo funciona?

Óscar sonrió y el corazón de Valentina dio una voltereta.

—Algo he oído por ahí; creo que podré apañármelas.

—Yo creo que también.

—¿Te vas mañana?

—Sí, mañana por la noche. Mi hermana ha insistido en organizar un almuerzo de despedida y después Elías me acompañará al aeropuerto.

Valentina le había hablado a Óscar de Elías y Óscar le había dicho que hacía meses que se veía con Paloma. Frases breves, como arrancar una tirita mirando al otro lado porque, por muchas veces que uno dijera en voz alta el nombre de la persona que salía con el otro, por infinidad de veces que se repitieran que solo iban a intentar ser amigos, ninguno de los dos podían negar que lo que más querían era que entre ellos existiera la posibilidad de algo más.

—¿Puedo hacerte una pregunta?

—Claro —aceptó Valentina. Cualquier cosa que la alejase de esos pensamientos.

—¿Qué crees que habría pasado si te hubieras acercado a hablar conmigo el día de la camisa hawaiana?

—No lo sé. Dímelo tú.

—Cobarde.

—Mucho. Contigo creo que tengo que serlo.

Los dos tenían la cabeza apoyada en la pared. Ella había cerrado los ojos después de ver que él lo hacía, pero ahora podía notarlos en su rostro, así que los abrió.

—Yo nunca te haré daño, Valentina.

—No puedes estar seguro de eso. Nadie puede. Como mucho podemos comprometernos a intentar no hacer daño.

Levantó la mano que tenía suelta, la otra seguía entrelazada con la de Óscar, y lo tocó por primera vez. Le subió las gafas por el puente de la nariz y al alejarse deslizó el dedo índice hasta la punta, dibujando la curva encima de su piel y no de un papel.

—Val...

—Si aquel día me hubiese acercado a ti, tal vez habríamos ido a cenar juntos y tal vez yo ahora no estaría en Tokio o tal vez lo estaríamos los dos. O quizá no me habrías contestado y yo habría empezado a ir en bici al trabajo y no en metro para no volver a cruzarme contigo. ¡Quién sabe!

—Te habría contestado.

Valentina se encogió de hombros.

—Importa tanto lo que elegimos hacer como lo que dejamos pasar, ¿no crees? Quizá los dos nos dejamos pasar y ahora es absurdo que intentemos cambiarlo.

—No digas eso. Aquí no. Ahora no.

—Está bien. —Volvió a cerrar los ojos, pero esta vez apoyó la cabeza en el hombro de Óscar—. Mientras estemos aquí en el metro no volveré a decirlo.

—Gracias. ¿Me llamarás desde Tokio? ¿Me escribirás?

—¿Y tú?

—Claro. Ya estoy pensando en todo lo que tengo que contarte.

El metro empezó a detenerse de nuevo; estaban llegando a la siguiente parada y Valentina apretó los dedos alrededor de los de Óscar por última vez. ¿Cuánto tardaría en olvidar el tacto de su piel o la sensación de su pulgar acariciando la suya? Lo soltó y abrió los ojos.

—Será mejor que baje aquí —le dijo—. No hace falta que me acompañes.

Óscar se quedó mirándola y lo que vio en los ojos de Valentina lo llevó a asentir.

—De acuerdo.

Ella sonrió, no iba a llorar, no había pasado nada malo. No estaba perdiendo nada, al contrario, por fin había hablado con el chico de las gafas y ahora tal vez serían amigos desde la distancia. ¡Vaya premio de consolación más ridículo, casi cruel!

—Hay algo en lo que no estoy de acuerdo contigo —dijo él con los ojos, también brillantes, fijos en los de ella.

—¿En qué?

—No nos hemos dejado pasar. De hecho, creo que en cierto modo no hemos dejado de buscarnos.

—Óscar...

—Ya, lo sé. No tiene sentido y ni tú ni yo queremos hacer daño a nadie. —Levantó las manos, le temblaban, y con cuidado sujetó el rostro de Valentina—. Las posibilidades son infinitas.

El metro abrió las puertas.

—Tengo que irme.

Óscar siguió mirándola, inclinó la cabeza despacio y depositó un único beso en la mejilla derecha de Valentina.

—Lo sé.

La soltó y Valentina salió del vagón antes de que la capacidad de alejarse de Óscar desapareciera de su interior. Le temblaban las manos de las ganas que tenía de abrazarlo, de acariciarle el pelo, de quitarle las gafas y darle un beso. Pero eso solo complicaría las cosas. A diferencia de Óscar, ella no creía que las posibilidades fuesen infinitas. Cada elección que tomaban tenía consecuencias y traicionar así a Elías y a Paloma rompería algo dentro de ella.

Volvió a casa de Penélope y esa noche, en el cuaderno que había viajado con ella desde Tokio, dibujó el beso que no se habían dado.

Al menos allí podía hacerlo y, aunque una pequeña parte de ella sabía que no ganaba nada torturándose de esa manera, otra no podía dejar de mirar el dibujo y de preguntarse qué decisiones tendrían que haber tomado meses atrás para que las cosas ahora fueran distintas.

Nunca lo sabría.

18

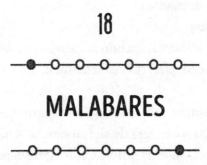

MALABARES

El despacho de Brújula por fin había dejado de parecer el escenario de un crimen. La entrada era más o menos acogedora, habían colocado unas sillas cómodas y una lámpara de pie bastante elegante. Había espacio para una mesa de trabajo y cuando las cosas mejorasen un poco se arriesgarían a buscar a alguien que los ayudase con las tareas administrativas y a mantener la paz entre los tres. Menos mal que cada uno tenía su propia oficina en la que se retiraban después de esas reuniones que tan a prueba había puesto su amistad en los últimos meses.

Óscar, Héctor y Ricky habían mantenido la costumbre de tomar una cerveza juntos los viernes por la tarde, pero habían añadido la norma de no hablar de trabajo en esos encuentros. Esas tardes eran solo tres amigos que se reunían para reírse el uno del otro o para animarse o para consolarse, para lo que fuera, y no tres socios que estaban haciendo malabares para sacar su pequeña empresa adelante.

Tal vez habían sido unos temerarios en lanzarse tan pronto; apenas hacía unos años que habían salido de la universidad y entre los tres apenas sumaban más de diez de experiencia laboral, pero Óscar no se había arrepentido ni un segundo de haber tomado esa decisión y sabía que sus amigos tampoco. Ya habían conseguido cerrar unos cuantos contratos más; el de Pablo lo habían enmarcado en la pequeña cocina del despacho, estaba junto a la cafetera, y de momento allí era donde hacían sus reuniones porque, aunque habían preparado una habitación con ese fin, al parecer siempre que coincidían los tres allí acababan tomando las decisiones más importantes.

Los padres de Óscar no lo habían apoyado especialmente en esa aventura, pero tampoco habían intentado quitársela de la cabeza. Se habían limitado a decir que estaba en edad de equivocarse, dando por hecho, obviamente, que Brújula acabaría mal y entraría en la categoría de los errores de su vida. Su padre, como si se tratase de un halago, había añadido que seguro que en su anterior trabajo volverían a aceptarlo y su madre le había pedido que al menos no se endeudase mucho y que se asegurase de mantener las cuentas claras con sus amigos, que en esta vida no podías fiarte de nadie.

Hacía años que Óscar sabía que a su madre le gustaban Héctor y Ricky, pero le gustaban todavía más cuando no los veía o cuando estaban lejos de él. Nunca había sabido muy bien por qué y había dejado de intentar entenderlo. A su hermano se lo había contado en un almuerzo familiar que sus padres habían organizado hacía poco porque era lamentable que se vieran tan poco viviendo tan cerca, y este se había limitado a decirle que muy bien, que se preparase para dejar de dormir, y a pedirle que le pasara la sal. A Óscar no le dolió, pero aquel día de regreso a su apartamento pensó que su madre tenía razón; era una lástima que ellos cuatro tuvieran esa clase de relación tan indiferente y distante, ni siquiera se importaban lo suficiente para pelearse.

Al menos con Ricky y Héctor se peleaba a gritos si hacía falta y después se pedían perdón con más o menos torpeza según el caso y seguían adelante.

No se siente indiferencia hacia las personas que te importan.

Y así, de la nada, la sonrisa de Valentina apareció en su mente y sacó el móvil del bolsillo para llamarla. Calculó la diferencia horaria antes de apretar la tecla y esperó.

—¡Óscar!

Sonrió porque ella siempre contestaba como si descubrir su nombre en la pantalla del teléfono fuera una alegría.

—Hola, Val, ¿te pillo en mal momento?

—Estaba dibujando.

Óscar aguzó el oído en busca de la música que ahora sabía que ella siempre escuchaba mientras dibujaba.

—¿Hablamos en otro momento?

—No, qué va. Me irá bien descansar un poco. ¿Cómo estás? ¿Ya habéis encontrado el trabajo perfecto para esa chica rusa?

—Creo que sí; esta semana tiene dos entrevistas. Deséanos suerte. Si cerramos el contrato este mes, Brújula empezará a ver la luz.

—Eres muy dramático, lo sabes, ¿no? Pensaré en vosotros, pero seguro que no os hará falta.

—Gracias. ¿Qué estás dibujando? ¿Es algo para el curso o para ti?

—Para ambos. Hibiki dice que desde que volví de Barcelona mis dibujos son más personales. Al principio pensé que eso sería malo, pero él afirma que es mucho mejor así. Espera un segundo.

Óscar distinguió el sonido de una silla arrastrándose y la música en el apartamento de Valentina se detuvo. La oyó saludar a alguien.

—Perdona. Ha llegado Elías.

—¡Ah, sí! —Carraspeó—. Recuerdo que me dijiste que esta semana estaría en Tokio por trabajo.

—Serán cinco días.

—Claro. Pues hablamos más tarde, no quiero molestar. Adiós, Val, cuídate mucho.

Colgó antes de que ella pudiera despedirse; no quería oír la voz de Elías de fondo y no quería descubrir qué le sucedería si por casualidad oía a Elías dándole un beso a Valentina, aunque fuera en la mejilla. Especialmente si era la mejilla que él había besado meses atrás.

Devolvió el móvil al bolsillo de la chaqueta; no quería esperar a que ella le mandase algún mensaje diciéndole adiós o preguntándole si le había pasado algo. A veces, si se cortaba una conversación, habían intercambiado mensajes de esa índole y después de presenciar, al menos sonoramente, que Elías tenía llaves del piso de Valentina no estaba de humor.

Él todavía no había hecho las paces consigo mismo sobre lo que sentía por Valentina. Lo intentaba, pero no lo había conseguido, y que ella le hablase de Elías con tanta naturalidad, aunque poco a menudo, le ponía furioso. Que ella no estuviese hecha un lío como él le hacía sentirse mal y en cierto modo inseguro.

Ellos dos habían decidido ser amigos. Ninguno había dicho nunca en voz alta que habían sido unos idiotas por haber dejado pasar su momento, por no haber aprovechado la oportunidad que el destino les había brindado (varias veces) de conocerse y tal vez estar juntos. Las posibilidades de que se cruzasen tantas veces en el metro sin hacer nada no eran tantas y, sin embargo, ellos dos las habían cumplido todas. Ahora les tocaba seguir adelante y aprovechar al máximo lo que tenían delante.

Él no podía irse a Japón.

Ella no podía volver a Barcelona.

Y en realidad ninguno de los dos lo había sugerido.

Señal de que no tenía que ser. Valentina parecía feliz con Elías y él era feliz con Paloma. De verdad que lo era. Que tuviera celos de Elías, porque eso sí que no podía negarlo, era algo normal. Además no eran exactamente celos, sino un sentimiento de protección, como lo que se siente por una hermana pequeña o una muy buena amiga. Él le tenía cariño a Valentina, al fin y al cabo, habían vivido una historia curiosa, algo que siempre recordaría, y quería lo mejor para ella. Elías no podía ser lo mejor. No lo conocía, cierto, pero un ¿químico? No parecía el estilo de chico adecuado para Valentina y ¿cómo sabía que podía fiarse de él? Según le había contado Valentina, viajaba mucho por trabajo y apenas se veían. Con mucha suerte una vez cada mes y medio. Eso no era una relación.

Claro que lo era.

Óscar se pasó las manos por el pelo. A este paso acabaría perdiendo la cabeza y el cabello. No le gustaba sentirse así, tenía que encontrar la manera de superar lo que en realidad nunca había llegado a suceder con Valentina y pensar solo en Paloma.

Paloma.

Recordó que la noche anterior ella le había dicho que hoy estaría trabajando en los escaparates de una tienda de ropa que estaba cerca de la iglesia de Santa María del Mar. Miró el reloj y cambió de dirección. Cuando cambiaban un escaparate para un evento especial, Paloma y su socia solían trabajar hasta tarde. Así se aseguraban de que la tienda en cuestión estuviera desierta y de que la gente curiosa no se detuviera a observarlas desde la calle. Agilizó el paso y fue hacia el metro.

Cuando llegó Paloma estaba agachada montando lo que parecía ser una increíble noria de papel en medio de una feria de Navidad. Tenía todos los elementos: las cestas donde iban parejas tomadas de la mano, nieve de papel esparcida por el suelo, bastones rojos y blancos, abetos y luces en los toldos de las tiendas del mercadillo de invierno que se encendían cada unos cuantos segundos. Seguro que cuando terminasen la noria también giraría y sonaría algún villancico.

Dio unos golpecitos en el cristal y Paloma se giró primero confusa y, tras reconocerlo, con una sonrisa. Le hizo señas para que entrase.

—¡Óscar, qué sorpresa!

Ella se puso de puntillas y él se agachó para darle un beso.

—¿Llego en mal momento?

—No, ya estábamos terminando. Ven, te enseñaré cómo ha quedado.

—Desde fuera se ve espectacular.

—Gracias.

Lo tomó de la mano y lo llevó hasta el escaparate para enseñarle con detalle el diseño completo.

—Me alegro mucho de que hayas venido —le dijo—. Te he echado de menos.

Óscar la miró confuso.

—Nos vimos ayer.

—Sí, pero llevas semanas ausente. Sé que has tenido mucho trabajo y que ahora mismo estás en un momento complicado con Brújula y tus amigos, pero te he echado de menos.

A Óscar le costó tragar saliva.

—Lo siento.

—No te disculpes, trabajar para uno mismo es una locura. —Estiró los brazos—. Sé de lo que hablo. Y tú y yo no tenemos esa clase de relación.

Ahora estaba confuso.

—¿Qué clase de relación?

Paloma colocó un par de figuras de papel recortado cerca de la noria, delante de un carrito que vendía algodón de azúcar (del que salía algodón rosa) y junto al cual había doblado un jersey del mismo color.

—Esto ya está. ¿Nos vamos?

Esa noche Paloma estaba trabajando sola. Apagaron las luces y ella mandó un mensaje al propietario de la tienda para decirle que había terminado.

—¿Qué clase de relación? —insistió Óscar ya en la calle.

—Tú y yo nos gustamos y nos llevamos muy bien, ¿cierto?

—Cierto.

—Quiero decir que nunca nos hemos mandado mensajes románticos ni nos hemos contado las historias de nuestras vidas acurrucados bajo un edredón.

—No acabo de entender qué tiene que ver una cosa con la otra.

Paloma sonrió.

—Vamos a cenar, tengo hambre. No somos cursis, Óscar. No vamos por el mundo diciendo que estamos enamorados ni chorradas así.

Óscar estaba convencido de que enamorarse no era una chorrada, aun así, intuyó que no era lo que Paloma quería escuchar en esos momentos. Además, el tono de ella le hacía pensar que ella tampoco creía que lo fuera.

—Siento haber estado ausente últimamente —reconoció al fin, convencido de que eso sí que era lo que Paloma quería escuchar y seguro de que era lo que él necesitaba decir—. Lo siento.

Ella soltó el aliento y su postura cambió.

—No pasa nada. El trabajo es lo primero, lo sé muy bien.

—No estoy tan seguro de que tenga que ser así, pero, aunque el trabajo nos absorba, si estamos juntos deberíamos encontrar tiempo el uno para el otro, ¿no crees? Si no, ¿qué sentido tiene todo esto?

—No lo sé. No me hagas caso. Estoy cansada y la verdad es que estoy muy contenta de que hayas venido a buscarme. Gracias.

—Ha sido un auténtico placer —respondió sincero.

Entraron en un restaurante italiano y con la comida la normalidad volvió entre ellos. La conversación anterior se escondió, sin embargo, en el interior de Óscar, lista para volver a aparecer cuando hiciera falta. Él creía que las cosas entre Paloma y él estaban claras, que los dos querían lo mismo, pero empezaba a creer que eso era imposible porque él no sabía qué quería y quizá Paloma tampoco.

—Hoy me ha llamado Alicia —dijo ella cuando llegaron los postres.

—¿Qué quiere ahora mi querida prima?

—Ella y David están organizando algo.

—Miedo me da.

Paloma sonrió y siguió adelante.

—El estudio donde trabaja David acaba de restaurar una masía en el Montseny. Al parecer han instalado no sé cuántas cosas para hacer actividades de grupo en medio de la naturaleza, como tirolinas, camas elásticas, campos de fútbol. Ya sabes cómo es tu prima. Ella y David han conseguido que les dejen la masía todo un fin de semana. Han convencido a los propietarios de que tienen que testarla, te juro que ha utilizado esa palabra, antes de abrirla al público.

—Alicia vendería helados a los esquimales.

—Me ha dicho que estamos invitados y que, si quieres, puedes invitar también a tus amigos. Cuanta más gente, mejor.

—¿A ti te apetece ir?

Paloma se encogió de hombros.

—Los deportes no son lo mío, si hacen competiciones por parejas y pretendes ganar alguna conmigo, más vale que te lo quites ahora mismo de la cabeza, pero puede ser divertido. Y estará bien hacer algo así juntos.

—De acuerdo, iremos.

—¿Y se lo dirás a tus amigos? Alicia parecía interesada en que fuese más gente.

A Óscar le sonó el móvil y al ver el nombre de Valentina en la pantalla se levantó de la mesa.

—Perdona, Paloma, tengo que contestar.

Ella se limitó a hundir la cuchara en el tiramisú y Óscar salió a la calle. En el restaurante había mucho ruido y si Valentina lo llamaba quería escucharla.

—Val, ¿sucede algo?

—Quería hablar contigo, pero si te pillo mal puedo esperar a mañana.

Óscar carraspeó. Todavía resentido por haber presenciado antes, al menos telefónicamente, la llegada de Elías, había contestado con un tono de voz algo brusco.

—No, perdona. Estoy cenando con Paloma.

—¡Oh, vaya! Lo siento.

¿Eran imaginaciones suyas o a Valentina le había cambiado la voz?

—No pasa nada. Dime, ¿sucede algo?

—No, nada. —Ahora carraspeó ella—. Solo quería decirte que tal vez vuelva pronto a Barcelona.

—¿Cuándo? ¿Por qué? —Hubo un silencio en la línea—. ¿Valentina?

—Sí, perdona. Se casa la hermana de Elías y su familia insiste en que vaya a la boda. No sé qué decir, no sé si es acertado, pero tengo muchas ganas de ver a mis sobrinas y Elías ha conseguido traspasarme los puntos de su compañía aérea y el billete me sale muy bien de precio. Solo podré quedarme ese fin de semana; llegaré el viernes por la noche y el lunes tendré que subirme de nuevo a un avión, pero no sé qué hacer.

—¿Qué fin de semana es?

Coincidía con el de la fiesta de Alicia.

19

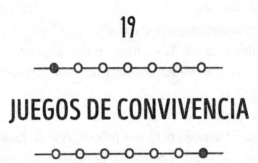

JUEGOS DE CONVIVENCIA

Valentina volvía a estar en el aeropuerto esperando que su maleta apareciera por la cinta de equipajes. Todavía no podía creerse que hubiese accedido a hacer todo lo que le esperaba en los próximos dos días. Era una locura, tanto la boda de la hermana de Elías como el sábado en la masía con Óscar y sus amigos. Y su novia. Y Elías, quien por supuesto iba a acompañarla.

¿En qué momento su vida se había convertido en esa locura?

Quizá no tendría que haber llamado a Óscar para decirle que tenía la posibilidad de estar de nuevo en Barcelona y sí, era reprobable que lo primero que le había pasado por la cabeza después de que Elías le dijera lo de la boda de su hermana fuera que así, tal vez, podía volver a quedar con Óscar. Era solo que tenía muchas ganas de felicitarlo por los éxitos que estaba consiguiendo con su nuevo trabajo; emprender no era nada fácil y además lo estaba haciendo con sus mejores amigos. Había arriesgado mucho y quería decirle que estaba orgullosa de él y de lo que había logrado. Y también tenía muchas ganas de conocer por fin a Paloma.

Tantas como de ir al dentista.

Era algo necesario y que la ayudaría mucho. Era por su bien. Seguro que en cuanto conociera a Paloma y viera lo estupenda que era y la buena pareja que hacía con Óscar dejaría de tener dudas o remordimientos, o lo que fuera que tuviera cada vez que pensaba en él, y en las veces que lo había visto en el metro y no se había acercado a hablarle. Conocer a Paloma la ayudaría, la centraría y por fin podría pensar en Óscar solo como en un amigo.

Él solo la veía así, de eso estaba segurísima porque él nunca había insinuado lo contrario, y siempre le preguntaba por Elías y por cómo iban las cosas con él. Además, la relación que tenían Elías y ella le gustaba, hacía años que eran amigos, estaban bien el uno con el otro y Valentina en ningún momento sentía que él pudiera poner en peligro su sueño de ser ilustradora. Sonaba frío, quizá incluso calculador y sin duda demasiado práctico, pero crecer con un padre que cree tanto en el amor, el enamoramiento y la pasión y en frases vacías como «Me falta el aire si no estoy contigo» o «Me moriré si no te beso» la había condicionado a creer justo en lo contrario.

Por fin apareció su maleta y se dirigió a la salida. Esta vez la estaba esperando Penélope y dejó que el abrazo de su hermana mayor la envolviera.

—Gracias por venir.

—Gracias por darme una excusa para salir un rato y dejar a Jaime con los dos terremotos. ¿Cómo estás? ¿Te apetece comer algo antes de ir a casa?

—¿Estás buscando una coartada para llegar más tarde?

Penélope guiñó un ojo.

—Le he dicho a Jaime que dejaba la tarjeta en casa para no caer en la tentación de comprar un billete de avión y largarme de aquí.

—No durarías ni un día sin tus niñas y sin él.

—Cierto. A ti también te echo mucho de menos, ¿sabes?

A Valentina se le llenaron los ojos de lágrimas. No estaba acostumbrada a esas frases o, mejor dicho, no estaba acostumbrada a escuchar esas frases y creérselas.

—Sí —se secó los ojos con el reverso de la manga—, vamos a comer algo. Necesito tu consejo.

—Toda mi escasa sabiduría está a tu servicio, Valentina.

Salieron del aeropuerto y se detuvieron a cenar en un pequeño restaurante cerca de casa de Penélope.

—No quiero ser como papá —dijo Valentina después de contarle a su hermana que el sábado vería a Óscar y el domingo a Elías.

—Espera un momento. ¿Es eso lo que te preocupa? Tú no eres como papá, jamás podrías serlo. Empezando por lo obvio, sois personas distintas, y tú, hermanita, careces del egoísmo y egocentrismo de nuestro padre. Mamá se encargó de ello y tú haces el resto cada día, como yo.

—Pero...

—Estás con Elías, y con Óscar nunca ha pasado nada. Piénsalo, si de verdad fueras como papá habrías hecho algo con Óscar.

—Pero porque no ha sido posible. Si me hubiese quedado aquí...

—Si te hubieses quedado aquí nadie sabe qué habría pasado. No puedes pasarte la vida analizando las posibles vidas alternativas que tendrías en un universo paralelo si hubieras tomado otra decisión. El mundo real no funciona así, Valentina. Es una putada, pero en eso consiste hacerte mayor, en asumir que hay trenes que has dejado pasar. O metros, en tu caso.

—¿Estás diciendo que mañana no debería ir a esa masía a ver a Óscar?

—No lo sé. Tal vez no. Eso tienes que decidirlo tú. Es cierto que no has hecho nada con él, pero si te pasas el día pensando en él mientras estás con Elías, mira, no voy a decirte que me parezca bien. No es honesto y si estás dándole tantas vueltas deduzco que tú opinas lo mismo. Si de verdad Óscar y tú solo sois amigos, piensa en él como en un amigo.

Elías fue a recogerla a las nueve de la mañana. Valentina bajó al portal y él la recibió con un beso.

—Siento no haber podido ir a buscarte ayer; la boda de mi hermana nos lleva a todos de cabeza.

—No te preocupes, lo entiendo y ya has hecho bastante traspasándome los puntos, de lo contrario no habría podido venir.

—Habríamos encontrado la manera. —La abrazó—. Tengo muchas ganas de que conozcas a mi familia.

Valentina se sonrojó. Se había pasado la noche pensando en las palabras de su hermana y había llegado a la conclusión de que tenía razón. Iba a aprovechar aquel fin de semana para asumir la realidad de una vez por todas: Óscar y ella solo eran amigos. Elías quería ser algo más, había empezado a hablar de buscar piso juntos dentro de un tiempo, y si ella no lo veía claro, tenía que decírselo.

—¿De verdad no puedes quedarte todo el día?

Elías le había dicho que la acompañaba a la masía porque tenía ganas de conocer a Óscar, pero que lamentándolo mucho no podía quedarse.

—De verdad, le prometí a mi padre que me llevaría a mi madre fuera y que la mantendría todo el día ocupada. Me temo que los nervios de la boda están sacando lo peor de ella y si mi madre y mi hermana están hoy juntas acabarán discutiendo por una tontería. Mi padre se ocupará de mi hermana; está enfocando todo esto como si fuera una operación militar. Cuando me he ido me ha recordado que no le defraude en la misión de hoy.

—Suenan geniales, la verdad.

—Tienen sus momentos, supongo.

—¿De verdad no te importa que vaya hoy a hacer esto?

Vio que Elías apretaba el volante y cogía aire.

—Antes de que tú y yo estuviéramos juntos tenía celos de tu historia con el tío del metro. —Valentina intentó no poner una mueca ante la elección de palabras de Elías para definir a Óscar—. Pero después comprendí que era una tontería. Él tiene novia y en realidad apenas os habéis visto un par de horas. Además —soltó una mano y buscó la de ella—, confío plenamente en ti.

—Vaya, gracias. Tampoco te he dado motivos para no hacerlo.

—No quería sonar condescendiente. Lo siento. Lo que quiero decir es que es evidente que no soy la clase de chico que necesita estar con su pareja a todas horas para saber que las cosas van bien entre ellos, y diría que tú tampoco. Si hoy te apetece ir a jugar en medio del bosque con gente que apenas conoces, adelante. De todos modos, yo tengo el día ocupado con mi madre.

Elías no estaba diciendo nada malo, pero el tono que utilizó y su actitud no le gustaron. Sin embargo, se mordió la lengua y lo dejó hablar porque no estaba segura de si el comportamiento de él era deplorable o si ella estaba buscando defectos donde no había para justificarse.

Llegaron al Montseny, la masía era fácil de encontrar y Elías aparcó junto a varios coches. Se veía gente en la casa y Óscar apareció en lo alto del camino y los saludó. Junto a él había dos chicas, una rubia y una castaña. La rubia lo tomó de la mano cuando se pusieron a caminar hacia ellos.

—¡Hola! ¡Qué bien que estéis aquí! ¿Habéis tenido algún problema para llegar? —Óscar parecía tenso y a Valentina le sorprendió que no detuviera la mirada más de dos segundos en ella. Hasta entonces no se había dado cuenta de la atención con la que siempre la miraba Óscar.

—No, ninguno —respondió—. Elías, te presento a Óscar.

—Encantado.

—Lo mismo digo y felicidades por la boda de tu hermana.

Se estrecharon la mano brevemente.

—Gracias.

—Ella es Paloma. Paloma, ellos son Valentina y Elías.

—Es una pena que no puedas quedarte, Elías. —También se dieron la mano—. Seguro que Valentina tiene muchas ganas de estar contigo; viviendo en Tokio no debe de ser fácil veros.

—No lo es —respondió Elías sorprendiendo a Valentina—, pero nos las apañamos bastante bien. La visito a menudo y ya falta poco para que vuelva.

¿Ya falta poco? Valentina se quedó muda. Ella no tenía ni idea de si iba a volver o no a Barcelona, ¿y él ya lo daba por hecho? Definitivamente tenían que hablar.

—Me alegro de conocerte, Paloma. —Valentina le tendió la mano, quería acabar con eso cuanto antes—. Gracias por invitarnos.

—¡Oh! No he sido yo. Esto lo ha organizado Alicia, la prima de Óscar. Por cierto, será mejor que volvamos adentro. Alicia me ha dicho antes que necesita que la ayudemos a organizar la compra.

—La verdad es que yo también tengo que irme; mi madre me está esperando. —Elías miró a Valentina y esta vio de reojo que Óscar y Paloma se daban media vuelta y caminaban hacia la casa, probablemente para dejarlos solos y darles intimidad—. Parecen simpáticos y hacen muy buena pareja.

—Sí, Paloma es muy guapa —afirmó sincera—. ¿Nos vemos luego?

—Si no estás muy cansada, tal vez podríamos ir a cenar por algún sitio aquí cerca cuando venga a buscarte.

—Claro, preguntaré si pueden recomendarnos alguno.

—Genial. —Elías se agachó para darle un beso y Valentina no pudo evitar apartarse antes de que subiera de intensidad—. Siento si antes he sonado un poco brusco, al parecer la boda no solo está afectando a mi madre y a mi hermana.

—No te preocupes. Seguro que saldrá muy bien y después de este fin de semana todo estará de nuevo en su lugar.

—Eso espero.

Estaban hablando de la boda, ¿no?

Valentina esperó a que el coche de Elías se alejara y después caminó hacia la casa. ¿Qué estaba haciendo allí? Elías había acertado al decir que ella iba a pasar el día en compañía de desconocidos. Se frotó la frente, tal vez tendría que haberse quedado en Barcelona y pasar el sábado con la familia de su hermana. Miró hacia la casa y vio un grupo de chicos y chicas hablando, riéndose y de repente la invadió la añoranza y la tristeza. Tuvo ganas de llorar y, para evitar hacerlo en público, dio media vuelta y caminó hacia una arboleda.

—¡Val! —Solo Óscar la llamaba así.

Siguió caminando y no se detuvo hasta llegar al primer roble. Se sentó en el suelo y se secó los ojos.

—¿Qué estoy haciendo aquí, Óscar?

—Val, no llores. —Óscar se sentó frente a ella y le secó las lágrimas con los pulgares—. Me mata verte llorar.

Ella suspiró y sacudió la cabeza para apartarse.

—¿Qué estoy haciendo aquí?

—Quiero que conozcas a mis amigos. Héctor y Ricky están en la masía y tienen muchas ganas de conocerte. Les he hablado mucho de ti.

—¿Y a Paloma qué le has contado?

Valentina odiaba oírse así, odiaba el reproche y la inseguridad que teñían sus palabras.

—Yo...

Entonces Valentina comprendió algo que le retorció el estómago.

—¡Dios! Paloma no sabe lo del metro. No sabe nada. ¿Qué le has dicho, Óscar? —Se puso en pie furiosa—. ¿Qué le has dicho?

—Que eres una antigua compañera del trabajo y que estas aquí de visita.

—¡Oh, Dios mío!

Dio unos pasos y se alejó, llegó hasta otro árbol y después retrocedió.

—Tú tampoco le has contado toda la verdad a Elías.

—¡Pues claro que le he contado la verdad!

Óscar también se incorporó y se apretó el puente de la nariz.

—¿Toda la verdad?

—¿Qué estás insinuando?

—¿Por qué estamos discutiendo, Valentina? No quiero discutir contigo, es lo último que quiero en este mundo. Siento no haberle contado la verdad a Paloma, pero no... —La miró a los ojos—. No quería que ella tuviera nada que ver con nosotros.

—¿No ves que lo que dices no tiene sentido, Óscar? Se supone que estás con ella, que Paloma es tu novia.

—Lo sé.

Valentina se quedó en silencio durante unos segundos, desvió la mirada hacia la casa y después hacia los coches.

—¿Crees que alguien puede bajarme a la estación?

—¿Qué? ¿Por qué?

—Porque creo que será mejor que vuelva a Barcelona y no quiero llamar a Elías para que venga a buscarme. Pillaré un tren y así podré estar sola un rato.

—¿Por qué?

—No me obligues a explicártelo, Óscar. Por favor.

—Está bien. De acuerdo. —Sacó el móvil del bolsillo de los vaqueros y empezó a marcar un número, pero se detuvo—. Antes tengo que decirte algo.

Valentina se cruzó de brazos.

—¿Qué? Dímelo rápido, seguro que tu prima y tu novia te están esperando.

—Tú y yo no discutimos. No quiero perder las pocas horas que puedo estar contigo discutiendo.

—Tú y yo apenas nos conocemos y unas pocas horas, tanto si discutimos como si no, no van a cambiar nada.

—Eso no es verdad.

Óscar se alejó unos pasos de ella y respiró hondo.

—Óscar, todo esto no tiene sentido. Tú estás aquí con tus amigos, tu prima y tu novia. Yo no entro en ninguna de esas categorías. No tendría que haber venido, tendría que haberme quedado en casa y descansar, ir a la peluquería, yo qué sé. Cualquier cosa antes que estar aquí.

—Y, sin embargo, estás aquí y yo no quiero que te vayas todavía. Quédate, por favor. Puedo bajarte a la estación, y si de verdad es lo que quieres ahora mismo voy a buscar las llaves del coche y te llevo. Pero estás aquí y de verdad que quiero que conozcas a Héctor y a Ricky. Dices que apenas nos conocemos, pues dame la oportunidad de cambiarlo.

—¿Para qué?

—¿Cuántas veces hablamos por teléfono durante la semana? ¿Cuántas?

Valentina bajó la vista hacia sus Converse rojas.

—¿Tres, cuatro?

—Cuatro como mínimo.

—¿Quién fue la primera persona que llamaste cuando Hibiki te dijo que tu propuesta estaba entre las finalistas?

Eso había sucedido la semana pasada. Valentina todavía no podía creerse que su historia hubiese llegado tan lejos.

—No me acuerdo —mintió.

—A mí. Tú misma me lo dijiste. —Óscar se acercó a ella sin tocarla—. Tú eres la primera persona a la que llamé cuando cerramos el contrato del mes pasado y eres la primera a la que querré llamar cuando cerremos el próximo. Mírame, por favor.

—Óscar...

—Quédate un rato, vamos. Quizá no tenga sentido y existe la posibilidad de que los dos vayamos a pasarlo muy mal cuando esto acabe, pero quédate, por favor.

—¡Óscar! —Oyeron una voz que gritaba su nombre.

—Es Alicia. El partido de fútbol está a punto de empezar. Quédate.

Valentina lo miró. Sabía que si decía que no, él o alguno de esos amigos a los que aún no conocía la acercarían a la estación, pero si de verdad quería despedirse de él, del chico de las gafas, y decir adiós a la historia que nunca había existido entre ellos para meterla definitivamente en el cajón de la amistad, tenía que quedarse. Tenía que meterse dentro de la cabeza que ella estaba con Elías y que con Óscar no había nada.

—Está bien, me quedo.

20

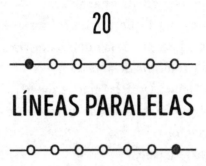

LÍNEAS PARALELAS

A Óscar el fútbol nunca le había importado demasiado y nunca se había considerado especialmente competitivo. Y jamás había sido violento. Pero después de esa conversación con Valentina, de la discusión que minutos antes había mantenido con Paloma porque según ella Valentina no pintaba nada allí y de haber visto cómo Elías se despedía de Val con un beso, ese partido de fútbol fue la vía de escape perfecta para todo lo que llevaba dentro.

—¿Puede saberse qué te pasa? Esto es un jodido partido entre amigos, no el final de la Champions —le recriminó Héctor levantándose del suelo después de que Óscar lo hubiese tirado.

—Perdona, lo siento.

El balón volvió a estar en juego y Óscar corrió tras él en busca de algo, lo que fuera, que consiguiera dejarle la mente en blanco. Valentina se había quedado, pero no estaba allí viendo el partido; se había ido con Ricky a ver parte del bosque. Ricky, que no tenía novia y era un crápula.

David iba a marcar un gol. David, que sabía lo que quería en la vida y de qué chica estaba enamorado. Óscar fue a por él, no había otra manera de describirlo, y lo empujó. David, sin embargo, a diferencia de

Héctor, que conocía a Óscar y eran amigos desde pequeños, no se lo tomó tan bien, nada bien, y le devolvió el empujón. Al que siguieron un par de insultos, unos cuantos gritos y varios puñetazos.

Los amigos de David no tardaron en unirse a la reyerta. Alicia y Paloma se levantaron de donde estaban sentadas y también llegaron corriendo y gritando al medio del campo. Héctor, que parecía ser el único que mantenía la calma, tiró de la camiseta de Óscar con fuerza hasta apartarlo de David y colocarlo delante de él.

—¿Qué estás haciendo, Óscar? ¡Cálmate, joder!

Óscar parpadeó y, como saliendo de un trance, se soltó de su amigo.

—¡Mierda! Lo siento.

Paloma apareció a su lado.

—¿Puede saberse qué te pasa? Has perdido completamente los papeles, Óscar. Jamás había pasado tanta vergüenza.

A Óscar le dolía el ojo derecho y notaba el sabor de la sangre. Estaba casi seguro de que David o alguno de sus amigos le había partido el labio y Paloma solo parecía preocupada por la humillación que acababa de sufrir. Estaba siendo un capullo, un egoísta, lo sabía igual que sabía que una parte infantil y cobarde de él había buscado con esa pelea que alguien, a poder ser su prima, lo echase de allí.

—¿Vergüenza? —Al parecer no estaba dispuesto a parar, podía culpar a la adrenalina, aunque no habría sido del todo verdad—. David también me ha empujado.

—Alicia se está ocupando de David. Diría que los dos estabais muy nerviosos y buscabais pelea, y por desgracia para todos os habéis encontrado en el campo. Ha sido un espectáculo lamentable.

—¿Puedo fiarme de que no volverás a pegar a nadie, Óscar? —Héctor seguía a su lado. También tenía la sombra de un puñetazo en la mandíbula y le habían roto la manga de la camiseta.

—Sí, sí. Lo siento, tío. Gracias por... por salvarme el culo, supongo.

—¿Y con él sí te disculpas?

Óscar miró a Paloma mientras Héctor se apartaba para ir a ayudar a los demás y dejarlos solos.

—Lo siento, Paloma. No quería humillarte.

—Suenas muy sincero. —Lo recorrió de arriba abajo con la mirada—. ¿Qué te pasa, Óscar? No te reconozco.

Alicia se acercó a ellos con cara de pocos amigos.

—Vaya tela, primito. ¿Desde cuándo eres un capullo?

—Perdona, Alicia. ¿David está bien?

—David también es idiota. Está bien, creo que no tendrán que ponerle puntos en la ceja, pero tendrá dolor de cabeza. Le está bien merecido. —Alicia miró a Paloma preocupada, a veces Óscar se olvidaba de que su prima y ella eran muy amigas—. ¿Y tú estás bien? No lo mates, seguro que todo esto tiene una explicación, ¿a que sí, Óscar?

Óscar iba a inventarse algo, a echarle la culpa al estrés por el trabajo o a algún virus misterioso, pero de repente vio venir a Ricky y se distrajo. Su amigo silbaba y llevaba las manos en los bolsillos de los vaqueros, detuvo a Héctor cuando pasó por su lado, probablemente para preguntarle qué había pasado y el tío soltó una carcajada. El magullado cerebro de Óscar tardó varios segundos en comprender por qué estaba tan interesado en Ricky: porque estaba solo. Se suponía que había ido al bosque con Valentina y ahora estaba solo y él no la veía a ella por ningún lado.

—Ahora vuelvo.

Corrió hacia sus amigos y le pareció oír de fondo cómo su prima y Paloma lo insultaban.

Ricky había dejado a Valentina en la estación de tren de Breda. Cuando se lo contó, si Héctor no le hubiese puesto una mano en el hombro y lo hubiese mirado con una ceja en alto (recordándole que no pensaba salvarlo de otra pelea), Óscar habría gritado a su otro mejor amigo y le habría insultado por traicionarlo. Óscar había asumido por fin que la capacidad de razonar la había perdido esa mañana, justo después de que Valentina llegase.

Ricky, entre confuso y alucinado, le había contado que sí, que Valentina y él habían ido a pasear por el bosque, pero cuando apenas llevaban quince minutos fuera, ella había recibido una llamada de su padre y después de colgar le había pedido que la llevase a la estación de tren. Él le había preguntado si había sucedido algo grave y ella le había asegurado que no, pero que acababa de darse cuenta de que solo iba a estar en Barcelona aquel fin de semana y no iba a ver a su padre. Después de asegurarle que ya llamaría a Óscar más tarde para despedirse y para darle las gracias por la invitación, Ricky había accedido a acompañarla a la estación.

—¿Y puede saberse por qué no me has avisado?

—Estabas jugando un partido de fútbol y Valentina ha insistido en que no quería molestarte. Me cae bien tu chica del metro.

Óscar tuvo que contar hasta diez para no saltar y Héctor volvió a mirarlo mal.

—Dame las llaves del coche —ordenó a Ricky.

—¿Qué está pasando aquí?

—No creo que sea buena idea, Óscar —añadió Héctor.

—Me da igual. Dame las llaves, Ricky. —Óscar tendió la mano hacia su otro amigo.

—¿Para qué quieres mi coche? ¿De qué va todo esto? Tú tienes el tuyo aparcado allí mismo.

—No quiere perder tiempo —le explicó Héctor—. Además, seguro que las llaves de su coche están en el bolso de Paloma.

Ricky le entregó las llaves a Óscar.

—Gracias.

—¿Estás seguro de lo que vas a hacer? —preguntó Héctor.

—Vas a ir a la estación de Breda —adivinó por fin Ricky—. ¡Joder, Óscar! ¿Por qué?

—Lo arreglaré todo cuando vuelva, solo quiero asegurarme de que Valentina está bien.

—No tendrás nada que arreglar si no lo rompes.

—Vas a cagarla, tío.

Óscar levantó las manos exasperado y, caminando hacia atrás porque quería ver las caras de sus amigos, dijo:

—Existe la posibilidad de que esto sea exactamente lo que tengo que hacer.

Se dio media vuelta y corrió hacia el coche, no sin antes ver cómo Héctor y Ricky sacudían la cabeza. Ellos jamás se habían enfrentado a una decisión como aquella. En realidad, él tampoco.

El trayecto de tren de Breda a Barcelona duraba algo más de cuarenta y cinco minutos, pero era sábado y los trenes no pasaban con tanta frecuencia. Óscar condujo tan rápido como pudo, evitando cometer imprudencias porque solo le faltaría tener ahora un accidente o que le pusieran una multa, además de que Ricky le arrancaría la piel a tiras si lo multaban conduciendo su coche. Por suerte conocía el camino, había estado en la zona unas cuantas veces, y llegó a la estación sin problema. Aparcó el coche y salió corriendo hacia el andén. Empezaba a estar harto de que Valentina siempre se le escapase por entre los dedos, de tener que perseguirla por estaciones de metro o de tren y no alcanzarla nunca.

—¡Valentina! ¡Val!

Acababa de llegar un tren, que no fuera el que se dirigía después a Barcelona, pensó, y había bastante gente en el andén.

—¡Val!

No la veía por ninguna parte. Se detuvo a tomar aire, un puñetazo le había acertado de pleno en las costillas y le dolía al respirar. Era una locura, había ido hasta allí para nada, para volver a perder a Valentina, y ahora cuando volviera a la masía tendría que enfrentarse a la ira de su prima Alicia y disculparse con David. Y hablaría con Paloma. No podía seguir con ella. En el campo de fútbol Paloma le había dicho que no lo reconocía y tenía razón, él no era así, no podía seguir adelante con ella mientras en su mente no dejaba de imaginarse otro universo en el que él y Valentina sí habían hablado en el metro. No era justo para nadie y, aunque en este universo, en el que le había tocado vivir, las posibilidades de estar con Valentina eran casi inexistentes, eso no significaba que tuviera que estar con Paloma.

Él no la estaba haciendo feliz y ella, bueno, ella seguro que se enfadaría mucho y con razón cuando él le dijera que se merecía algo mucho mejor. Era una frase condescendiente y absurda porque ¿quién era él para decir qué se merecía o no ella? Lo que sí iba siendo hora de que asumiera era que se estaba portando mal con ella y tenía que dejar de hacerlo. Se incorporó y se secó el sudor de la frente; tenía unas pintas lamentables a juzgar por cómo lo miraba la gente que pasaba por allí. Bajó la vista hacia la camiseta, y vio que estaba manchada de hierba, barro y sangre. También le sangraba una rodilla, lo que explicaba que le doliera al doblarla, y al ver las manos comprobó que temblaban. Genial. Sería mejor que regresara cuanto antes y empezara a disculparse y a dar explicaciones. Empezaría por Paloma, era la más importante y así su prima podría insultarlo después con razón. Menos mal que al menos contaba con el apoyo de Ricky y Héctor, o eso esperaba. Alicia enfadada daba mucho más miedo que su marido y todos sus amigos juntos.

—¿Óscar?

Se le erizó el vello de la nuca y se dio media vuelta despacio. Había recibido varios golpes en la cabeza y tal vez estaba imaginando cosas.

Valentina estaba delante de él; del hombro derecho le colgaba el bolso y en la mano sujetaba un billete de tren.

—Estás aquí —farfulló.

—¿Qué te ha pasado?

Valentina dejó caer el billete en el bolso y levantó la mano para tocarle con cuidado la herida que tenía en el labio.

Óscar hizo una mueca de dolor y ella intentó retirar la mano, pero como eso le habría dolido aún más, Óscar capturó la muñeca de Valentina y volvió a acercarla a su rostro. Sin dejar de mirarla a los ojos esperó que ella comprendiera qué le estaba pidiendo. *Por favor, tócame.* Y cuando Valentina estiró los dedos y los apoyó en la mejilla de él, Óscar soltó el aliento.

—Me he portado como un imbécil. No puedo seguir así.

—¿Te duele?

No sabía qué le estaba preguntando ella exactamente, pero ahora que había empezado a hablar no podía parar. Él también necesitaba descubrir lo que iba a decir y tenía miedo de que, si no se lo contaba a Valentina, no sería capaz de contárselo a sí mismo. Hay verdades que no podemos afrontar solos, que necesitan de otra persona para existir.

—Todas las veces que te veía en el metro o en alguna estación quería hablar contigo. No existe el día o la situación en la que no quiera hacerlo; ni ahora que sé tu nombre ni antes, cuando para mí eras la chica del cuaderno amarillo. Que no lo hiciera demuestra que soy idiota o que me cuesta reconocer lo que tengo delante de las narices, pero no —tragó saliva— que tú y yo no tenemos ninguna posibilidad de existir.

—Óscar.

—Déjame terminar. —Respiró y aflojó las manos para colocarlas despacio en la cintura de ella y acercarla hacia él—. Aun en el caso de que eso fuera cierto —añadió furioso—, me niego a aceptarlo. La posibilidad de estar contigo, sea como sea, es preferible a lo que siento cuando te alejas, cuando te pierdo entre la multitud o cuando intento estar con otra persona.

—Yo también quería hablar contigo, Óscar, pero...

Él dio un paso hacia ella sin soltarla y vio que Valentina temblaba casi tanto como él. Nunca habían estado tan cerca.

—Pero nuestras vidas ahora son complicadas, lo sé, y no sé si sientes lo mismo que yo o si, aunque lo sientas, prefieres dejar las cosas como están. Pero hoy, cuando he visto que Elías te besaba al irse, he muerto un poco por dentro y después me he peleado como un energúmeno con medio equipo de fútbol sin motivo aparente. —Valentina le acarició la mejilla y a Óscar le dio un vuelco el estómago—. Me ha costado, pero creo que por fin entiendo qué me pasa.

—¿Y qué te pasa?

—Que nunca he sentido nada parecido a esto y quizá tú y yo somos imposibles, dos líneas paralelas que no se cruzarán nunca, pero nada de eso elimina lo que hoy siento por ti, lo que llevo meses sintiendo y ocultándome a mí mismo... —Se humedeció el labio y le escoció, y entonces

Valentina lo aniquiló poniéndose de puntillas para darle un suave beso en la herida. Cuando se apartó y volvió al suelo, Óscar se quedó mirándola.

—Cuando acepté tu invitación para venir aquí hoy, lo hice porque pensé que si conocía a Paloma y te veía con ella, por fin se me metería en la cabeza que no eres para mí, que tú y yo solo somos amigos. Me sentía, me siento —se corrigió— muy mal por pensar en ti de esta manera, por querer más de lo que ya tengo, por hacerle algo así a Paloma y a Elías. —Bajó la cabeza—. Con Elías voy a solucionarlo —volvió a mirar a Óscar—, pero hace un rato, cuando ha empezado el partido de fútbol y he visto que Paloma se sentaba en el césped para mirarte, se me ha retorcido el estómago. No sé si tu amigo Ricky se ha dado cuenta y ha intentado evitarme la humillación, porque ha aparecido de repente y se ha ofrecido a pasear conmigo.

—¿Qué humillación? Diría que Ricky se ha acercado a ti porque es incapaz de resistirse a una chica bonita.

Valentina sacudió la cabeza y Óscar apretó los dedos que tenía en su cintura para indicarle que lo decía en serio. Era imposible que fuera la primera vez que la llamaba «bonita»; ¿cómo había podido resistir tantos meses sin hacerlo?

—Ha hablado de ti todo el rato, Ricky, mientras paseábamos. Entonces me he dado cuenta de que lo que siento por ti es demasiado obvio, que no lo estaba ocultando tan bien como creía y he tenido que irme de allí. Tu amigo ha sido muy amable; ha fingido no darse cuenta de que le estaba mintiendo cuando le he dicho que tenía que irme para ver a mi padre.

—Pero tu padre te ha llamado de verdad.

—Sí, pero no me he ido por eso. Mi padre solo me ha proporcionado una coartada. Me he ido porque me he imaginado lo que pasaría cuando terminase el partido, tú le sonreirías a Paloma y ella se acercaría a ti para abrazarte y besarte, y me he dado cuenta entonces de que no podía verlo, de que me rompería algo por dentro —repitió la frase de él.

Óscar no necesitó nada más, llevaba demasiado tiempo guardando besos para Valentina dentro de él, imaginándolos, soñándolos, escondiéndolos para que no los viera nadie, ni siquiera él, como una nube que va llenándose de agua hasta el día de la tormenta.

Y ninguna tormenta podía compararse en intensidad con besar a Valentina, y que ella lo besase a él, que fuese a su encuentro como si lo necesitara tanto como él a ella, iba a acabar con él allí mismo. Antes, verla con Elías lo había roto, pero Valentina lo estaba recomponiendo con esos besos. No importaba lo que pasase después, aunque si de él dependía tenía muy claro lo que quería que sucediera. Tanto si estaban juntos como si no, tanto si volvían a besarse como si no, aquel beso siempre existiría y Óscar sería otro en cuanto terminase. Hay besos que cambian la vida, que le dan un nuevo significado y el de Valentina lo era.

La abrazó más fuerte y buscó la manera de responderle, de besarla del mismo modo que ella lo estaba besando a él, de explicarle con esas caricias que él nunca había besado así a nadie y que nunca podría volver a hacerlo. Óscar jamás habría podido imaginarse cuánto le temblaría el cuerpo cuando sus labios se encontrasen, ni que un suspiro de Valentina, uno solo, bastaba para que él quisiera devorarla. Que el tacto de su piel, que notaba en las yemas de los dedos que había deslizado bajo la camiseta, sería lo único que quería tocar a partir de ese instante. No, él jamás habría podido imaginarse nada parecido.

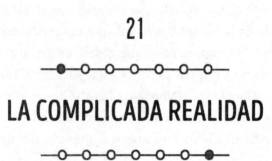

21

LA COMPLICADA REALIDAD

Dejar a Óscar en esa estación no le resultó fácil, pero era lo que tenían que hacer si querían tener la menor posibilidad de sobrevivir aquel fin de semana y salir adelante.

No se separaron hasta que el tren anunció que iba a cerrar las puertas y Valentina lamentó profundamente no tener el cuaderno en el bolso para dibujar la cara de Óscar cuando se despidió de ella y dijo, entre besos, que estaba harto de que lo dejase plantado en estaciones. Lo dibujaría más tarde; esa misma noche buscaría el cuaderno y lo dibujaría antes de acostarse.

Apenas habían tenido tiempo de hablar, todavía notaba cosquillas en los labios y dudaba que su corazón volviese a latir a un ritmo normal en los próximos veinte o treinta años. Sonrió, aún no podía creerse que por fin supiera a qué sabía un beso de Óscar. Cerró los ojos y tomó aire, intentó eliminar la imagen de Óscar y hacer aparecer la de Elías.

Se agarró a la idea de que Elías y ella primero habían sido amigos, buenos amigos, y confió en que esa amistad pudiera superar el daño que ella acababa de hacerle y que Elías pudiera perdonarla. Ellos dos no habían hablado de amor, pero Valentina conocía a Elías y sabía que su amigo valoraba por encima de todo la honradez y que era muy rencoroso. Todavía estaba enfadado con una compañera de su trabajo por haberle mentido acerca de un informe. Sacó el móvil y lo llamó.

—¿Ya estás lista para que venga a buscarte? La fiesta ha durado menos de lo que creía.

—No, no hace falta que vengas. Estoy en un tren de regreso a Barcelona, llego dentro de —miró el panel de información que había sobre la puerta— treinta minutos.

—¡Oh, vaya! ¿Ha sucedido algo?

—Tenemos que hablar, Elías.

La línea quedó en silencio y Valentina pudo oír que Elías le decía a su madre que regresaba enseguida y el sonido de una puerta abriéndose y cerrándose después.

—No sé si quiero tener esta conversación por teléfono, Valentina.

—¿Qué? ¿Cómo sabes que...?

—Ha sucedido algo con Óscar. No hace falta que me cuentes los detalles, de hecho, no me los des. Por favor —carraspeó.

—Elías, yo... Lo siento.

—¿Qué es lo que sientes? ¿Lo que sea que haya pasado con Óscar o hacerme daño a mí? Porque no es lo mismo, Valentina. Ni de lejos.

—Siento hacerte daño. Tú sabes que significas mucho para mí.

—No, no lo sé.

El tren entró en un túnel y Valentina se secó la lágrima que le resbalaba por la mejilla.

—Tendría que habértelo dicho antes, tendría que haberte dicho que me importas mucho, que tu amistad es muy importante para mí y tendría que haberte dicho que pensaba en Óscar de esta manera.

Elías soltó el aliento.

—Sí, habría estado bien. Tendríamos que haber hablado de esto antes.

—Lo siento.

—Quiero creer que lo sientes, Valentina.

Valentina oía lo enfadado que estaba, las palabras que contenía, y se le retorció el estómago. Nunca había querido hacer daño a Elías.

—¿Podemos seguir siendo amigos?

Elías soltó una carcajada amarga.

—¿Sabes qué? No lo sé. Pero necesito que me hagas un favor.

—Claro, lo que quieras.

—Ven igualmente a la boda conmigo. Es el gran día de mi hermana —añadió antes de que ella pudiera responder— y mi familia te espera; varias de mis tías quieren conocerte. Si mañana me presento solo, sin quererlo me convertiré en el centro de atención, y mi hermana no se merece eso. Yo tampoco, la verdad. Ven a la boda, saluda a mis tías, acompáñame. Dentro de unos meses les diré que lo de mantener una relación a distancia no ha funcionado y nadie sospechará nada.

—No me gusta mentir.

—Los hechos de esta tarde demuestran lo contrario.

Valentina notó la vergüenza subiéndole por la garganta.

—De acuerdo, te acompañaré.

—Gracias. Pasaré a buscarte tal como habíamos quedado. Doy por anulada la cena de esta noche, deduzco que estarás ocupada.

—No, yo no...

Pero Elías ya había colgado.

Llegó exhausta a casa de Penélope y cuando vio a su hermana se puso a llorar. Por suerte, Penélope estaba entrenada, así que esperó a que se le pasase y a que pudiese contarle qué le había pasado. Al finalizar el relato, Valentina esperó el consejo de su hermana, que se limitó a decirle que se había metido en un buen lío (cosa que ya sabía ella de sobra) y a añadir que esperaba que supiera lo que estaba haciendo.

No lo sabía, pero ¿acaso vivir no se trataba de eso, de buscar ese algo, esa persona, ese camino que te hace feliz? Era lo que había hecho con el curso de animación; a ella le habría resultado mucho más fácil, cómodo y práctico quedarse en Barcelona o buscar un curso parecido en España o en el mismo continente donde vivía su hermana, puestos a pedir. Pero se había ido a Japón porque era el curso que necesitaba para convertirse en ilustradora de animación. Y ahora iba a hacer lo mismo con Óscar, quizá no fuera práctico y sin duda no era para nada seguro. Valentina sabía que estaba arriesgando mucho más que su futuro profesional, estaba arriesgando su corazón, pero iba a hacerlo de todos modos porque existía la posibilidad de que saliera bien. Tenía que creerlo.

Llamó a Óscar, pero él no contestó el teléfono. Intentó imaginarse qué estaría haciendo, si la conversación que había mantenido él con Paloma había sido tan breve como la que había tenido ella con Elías o si aún estaban hablando. No se engañaba a sí misma; había muchas cosas que ella no sabía de la relación de Óscar. Él siempre había rehuido el tema, pero confiaba en él.

Buscó el cuaderno con el que había viajado desde Tokio y también la pequeña caja metálica de acuarelas. Creía que iba a dibujar el beso, pero su inspiración siguió otro camino y acabó trazando las líneas del rostro de Óscar en medio de la estación de Berga, con el labio hinchado, la camiseta manchada de barro y sangre y la mirada desbocada buscándola a ella.

Nunca nadie la había mirado como lo hacía Óscar, como si tuviera miedo de perderla, como si se hubiese pasado toda la vida buscándola.

Óscar la llamó cuando ya estaba dormida, el *jet lag* y las emociones del día le pasaron factura, y se encontró con un mensaje de voz suyo cuando se despertó.

—Val, seguro que estás dormida. No puedo dejar de pensar en ti, tendría que haberme subido a ese tren contigo —Oyó que soltaba el aliento—, pero tenías razón. Tenía que quedarme. He hablado con Paloma. Quería volver anoche a Barcelona, pero Alicia me ha exigido que me quede hasta hoy por la tarde. Héctor y Ricky creen que es lo mejor. Paloma no quiere irse, dice que ella no ha hecho nada malo y tiene razón. Llámame cuando te despiertes, por favor, yo... te echo de menos.

Valentina lo llamó y de nuevo no tuvo suerte, así que optó por dejarle también un mensaje de voz. Estaba nerviosa; a pesar de todos los meses que llevaba hablando con él o intercambiando mensajes en todos los formatos viables, aquello era nuevo. Ellos dos de esa manera eran nuevos y la novedad hizo revolotear las mariposas que residían en su estómago. Empezaba a acostumbrarse a ellas.

—Hola, Óscar. Yo también te echo de menos. Hablé con Elías y me ha pedido que lo acompañe a la boda de su hermana. Hemos roto, pero no quiere robarle el día a su hermana y si aparece solo todo el mundo le preguntará por qué. Paloma tiene razón, ni ella ni Elías han hecho nada malo. Yo... —tuvo que tragar saliva— vuelvo mañana a Tokio. ¿Te llamo cuando vuelva de la boda? Yo... —¿cómo podía despedirse de él?— pensaré en ti todo el día.

Saltó de la cama y fue a ducharse y a vestirse. Tenía que asistir a una boda.

La familia de Elías era encantadora y Valentina se sintió como una harpía despreciable por estar engañándolos de esa manera. Cierto que Elías en ningún momento la presentó a nadie como su «novia», y los despistaba diciéndoles su nombre, que trabajaban juntos o frases similares que en ningún caso podrían considerarse una mentira. No lo hacía por ella, eso él se había encargado de dejárselo claro, sino por sus padres, que lo habían educado para que no mintiera y no quería que cuando se enterasen de aquella farsa pudieran echárselo en cara. La novia, sin embargo, sabía o intuía algo porque Valentina no recordaba la última vez que una persona había sido tan antipática con ella, aunque fingió no darse cuenta. Sabía que se lo merecía.

Llegó el momento del vals, los novios abrieron el baile y después siguieron los padres de ambos. Pasados unos compases, Elías se levantó y le tendió la mano.

—¿Bailamos?

Un par de abuelas de la mesa de al lado casi se desmayaron. Elías estaba muy atractivo con ese traje oscuro y Valentina sabía que ellos dos juntos ofrecían la imagen de la pareja perfecta. Ojalá hubiera sido así de verdad. ¿De dónde había salido aquel pensamiento? Ella no se arrepentía de haber besado a Óscar; por complicadas que estaban a punto de ponerse las cosas, ella jamás podría arrepentirse de ese beso.

—Claro.

Enlazó los dedos con los de Elías y dejó que él la guiase hasta la pista de baile.

—Gracias por estar aquí y por fingir tan bien —dijo él tras sujetarla para el vals.

Además, sabía bailar.

—No estoy fingiendo, Elías. Sí, vale, soy una mentirosa, te he traicionado y te he dejado por otro, pero tú y yo somos amigos y me alegro de estar hoy aquí contigo. Tienes una familia preciosa.

Él aflojó los hombros y por primera vez en todo el día pareció relajarse con ella.

—Gracias.

Dieron un par de vueltas y Valentina notó que Elías la miraba confuso.

—¿Qué? ¿Qué pasa? ¿Me he equivocado en un paso?

—No, no es eso.

—¿Entonces qué?

—Tú y yo somos amigos —dijo como si se lo estuviese recordando a sí mismo— y nos gustamos. Hay atracción entre nosotros.

—¿Estás buscando cumplidos, Elías? Es impropio de ti.

—Perdóname si tengo el ego dolido. La chica con la que salía me ha dejado.

—Lo siento.

—Eso dices.

—¿Qué es lo que querías preguntarme? —Valentina intentó recuperar la conversación.

—Somos amigos. Nos encontramos tolerablemente atractivos y nos llevamos muy bien. ¿Me equivoco?

—¿Estás haciendo una lista?

—¿Me equivoco?

—No, no te equivocas.

—Tú aún vas a quedarte unos meses más en Tokio y quién sabe qué harás después. Mi trabajo me permite venir a visitarte relativamente a menudo y no es que quiera echártelo en cara, pero si hoy estás aquí es en parte gracias a mis puntos.

—Acabas de echármelo en cara, Elías.

—Estoy siguiendo una línea argumental.

El vals terminó y empezó otra canción, una balada lenta. Elías no la soltó, cambió de postura y colocó las manos en la cintura de Valentina. Ella iba a apartarse; que él colocase las manos en el mismo lugar donde habían estado las de Óscar el día anterior no le gustó, pero la música empezó a sonar y ella conocía a Elías, conocía sus manos y el resto de él y le gustaba hablar con él. No iba a dejarlo plantado allí en medio de la pista de baile con su hermana recién casada bailando al lado. Levantó los brazos y cruzó las manos en la nuca de él.

—Sigue.

Elías sonrió, el muy engreído.

—Tú y yo tenemos sentido, Valentina. No voy a pedirte que lo reconsideres, tengo algo más de amor propio y de orgullo.

—Diría que de ambos tienes más que de sobra.

—Pero ¿has pensado bien qué estás haciendo? Óscar —casi se atragantó con el nombre—, por lo que me has contado, está atado a Barcelona y tú estás en Japón. No estás en Madrid ni en Sevilla, ni siquiera estás en Londres. Estás en Japón.

—Lo sé.

—Bueno, cuando las cosas terminen mal, prometo no decirte que te había avisado.

—¿Y si no terminan?

—Lamento decirte que hay muy pocas posibilidades de eso, querida.

Le pisó.

—Perdón.

—Lo has hecho adrede.

—Sí, claro que sí. Y sobre eso que dices de las posibilidades, solo necesito una. Una posibilidad de que todo salga bien.

La música aceleró un poco el ritmo y la hizo girar entre sus brazos. Valentina oyó varios suspiros. Si esas abuelas seguían así iba a girarse y a decirles cuatro verdades. No tenían edad de cotillear, claro que en el fondo esperaba ser así de mayor.

Cuando volvieron a quedar de cara, Valentina sonrió a Elías y él sacudió la cabeza, un gesto que ella le había visto hacer cuando se daba por vencido en algo.

—Pues si has echado a perder la casi infinidad de posibilidades que existían entre tú y yo por una sola con ese chico, espero que hayas acertado.

—Gracias.

La música terminó y Valentina se puso de puntillas para darle un beso en la mejilla y abrazarlo. Elías se tensó unos segundos para después devolverle el abrazo.

—Prometo hacer lo que pueda para volver a ser tu amigo y, si te equivocas y esto sale mal, cuenta conmigo.

Lo soltó y sonó otra canción y esta vez ella le tendió la mano para volver a bailar.

Terminó la boda y Valentina se despidió de los padres de Elías, de su recién estrenado cuñado y de su hermana, que al final había acabado bailando la conga con ella, y fue a por una botella de champán para acercarse a la mesa de las abuelas. La descorchó.

—Señoras, un brindis —les llenó las copas, que ellas aceptaron y levantaron curiosas—, por la búsqueda de la felicidad.

—¿No podemos brindar porque Elías se quite la camisa?

—¡Camila! —la riñeron las demás.

—Está bien —respondió resignada—, por la búsqueda de la felicidad y por las mujeres que se arriesgan a encontrarla.

—Amén —secundaron las demás.

—Amén —repitió Valentina antes de vaciar la copa.

22

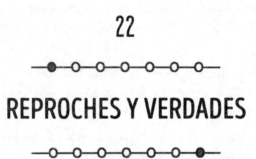

REPROCHES Y VERDADES

Hacía tres meses que no veía a Valentina.

Técnicamente hacía ocho horas, pero hacía tres meses, dos semanas y cuatro días que no la besaba. Mucho más de lo que podía soportar. Exactamente cuatro días, dos semanas y tres meses más de lo que podía soportar. Pero ahora no podía pensar en ello porque tenía una reunión importante y necesitaba estar centrado y su capacidad de concentración había mermado mucho últimamente.

Héctor y Ricky se lo habían echado en cara, con razón, y Óscar no podía volver a discutir con sus amigos. Había días como aquel en los que echaba de menos no poder llamar a uno de sus dos mejores amigos para despotricar sobre el trabajo. Ahora, y a pesar de su norma de mantener la tarde de los viernes como su lugar sagrado, la sombra de la catástrofe siempre se cernía sobre ellos. Los tres se lo estaban jugando todo en esa aventura, pero a veces Óscar sentía que sus amigos le reprochaban que él no estuviese al cien por cien concentrado en el proyecto. Lo cierto era que no lo estaba y que sabía que en su lista de prioridades y motivos por los que perder el sueño Valentina, y no Brújula, ocupaba el primer puesto.

Entró en la sala de reuniones y no le sorprendió encontrar ya allí sentados y enfrascados hablando a Héctor y a Ricky.

—¿Llego tarde?

—No, por una vez no —respondió Ricky sin apartar la cabeza del bloc de notas que tenía delante.

A Óscar le había sorprendido descubrir que su amigo, aunque era adicto a cualquier app imaginable para ligar, para hacer deporte, para encontrar un restaurante o para comprar cualquier nimiedad, prefería escribir a mano y era muy peculiar a la hora de elegir los bolígrafos y libretas que utilizaba. Seguro que Valentina lo entendería perfectamente. Sacudió la cabeza para echarla de allí.

—Ricky y yo hemos llegado temprano a la oficina y nos hemos puesto al día. Siéntate, te lo contamos en un momento.

Héctor no utilizó ningún tono de reproche y mantuvo su habitual voz calmada, pero Óscar lo oyó igualmente.

Habían conseguido cerrar unos cuantos contratos más y habían perdido también algunos. Avanzaban más despacio de lo que habían creído en un principio y aún estaban lejos de lograr la estabilidad.

—¿Cómo está el caso de esa diseñadora de moda? —le preguntó Ricky a Óscar.

—Un poco estancado, la verdad. Tengo mis dudas acerca de si Alma de verdad quiere cambiar de trabajo.

—Eso no debería importarnos; si nos ha contratado para que la ayudemos a cambiar de empleo, eso es lo que vamos a hacer.

—¿Y si no es lo mejor para ella? —Óscar enarcó las cejas.

—Es lo mejor para nosotros, tenemos que pagar el alquiler y no veo que salgas a la calle a buscar nuevos clientes.

—No te cortes, Ricky, dime de verdad lo que piensas.

Óscar soltó el lápiz y se enfrentó a su amigo. Por el rabillo del ojo vio que Héctor crujía los dedos.

—Lo haré. Tienes que centrarte, Óscar. No puedes aparecer por aquí como flotando en una nube y estar todo el día atontado.

—¿Atontado? Estoy trabajando tanto como tú y como Héctor; que mi vida no gire solo en torno al trabajo no es culpa mía y si tienes envidia pues vete a la mierda. Se supone que eres mi amigo y que tendrías que alegrarte por mí.

—¿Alegrarme de qué? ¿De qué estés echándola a perder? Lo hemos arriesgado todo por esto —estiró las manos— y tú vas a mandarlo todo a la mierda por una tía a la que ni siquiera...

—No termines esa frase, Ricky.

—¿O qué? ¿Vas a pegarme como hiciste con el marido de tu prima hace meses?

—¡Basta ya! —Héctor se puso en pie—. Los dos sois unos idiotas. —Agarró su bloc y el móvil—. Ricky, te has pasado de la raya, y tú Óscar, ¡joder!, céntrate de una vez o vas a mandarnos a todos a la mierda. Deja de pensar solo en ti y en tu jodida felicidad y mira a la gente que te rodea. Tal vez deberías preocuparte más por nosotros que por alguien que vive a más de diez mil quilómetros de aquí. Me voy, me esperan en el hospital.

Óscar y Ricky se habían quedado mudos.

—Y si queréis pegaros —añadió Héctor desde la puerta—, hacedlo fuera. No pienso perder la fianza del alquiler.

El silencio siguió unos segundos más, hasta que Óscar reaccionó.

—¡Joder, lo siento! —Al perder la rabia también perdió las ganas de pelearse con su amigo y de estar de pie. Se dejó caer en la silla y, siguiendo el consejo de Héctor, miró a su alrededor. Ricky estaba más delgado, tenía el pelo rubio más largo de lo habitual y a sus veintiséis años empezaban a salirle arrugas de cansancio alrededor de los ojos. ¡Mierda!—. ¿Hace cuánto que no duermes?

—Vete a la mierda.

—Ya te he dicho que lo siento, Ricky. Lo siento, siento haber estado ausente. —Miró a su amigo y no continuó hasta que este soltó el aliento y se sentó—. Dejar a Paloma no ha sido fácil —reconoció y le sorprendió comprobar que era verdad. Cuando salía con Paloma su vida era más tranquila y pausada. Feliz, en cierto modo—. Pero tengo que intentarlo con Valentina. Tú y Héctor sabéis el tiempo que hace que pienso en ella, el tiempo que me he pasado buscándola.

—¿Y qué es lo que estás intentando exactamente? Porque desde mi punto de vista no estás haciendo nada con ella, solo te estás fastidiando la vida a ti y a la gente que te rodea. —Estiró los dedos y empezó a hacer una lista—. No la ves a no ser que sea a través de una pantalla. No estás con ella ni lo has estado nunca. —Óscar se arrepintió de haberles contado a sus amigos que solo había conseguido pasar una hora con ella antes de que Valentina volviera a Japón y que la había despedido con un beso, nada más. Ninguno de los dos había querido precipitar nada—. Vas por el mundo idiotizado y diría que es porque te pasas más de la mitad del día sintiéndote culpable por algo, créeme, sé de lo que hablo. Te sientes culpable por no estar al cien por cien aquí, centrado en el trabajo, y te sientes culpable por no estar con ella. ¡Ah! Y no olvidemos que te has convertido en un amigo de mierda.

—Eso no es verdad.

La acusación le dolió muchísimo.

—¡Oh, sí! No faltas a la cita de los viernes, pero te pasas el rato mirando el teléfono o atontado. ¿Cuándo fue la última vez que le preguntaste a Héctor por su padre o por las pruebas que tienen que hacerse él y sus hermanos? ¿Y cuándo me has preguntado a mí algo? Podría haberme muerto estas últimas semanas y no te habrías dado ni cuenta.

—¿Qué pruebas?

—Y el trabajo, no me hagas empezar. —Pero empezó igualmente—. Se suponía que esto era nuestro sueño, de pequeños, en la universidad, ¡joder!, hace apenas cuatro años, decíamos que cuando montásemos algo juntos iríamos a una. Nadie te obligó a dejar tu trabajo, Óscar, y tal vez deberías plantearte si no quieres volver. Seguro que te readmitirían y seguro que conseguirías que tu jefe te trasladase a Japón o te consiga algo por allí.

—Yo no...

—Héctor y yo podemos seguir adelante sin ti. Sería una putada, no voy a negarlo, pero tal vez sería lo mejor para todos, ¿no te parece?

Ricky no dejó que Óscar respondiera, se levantó y salió. Lo peor es que Óscar no sabía qué decirle.

Se quedó en el trabajo hasta tarde, en lo que se refería al aspecto personal tendría que hacer méritos para recuperar a sus dos mejores amigos, pero al menos podía ponerse al día en el profesional. No se dejó amedrentar por la cantidad de temas que se le habían pasado por alto esas últimas semanas y los clasificó por orden. Después los fue atacando uno tras otro.

Ricky tenía razón, necesitaban más clientes, así que lo primero que hizo fue buscar la lista de personas que habían mostrado interés en los servicios que ellos ofrecían y actualizarla. Quizá iban a perder a la diseñadora de moda, él seguía convencido de que esa chica no quería cambiar de trabajo, pero tenía que llamarla y reactivar el caso y hacer lo mismo con cuatro más.

Cuando salió de la oficina estaba exhausto, convencido de que al menos hoy había sido el mismo de antes y se planteó la posibilidad de llamar a Héctor y a Ricky para preguntarles dónde estaban y si les apetecía cenar juntos. Ninguno de los dos había reaparecido por Brújula después de dejarlo plantado en la sala de reuniones. A él le gustaría verlos, de eso no tenía ninguna, pero antes de marcar sendos teléfonos intentó ponerse en la piel de sus amigos e imaginar qué querían ellos. Odiaba tener que admitir que Ricky había dado en el clavo al acusarlo de no tener ni idea de lo que estaba sucediendo en su vida últimamente y llegó a la conclusión de que lo mejor sería esperar a mañana. Hablaría con ellos en la oficina, volvería a disculparse y el viernes les prestaría atención y no se pasaría el rato con el móvil en la mano, estaría presente con ellos y les demostraría que seguía siendo el de siempre.

Decidió no bajar al metro, allí le resultaría imposible no pensar en Valentina, así que iría paseando. La sugerencia de Ricky de que él dejase Brújula y volviese a su antiguo trabajo le había dolido y ofendido. A Óscar no se le había pasado por la cabeza ni una sola vez y, sin embargo, ahora no podía quitársela de la cabeza. No quería hacerlo, ese no era el motivo, no podía quitarse de la cabeza que a él en ningún momento se le había ocurrido esa solución. Era obvio que Ricky había pensado en ello y también lo era que Héctor coincidía con él. Sus dos mejores amigos, hartos de cómo se había comportado él durante estos últimos meses, habían llegado a la conclusión que la mejor solución para todos era que Óscar volviese a su anterior trabajo y después se trasladase a Japón para estar con Valentina.

Esa solución tendría que gustarle. Era perfecta para todos.

Excepto que Óscar todavía recordaba lo vacío que se había sentido en ese trabajo durante meses. A pesar de tener buenos compañeros y de que el trabajo en sí no le desagradaba, no era feliz. Eso lo estaba consiguiendo ahora con Brújula, con esa locura que habían creado Héctor, Ricky y él juntos. Y no quería renunciar a ella. No le parecía justo. ¿Por qué no podía tenerlo todo? ¿Por qué para estar con Valentina tenía que renunciar a todo lo demás o al revés?

Estaba dándole demasiadas vueltas y necesitaba dormir, lo que últimamente también le costaba demasiado. Echaba de menos a Valentina a pesar de que nunca habían dormido juntos. Cada vez que entraba o salía del baño, cuando se preparaba el desayuno los domingos o cuando miraba una película en el sofá, se ponía de mal humor porque en cualquiera de esos lugares veía a Paloma; había compartido esos instantes con ella y no con Valentina. Era ilógico, solo era cuestión de tiempo, Valentina viajaría a Barcelona el próximo mes y entonces por fin podrían estar juntos.

Después ella volvería a irse y él volvería a tener el apartamento vacío, pero le harían compañía los recuerdos. Podría conformarse con eso.

Había abierto la caja de Pandora, la caja de las dudas y verdades que lo asaltaban cuando se atrevía a analizar qué implicaba de verdad enamorarse de Valentina. Porque a esas alturas, y aunque a ella no se lo había dicho, ya no negaba que era eso lo que le estaba pasando; la distancia no le afectaba en ese aspecto, se estaba enamorando de Valentina y ella no estaba.

Ahora mismo no podía contarle que había tenido un día de mierda porque sus dos mejores amigos le habían dicho que les había fallado y que tal vez lo mejor sería que se largase de la empresa que habían creado juntos y los dejase seguir en paz. Podía llamarla, tenía el móvil en el bolsillo, ¿pero de qué serviría? Solo para que ella se sintiera culpable de no estar a su lado y para que él se sintiera todavía peor.

Óscar llegó al apartamento, metió la llave en la cerradura y antes de abrir apoyó la frente en la puerta de madera y cerró los ojos. ¿Cómo sería girar la llave y encontrar a Valentina dentro, sentada en el sofá leyendo? O llegar él primero y esperar a que llegase ella para decidir si cocinaban algo juntos o salían a dar una vuelta. ¿Cómo sería poder contarle que había tenido un día horrible y que ella lo abrazara y se burlase de él por ser un quejica? Tal vez ella le enseñaría sus últimos bocetos y él le diría que eran magníficos, pero que sus preferidos siempre serían los dibujos del metro. Se permitió pensarlo durante unos segundos y después entró en el apartamento vacío.

Por la mañana salió a correr antes de ir al trabajo. Pensó en llamar a Héctor para preguntarle si quería acompañarlo y al final descartó la idea porque no sabía si su amigo había pasado la noche cuidando de su padre. Hoy también se pondría al día en ese tema y no volvería a desaparecer de la vida de sus amigos. Duchado y cargado con la bolsa del ordenador portátil, Óscar no fue directo a la oficina. Había quedado con Alma, la diseñadora, en un café en el barrio donde ella trabajaba actualmente. La sugerencia la había hecho él, estaba convencido de que ella se sentiría más cómoda hablando en un lugar neutral y no en un despacho, y ella había elegido el lugar. Que fuese cerca de la sede de la firma de moda donde ella trabajaba ya le estaba dando información a Óscar: Alma no tenía miedo de que alguno de sus compañeros la viera hablando con él. Ni Óscar ni Brújula eran todavía famosos en la ciudad, pero Barcelona no dejaba de ser pequeña en ese sentido y seguro que alguien ataría cabos, y si a Alma no le importaba, era señal de que ella en ningún momento tenía intención de abandonar su actual empleo de malas maneras. Eso era lo que de momento le decía a Óscar su intuición y, aunque reconocía que Ricky tenía razón al decirle que necesitaban más clientes, no estaba seguro de que Alma fuese a serlo.

Alma era en persona tan simpática y profesional como por teléfono. Ella había llegado antes que él y tenía una taza de café delante y una novela abierta.

—En persona todavía pareces más joven que en la foto de vuestra web —le dijo tras saludarlo—. Tienes voz de mayor.

—No sé si tomarme eso como un cumplido.

—Pues claro que sí. Seguro que así no te enfadas nunca.

—No suelo enfadarme mucho, la verdad.

Hablar con Alma era como saltar de un trampolín a una cama elástica y vuelta a empezar. Cambiaba de tema con agilidad y parecía más interesada en Óscar que en lo que él pudiera aconsejarle como clienta.

—No acabo de entender qué buscas realmente, Alma, y me temo que si no tengo esa información no puedo ayudarte.

—Me encanta mi trabajo.

—Ahora sí que no entiendo nada.

Alma se rio.

—Estoy enferma. ¡Oh, Dios, no me mires así! No pasa nada.

—Lo siento.

—No es culpa tuya. Vamos, en serio. No vayas a llorar delante de mí que entonces empezaré yo y ya he llorado bastante por esto. No vale la pena. ¿Sabes qué vale la pena?

Óscar sacudió la cabeza.

—¿Qué?

—Vivir y eso es lo que quiero. Me he pasado la vida dejando cosas para más tarde, para después, siendo práctica y ya ves, me he puesto enferma igualmente. Los médicos dicen que tengo alguna posibilidad de superar esto, y al principio me aferré a eso. Pero hace unas semanas pensé: ¿Qué significa «alguna posibilidad»? ¿Cuántas son? ¿Y por qué no hago algo para asegurarme de que si esa ansiada posibilidad no se materializa haya sido feliz mientras tanto? No voy a seguir esperando.

—¿Y qué quieres hacer?

—Quiero viajar, ver todos los países que no he podido ver mientras estaba esperando a más tarde. Pero como no soy millonaria y no tengo edad para pedir una excedencia, pensé que vosotros tal vez podríais ayudarme.

Ahora la comprendía, ahora lo veía todo mucho más claro y Óscar no iba a parar hasta encontrar la solución al dilema de esa mujer.

—Creo que sí, que podremos ayudarte. Hoy mismo me pongo a ello. Gracias por ser tan sincera conmigo. El concepto de Brújula no es fácil de explicar, y no digo que no aceptemos clientes que únicamente buscan vivir un tiempo en otro país o una mejora salarial, pero creo que tanto Héctor como Ricky coincidirán conmigo si te digo que creamos Brújula para ayudar a personas como tú, Alma.

—Señal que teníamos que encontrarnos. ¿No quieres un *croissant* de chocolate? Voy a pedir otro para mí.

—No, gracias. Bueno, sí, uno para llevar. En realidad, compraré tres para llevar.

Se levantó y fue a la barra a pedir. Pagó la cuenta y con la bolsa con los *croissants* para Ricky y Héctor bajo el brazo, volvió a Alma para darle el suyo y despedirse.

—Ha sido un verdadero placer conocerte en persona, Alma. Te llamo pronto y te cuento lo que hemos encontrado para ti. Gracias por elegir Brújula para esto. —Le tendió la mano—. Por cierto ¿cómo nos encontraste?

Alma se la estrechó y le sonrió.

—Os recomendó una amiga común, Paloma.

23

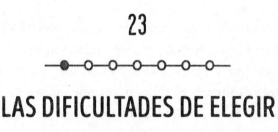

LAS DIFICULTADES DE ELEGIR

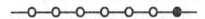

El profesor Hibiki iba a comunicarles hoy si había elegido alguno de los proyectos que habían presentado los alumnos del curso. Si elegía alguno, podía ser que no, esa historia podía llegar a convertirse en un corto animado y se estrenaría junto con la nueva película del estudio el año siguiente.

Valentina creía que tenía alguna posibilidad de ganar, quería creerlo. Hibiki la había animado a presentarse, claro que también había animado a sus compañeros. Penélope le había dicho que era tonta del culo y una gallina desplumada si no se presentaba (literalmente). Elías, a pesar de que ahora eran solo amigos y que él seguía dolido por lo sucedido, le había escrito cada semana para preguntarle cómo llevaba el proyecto y recordarle que debía presentarse; el estudio de Hibiki cometería un gran error si la dejaban escapar. Y Óscar, *Óscar*, él cada día le decía que estaba convencido de que elegirían su historia, y le contaba incluso cómo se imaginaba que sería ir con ella al estreno de la película y bromeaba sobre lo que dirían sobre ella cuando ganase el Óscar, que por supuesto le dedicaría haciendo una broma: ahora ya tengo dos óscars en casa.

De momento, pensó Valentina, no tenía nada, ni el Óscar de Hollywood, ni a Óscar en casa ni su historia terminada. Técnicamente sí que le había escrito y dibujado un final, si no, no habría podido presentársela a Hibiki, pero no estaba segura de que a su profesor fuese a gustarle.

Estaba esperando a Hibiki en lo que parecía ser una antigua sala de visionado de películas. El profesor había citado a todos los alumnos que habían presentado historias para hablar de sus propuestas; cada uno tenía una hora distinta, pero al llegar Valentina buscó sin suerte algún rostro conocido. Un chico muy amable, armado con un iPad, le tomó los datos en la entrada, le ofreció un té o lo que quisiera para beber y le pidió que esperase en la sala al señor Hibiki, que llegaría enseguida.

No bebió el té que había pedido porque cuando fue a levantar la taza vio que temblaba y no quería mancharse. Se sentó. Se puso de pie. Cambió de silla. Volvió a levantarse.

—Buenos días, Valentina. Siento haberla hecho esperar.

El profesor apareció sin hacer ruido como de costumbre, era un hombre alto y delgado, de piel morena de tanto dibujar bajo el sol y con arrugas alrededor de unos ojos que siempre parecían sonreír. Llevaba una camisa blanca y una suave chaqueta azul marino y debajo del brazo sujetaba la carpeta que contenía la propuesta de Valentina.

—No se preocupe.

—¿Nos sentamos?

Hibiki le señaló una silla y Valentina agradeció no tener que elegirla ella; estaba tan nerviosa que habría sido incapaz de tomar una decisión.

—Veo que me hizo caso y eligió contar una historia importante para usted —empezó sin preámbulos.

—Sí, así es. —Tragó saliva. A Valentina aún le costaba creer que se hubiese atrevido a dibujarse a sí misma. No era idéntica, pero cualquiera que viera la protagonista de su propuesta la reconocería a ella en los gestos, el pelo y en multitud de pequeños detalles.

—Me alegro. Es una historia preciosa, con alma, íntima y con potencial para llegarnos a todos.

—Gracias —balbuceó.

—Pero tiene un problema y usted lo sabe. No tiene final.

Hibiki giró la carpeta hacia ella y sacó de su interior las cartulinas donde estaban dibujadas lo que serían las últimas escenas del corto.

—Sí que tiene final. —Le señaló la escena en cuestión.

Hibiki sonrió.

—Tiene dos, Valentina, y eso es hacer trampas. Tiene que elegir uno.

—Pero...

—Entiendo qué está buscando. Quiere que el público elija, usted quiere ofrecerles dos finales y que cada espectador se vaya a casa con el que más le guste, ¿no es así?

—Sí, así es —afirmó aliviada.

—Eso es de cobardes. —El alivio le duró poco—. La historia le pertenece y solo usted puede contarnos cómo acaba. Por mi parte, me muero por saberlo.

—La idea es que los dos finales son posibles —intentó explicarse.

Hibiki enarcó una ceja y la añadió a la sonrisa de antes.

—Valentina, podemos mostrar las dos opciones —con ese «podemos» a Valentina le falló la respiración—, no seríamos los primeros en hacerlo, pero al final tiene que haber algo que le deje claro al espectador, al lector, a la persona que nos ha regalado su tiempo, cómo termina la historia. Se lo debemos, lo contrario es una estafa. ¿Lo entiende?

Valentina soltó el aliento.

—Sí, lo entiendo.

El profesor abrió la carpeta en busca de algo y, cuando lo encontró, dejó la cartulina encima de las que había sacado antes y la señaló con el dedo.

—Diría que usted sabe cómo terminarla y no se atreve.

—Ojalá fuera solo eso —confesó.

—¿De verdad no sabe cómo terminarla?

—¿Por qué no puedo quedarme con los dos finales? —Vio que Hibiki la miraba—. Sí, de acuerdo, es estafar al espectador. Pero ¿no hay manera de convencerlo?

—No, lo siento. ¿Usted ha leído alguna vez *fan fiction*?

Valentina abrió los ojos de par en par.

—Sí, claro.

—No me mire tan sorprendida. Más de la mitad de mi equipo han sido creadores de *fan fictions*, es un verdadero pozo de talento. Usted tiene que elegir un final, el que se merece la historia, el que usted crea que necesitan sus personajes y, si a algún espectador no le gusta, ya escribirá después un *fan fiction* con el final que quiera. Usted es la autora de esta historia —señaló con énfasis la carpeta—, ha dibujado estos personajes, les ha dado vida, alma, les ha hecho sentir y con apenas veinte escenas en veinte cartulinas, ha conseguido que yo y mi equipo nos emocionemos con ellos. Deles un final, uno solo, muestre los dos si cree que es necesario para la historia, pero elija uno y comprométase.

—¿Usted qué final...?

—¡Ah, no, Valentina! Es su historia. Tanto da qué final me guste más a mí, solo hay uno posible y es el que usted escriba y dibuje. Piénseselo porque tanto yo como mi equipo creemos que su propuesta tiene mucho potencial y que sería el corto perfecto para ir delante de *Bicicletas en la Luna*.

—¡Oh, Dios mío! ¡Oh, Dios mío!

—¿Está usted bien?

—Sí, sí. Gracias. Disculpe.

—Como bien sabe, la película se estrenará a principios del año que viene, así que ya vamos tarde. Si acepta la propuesta que vamos a presentarle, tendrá que empezar a trabajar cuanto antes. No solo va a tener que dibujar y escribir el guion, también tendrá que formar parte del proceso de edición y producción. No se asuste, mi equipo es el mejor —hizo una pausa y la miró a los ojos—, por eso me sentiría honrado de que aceptase formar parte de él.

—El honor sería mío, profesor. No sé qué decirle.

—Dígame que va a estudiar la propuesta con esmero, debe hacerlo. No se precipite. Es un trabajo duro, maravilloso, sin duda, pero exige dedicación y, por supuesto, profesionalidad. Estudie la propuesta y piense si es capaz de comprometerse con el estudio, con su historia y, lo más importante, consigo misma. Su historia necesita un final. Uno solo, ¿de acuerdo?

—De acuerdo.

Alguien llamó a la puerta e Hibiki le dio permiso para entrar. Era el joven de antes y le entregó al profesor un sobre con documentos, este le dio las gracias y volvieron a quedar los dos solos.

—Aquí tiene la propuesta oficial. Léala en casa y no dude en preguntarme cualquier duda. Tiene dos semanas.

—Gracias, profesor Hibiki.

Hibiki se levantó y le tendió la mano. Valentina la aceptó y esperó que él no notase lo mucho que todavía temblaba.

—Espero tener noticias suyas pronto, Valentina. Piense en el final.

—Lo haré.

Valentina salió flotando del edificio, sus pies tocaban el suelo, pero su mente estaba en una nube. En apenas media hora su vida había cambiado, ya no iba a ser la misma de antes. Su historia, sus dibujos, iban a convertirse en un corto de animación y ella iba a trabajar en el estudio de animación con más prestigio de Japón y probablemente del mundo entero. No podía creérselo, no, tenía que dejar de pensar así. Tenía que creérselo; había trabajado mucho para llegar hasta allí, había sacrificado muchas cosas y al final sí, también había tenido suerte; negar que la suerte nos afecta a todos es absurdo, pero se merecía esa oportunidad.

Buscó el móvil en el bolso, le costó encontrarlo porque aún no había recuperado la calma y llamó a Óscar. Él contestó al instante y ella empezó a hablar.

—¡Óscar, me han aceptado! ¡Hibiki ha seleccionado mi propuesta!

—¿Qué? ¡Felicidades! —Tenía la voz ronca como si llevase mucho rato en silencio. Valentina ni siquiera se había fijado en la hora que era, solo había pensado que necesitaba contárselo—. Estoy tan contento, Val, me alegro tanto por ti...

—Gracias.

—¿Crees que ahora podrás enseñarme algún dibujo o al menos contarme de qué va la historia?

—Eh... No —respondió ella.

—Val, cariño, quiero verlo.

A Valentina se le derritieron las rodillas con el «cariño».

—Aún no; cuando esté terminado serás el primero en verlo. Te lo prometo.

—¿Seguro?

—Seguro. ¿Óscar?

—¿Sí?

Acababa de tener una idea y ahora que se había materializado en su mente no podía dejarla pasar, tenía que hacerla realidad.

—Hibiki me ha hecho una propuesta y tengo dos semanas para decidir si acepto. En el trabajo tengo vacaciones de sobra y según lo que decida tampoco tiene sentido que me las siga guardando —farfulló y después añadió con voz más firme—: Ahora mismo voy a comprar un billete para Barcelona. Quiero verte, necesito verte y pasar estos días contigo... si a ti no te importa.

—¿Importarme? Val, ahora mismo te comería a besos si te tuviera delante. Ven hoy, ven siempre. ¿De acuerdo?

De repente tenía ganas de llorar. No estaba acostumbrada a tanta felicidad.

—De acuerdo.

—Vale.

Podía oír la sonrisa de Óscar y casi tocar las ganas que los dos tenían de verse.

—Cuelgo y compro el billete.

—Te estaré esperando.

Valentina arregló las cosas en el trabajo, habló con Helga y pidió esas dos semanas de vacaciones, aunque Helga le preguntó por qué no solicitaba ya directamente la excedencia o su marcha definitiva, y Valentina no supo qué contestarle. No acababa de creerse que le estuviera sucediendo todo aquello y tener un paracaídas le daba paz. Igual que había hecho al ir a la universidad a estudiar Bellas Artes y, al mismo tiempo, trabajar para una empresa de tintes.

O igual que había hecho al aceptar salir con Elías en vez de decirle a Óscar, meses atrás, que él le gustaba.

Era especialista en no arriesgarse y en no perseguir lo que de verdad quería, y ahora por fin empezaba a entender que esas elecciones quizá fueran seguras, pero al mismo tiempo minaban las posibilidades de conseguir lo que ella dejaba a un lado o para más tarde.

Sonrió al abrocharse el cinturón del asiento del avión. Hoy había elegido la opción que de verdad quería, había cometido la locura de comprar ese billete y darle un susto de muerte a su cuenta de ahorros para ir a Barcelona y estar con Óscar, para celebrar con él el ofrecimiento de Hibiki y para compartir con él las dudas que todavía le quedaban dentro.

Si Hibiki no hubiese elegido su historia y, por consiguiente, tampoco le hubiese ofrecido un trabajo en su estudio de animación, ¿se quedaría en Tokio o volvería a España? ¿Le quedarían ganas de seguir intentándolo o se habría dado por vencida y habría regresado a casa? Barcelona no era Tokio en lo que animación se refería, pero si de verdad quería convertir su historia en un corto supuso que encontraría la manera. No sería lo mismo, pero Óscar estaría allí y también Penélope y sus sobrinas. Valentina estaba segura de que sería feliz con esa combinación.

Pero Hibiki había elegido su historia y ella había conseguido trabajo en el estudio de sus sueños y ahora iba a estar dos semanas con Óscar y tenían un montón de cosas por celebrar, empezando (notó que se sonrojaba) por los besos que tenían pendientes de darse.

Cerró los ojos y se puso a dormir. Hoy no le hacía falta soñar.

24

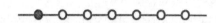

COSAS QUE NO SE MIDEN
CON EL TIEMPO

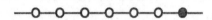

Le sudaban las palmas de las manos y, si su corazón no aminoraba el paso, iba a tener un infarto en la sección de llegadas del aeropuerto de Barcelona. Se metió las manos en el bolsillo de los vaqueros y no sacó el móvil para mirar por enésima vez los mensajes de Valentina. Llevaba así desde ayer por la noche, comprobando que todo estaba pasando de verdad, que no se había imaginado que por fin volvería a verla.

Vio que la pantalla donde aparecían los vuelos cambiaba y anunciaba que el proveniente de Tokio acababa de aterrizar. Una estampida le sacudió el pecho y tuvo que respirar hondo para tranquilizarse. Los minutos se arrastraban y cada vez que se abría la puerta y no salía Valentina, Óscar se preguntaba si la guardia civil lo arrestaría si intentaba colarse.

Nunca había estado así, lo que le estaba pasando iba más allá de los nervios o de la ilusión o de la atracción física. Si aquella mezcla de angustia, felicidad, optimismo y locura era enamorarse, Óscar podía afirmar que jamás había sentido nada parecido por nadie. Y no podía imaginarse sintiéndolo por otra persona. Lo cierto era que, desde el primer día que la vio en el metro, algo dentro de él comprendió que esa chica era la persona que quería ver durante el resto de su vida.

Y cuando la puerta se abrió y esta vez apareció Valentina, comprobó que se había equivocado. No se estaba enamorando, lo estaba y punto. Ya no había vuelta atrás. Quería a Valentina, su corazón lo había decidido y ahora le estaba trepando desesperado por la garganta al mismo tiempo que su cerebro le gritaba que se pusiera en marcha de una vez y se acercase a ella porque su cuerpo, todo él, necesitaba tocarla.

No le dijo nada al verla, atinó a ponerle una mano en la cintura para apartarla del flujo de pasajeros e inclinó la cabeza para besarla. Quizá si sentía el aliento de Valentina enredándose con el suyo empezaría a creerse que ella estaba aquí. Oyó el sonido sordo de la maleta cayendo al suelo y después, cuando los dedos de Valentina se escondieron en su pelo temió que le fallasen las piernas. ¿Cómo era posible que desaparecieran las dudas, que solo quedase la certeza de que ella era la persona a la que él quería hacer feliz durante el resto de sus días? Durante un segundo, tal vez más, Óscar pensó que era ridículo que sintiera todo eso con solo besarla, pero cuando el beso se convirtió en una frase ininterrumpida de suspiros y caricias comprendió que besos como aquel construían mundos enteros, y si el suyo ahora giraba en torno a la chica que ahora tenía la suerte de tener en brazos, pues señal de que algo había hecho bien en la vida porque no estaba seguro de merecerse a Valentina.

Le resultaba imposible soltarla, por lo que fue ella la que, tras erizarle el vello de la nuca al descansar allí las manos, se apartó ligeramente.

—Hola.

—Hola.

A Óscar le costaba respirar porque al mirarla a los ojos justo en medio del aeropuerto y sin que nada lo hubiese preparado para ello, comprendió que estaba enamorado de ella y que no podía decírselo, aún no. No sería justo para ella y seguramente para él tampoco. Valentina solo iba a quedarse dos semanas y había volado hasta allí para celebrar con él que habían elegido su propuesta y que le habían ofrecido un trabajo, el trabajo de sus sueños, en Japón. Él nunca había querido a nadie así, ahora lo sabía porque estaba dispuesto a todo con tal de que ella fuera feliz, incluso a hacerse daño a sí mismo.

Le soltó la cintura y llevó las manos al rostro de ella, la sujetó con cuidado y con los pulgares le acarició suavemente las mejillas.

—Te he echado tanto de menos.

Valentina sonrió, le brillaban los ojos por lágrimas que Óscar deseó que fuesen de alegría.

—Y yo a ti.

—Vamos.

Tenía que hacer algo para despejarse, para dominar e intentar detener el tren de emociones que acababa de atropellarle. No le diría a Valentina que la quería porque no quería utilizar ese amor para presionarla, por ahora le bastaba con sentirlo. Además, esas dos semanas serían las primeras de muchas, encontrarían la manera. Iban tomados de la mano y los pulmones de Óscar recordaron cómo respirar, lo que era una buena señal.

—¿No vamos a buscar el metro? —le preguntó Valentina al ver que giraban hacia otra dirección. Un par de meses atrás, Óscar había vendido el coche, no le hacía falta, le había explicado, y el dinero le iría bien para Brújula.

—No, le he pedido prestado el coche a Ricky. He pensado que estarías cansada del viaje. —Vio que ella sonreía y se sonrojaba—. ¿Qué? ¿Qué pasa?

—Nada, que es la primera vez que haces algo así.

—¿Así?

—Así de novio, de pareja. No sé. ¿Qué? Seguro que te parece una tontería. ¿Sucede algo? ¿Te has enfadado?

Óscar se había detenido en seco, realmente era ridículo lo que le estaba pasando esa mañana. Cuando se lo contase a Héctor y Ricky, seguro que les alegraría la tarde. Vio que Valentina lo estaba mirando preocupada y reaccionó. Eliminó la poca distancia que los separaba y volvió a sujetarle el rostro entre las manos.

—Vuelve a decir que soy tu novio o tu pareja.

Una carcajada escapó de los labios de Valentina y Óscar decidió que no le importaba ponerse en ridículo delante de ella si aquel era el resultado.

—Estás loco.

—Sí, no tengo remedio.

Y volvieron a besarse. A ese paso tardarían horas en llegar a la ciudad.

En la última conversación que habían mantenido antes de que Valentina subiese al avión ella le había dicho que iba instalarse esas dos semanas en casa de su hermana Penélope. Le había explicado que el piso de alquiler donde vivía antes lo había dejado cuando se marchó a Tokio. No podía permitirse mantenerlo y tampoco tenía sentido si iba a quedarse en el extranjero durante meses. Condujo hacia casa de Penélope intentando no pensar en que la increíble sensación que le producía tener a Valentina sentada a su lado tenía por ahora fecha de caducidad.

—¿Vas a contarme por fin de qué va la historia que presentaste?

—No, todavía no.

—¿Por qué?

—Porque quiero que sea una sorpresa.

—Al menos dame una pista.

—No —Valentina se rio y el corazón de Óscar saltó—, eres demasiado listo. Adivinarías de qué se trata enseguida.

—Gracias, pero estoy descubriendo que estar contigo me fríe las neuronas, así que estoy convencido de que podrías darme tres o cuatro pistas y no lo adivinaría.

—Adularme no te servirá nada, no te lo voy a decir.

—Está bien.

Volvieron a quedarse en silencio y en la cabeza de Óscar la lista de cosas que hacían juntos por primera vez no dejaba de aumentar, lo que implicaba que él no pudiese dejar de sonreír.

—He estado pensando —dijo él al notar que ella lo estaba mirando— que te dejo en casa de tu hermana y luego me paso por la oficina.

—Valentina había insistido en que no quería que él alterase su vida durante esas dos semanas y Óscar había aceptado a regañadientes—. Pero ¿nos vemos más tarde? Tú solo dime qué te apetece hacer, ¿de acuerdo?

—De acuerdo.

Una hora más tarde, Óscar estaba en el despacho de Ricky para devolverle las llaves del coche y darle las gracias.

—De nada. —Ricky las tomó y las dejó encima de la mesa—. Explícame otra vez por qué no habéis ido en taxi.

—Porque así tenía algo que hacer con las manos.

—Claro, sí. Tiene mucho sentido. ¿Te das cuenta de que te estás comportando de una manera muy extraña?

Óscar se dejó caer en la silla que Ricky tenía de más.

—Lo sé y no te creas que es agradable.

—¿No lo es?

—Bueno, sí, sí que lo es. No sé. Estoy perdiendo la cabeza.

Ricky le sonrió como hacía meses que no lo hacía, como antes de que las tensiones de tener un negocio juntos se entrometiesen entre su amistad.

—No, ya verás como no. Una de dos, o te acostumbrarás a esta sensación y te adaptarás a ella, o se te pasará y la olvidarás.

—Ninguna de las opciones me tranquiliza demasiado. —Óscar observó a su amigo y recopiló fuerzas antes de hablar—. Sé que las cosas todavía no están del todo bien entre nosotros, Ricardo, pero ¿estás bien? Últimamente no tienes muy buena cara.

—¡Vaya! Gracias.

—Y estás distinto. —Óscar ignoró el sarcasmo y siguió—: ¿Es por esa chica, por Bea? ¿Has vuelto a verla? —Vio que Ricky negaba con el gesto y continuó—: Tú y Héctor me dijisteis que me pusiera las pilas y os lo agradezco. Deja que ahora haga lo mismo por ti; los amigos estamos para eso. No puedo ayudarte si no me cuentas qué te pasa. Dices que no has vuelto a ver a Bea, que dejar tu antiguo trabajo es la mejor decisión que has tomado, que has asumido que no puedes cambiar el pasado y que estás encantado con los cambios que has hecho. Si eso es así, ¿por qué pareces un zombi? ¿No puedes dormir? No pretendo ser cotilla, solo me gustaría saber qué te pasa. ¿Estás seguro de que tu insomnio no tiene nada que ver con esa chica?

—No, Bea no tiene nada que ver con lo que me pasa.

—¿Estás seguro?

—Segurísimo, aquí el único que pone su vida patas arriba por una mujer eres tú, chaval.

Óscar no estaba tan seguro de que eso fuera verdad, pero vio la postura defensiva de su amigo, la mirada que actuaba como una puerta blindada de sus pensamientos y fingió que le creía.

—Está bien, no insisto más.

—Por cierto, ¿qué haces aquí trabajando? ¿No tendrías que estar con Valentina, aprovechando cada minuto?

Óscar ignoró de nuevo la mala leche de Ricky, recordándose que tenía que ser paciente con él y Héctor después de la última discusión, y se levantó.

—Tengo cosas que hacer y Valentina quería ver a su hermana y a sus sobrinas. —Se dirigió hacia la puerta—. Esa frase, «poner la vida patas arriba por alguien», es una estupidez. Lo que quiero yo es que Valentina forme parte de mi vida, no que la destroce o la desmonte. Y tú y Héctor deberíais alegraros por mí.

—Óscar, espera. Lo siento, soy un imbécil. Tienes razón, me alegro por ti.

—Gracias.

—Solo espero que esa chica también quiera formar parte de tu vida y que tú formes parte de la suya. —Hubo algo en la voz de Ricky que hizo que Óscar se tensase y, al mirarlo a los ojos, comprendió que su amigo había bajado las defensas—. Es muy doloroso cuando descubres que tú has hecho eso mientras la otra persona solo te ha tratado como unas vacaciones, como algo que nunca tenía intención de incorporar a su mundo real.

—¡Joder, Ricardo! ¿Qué te ha pasado? Has visto a Bea. Tiene que ser eso. No me digas que me equivoco y que en vez de Bea ha reaparecido esa profesora, Nerea.

—No. —Levantó una mano y le cambió el rostro—. Nerea no ha reaparecido; si lo hiciera tú y Héctor tendríais que sacarme de la cárcel. Y ya te he dicho que lo que me pasa no tiene nada que ver con Bea. Estoy cansado, eso es todo. Te prometo que la semana que viene me tomaré un par de días de vacaciones y volveré bronceado y relajado. Me alegro por ti y por Valentina, de verdad, pero ten cuidado, Óscar. Y haz el jodido favor de irte de aquí e ir a buscarla; no hace falta que sigas haciendo méritos. Héctor y yo tenemos claro que formas parte de Brújula y que no vas a dejarnos tirados.

Óscar sonrió y salió del despacho con un nudo en la garganta. No le hizo caso a Ricky y se quedó un rato más para acabar tareas administrativas que siempre dejaba para más tarde y para serenarse un poco. Entre la llegada de Valentina y la conversación con su amigo podía afirmar que llevaba un día lleno de emociones fuertes. Se fue antes, eso sí, lamentando que Héctor no estuviera en la oficina (estaba cerrando el contrato de un cliente en Sevilla), aunque, pensándolo bien, era mejor así porque si Héctor se hubiese unido a la tónica del día, Óscar no habría llegado vivo a la noche.

Compró flores, pues aunque no tenía ni idea de qué haría cuando volviera a reunirse con Valentina, quería tener flores en el apartamento. Era como si la alegría que tenía en su interior necesitase salir y contagiarlo todo, como si no cupiera dentro de él. Llegó al apartamento, puso las flores en agua y abrió el cajón del mueble de la entrada donde esa mañana había guardado el cuaderno amarillo. No era su lugar habitual, solía tenerlo en la mesilla de noche, y pasó los dedos por la portada gastada. Se había acostumbrado a tenerlo en casa, a abrirlo cuando quería, y a veces también cuando no, y a sentirse así más cerca de Valentina. Ahora tal vez ya no le hacía tanta falta, quizá había llegado el momento de devolvérselo.

Sonó el timbre de la puerta, no el del portal de la calle, sino el de la puerta del apartamento, y confuso fue a abrir.

Era Valentina y durante unos segundos temió haber perdido definitivamente la cabeza, haberla conjurado allí con su imaginación y sus ganas de verla y que no estuviese de verdad plantada delante de él.

—Tenía ganas de verte —fue lo único que dijo ella antes de que Óscar tirase de ella y la besase.

Óscar mentiría si dijera que no se había imaginado besando a Valentina en su casa, pero en su imaginación él mantenía la capacidad de razonar y la de respirar. Llevó las manos al rostro de Valentina y se preguntó si alguna vez había deseado tanto a otra persona, si alguna vez había necesitado tanto a alguien.

—¿Cómo es posible? —le preguntó apartándose un segundo—. ¿Cómo sabías que estaba aquí?

—Me lo ha dicho Ricky. —Sonrió sonrojada—. He ido a Brújula a darte una sorpresa y no estabas.

Óscar volvió a agacharse para besarla y se prometió que mañana le daría las gracias a su amigo e insistiría en averiguar qué le había pasado. Hacía meses que no era el mismo de siempre.

Oyó el ruido del bolso de Valentina cayendo al suelo y después notó las manos de ella rodeándole la cintura, tirando del jersey que llevaba hacia arriba para poder tocarle la piel. El corazón se le desbocó, no había otra manera de describirlo, e intensificó la intensidad del beso. Le mordió el labio inferior y cuando ella suspiró capturó el sonido con su boca, ansioso por atrapar también una brizna del alma de Valentina.

—Óscar...

Le temblaban las manos porque se moría por ponerlas en el cuerpo de ella, por desnudarla y acariciar cada centímetro, por descubrir y aprender hasta el último rincón de Valentina. Tenerla allí con él había sido un imposible durante tantos meses que la realidad le superaba y no podía moverse. Hasta que ella tiró del jersey de él hacia arriba y Óscar tuvo que apartarse un poco y soltarla. Abrió los ojos, el pecho le subía y bajaba apresurado y seguro que tenía aspecto de alguien que está al borde de un precipicio, porque así era justo como se sentía. Al límite. Respiró despacio y con movimientos igual de lentos colocó las palmas de las manos en la pared, enmarcando con ellas el rostro de Valentina, y después descansó la frente en la de ella.

Se quedó mirándola, buscando la manera de grabarse aquella imagen en la memoria. Los ojos brillantes, las cosquillas que el pelo de ella le hacía en las manos, la sonrisa húmeda por los besos que acababan de darse.

Volvió a besarla, esta vez suavemente y después movió los labios por la mandíbula de Valentina hasta llegar a la oreja y respiró. A ella se le erizó la piel y Óscar deslizó la lengua por el cuello hasta llegar al hombro.

—Creo que no seré capaz de dejarte marchar.

Llenó el hombro de besos y cuando los labios volvieron a encontrar el pulso de Valentina los separó un poco para morderla con suavidad.

—No quiero irme a ninguna parte —susurró ella.

—Bien.

Óscar nunca había sentido que existiera un límite dentro de él, un abismo al que caer cuando el control llegase a su fin. Con tristeza recordó incluso que Paloma le había dicho que eso era precisamente lo que más le gustaba de él, la calma que siempre transmitía. Ahora no se sentía calmado y el control era una cuerda que estaba tan tensa que un suspiro más de Valentina, otra caricia, y se rompería.

La mano de ella se posó en el pecho de Óscar, justo encima de su corazón, y la cuerda se rompió. Óscar le sujetó la muñeca y la apartó.

—No entiendo qué me está pasando, Val, pero... —La miró a los ojos, suspirando aliviado al ver que ella parecía tan perdida y confusa como él. Tan desesperada. Volvió a besarla; quizá con otro beso de esos que se daban los dos recuperarían cierta calma y podrían hablar—. Necesito tocarte. Necesito desnudarte, verte, tenerte. Necesito algo que nunca he necesitado antes y si tú...

Esta vez fue ella la que se puso de puntillas y lo besó a él. Óscar reaccionó acercándose más a ella, buscando la manera de fundir sus cuerpos. La mano que antes le había apartado del torso estaba ahora enredada en la de él con los dedos entrelazados, y cuando notó la otra de Valentina acariciándole el pelo hizo lo mismo; la capturó y la apoyó en la pared, enlazando los dedos con los de ella.

—Lo digo en serio, Val, cariño —siseó—. No, no hagas eso —suplicó cuando ella le lamió el cuello hasta detener la boca en la clavícula e imitar lo que él había hecho antes y morderlo.

—¿El qué?

—Vas a matarme. Esto. —Capturó la boca de ella con la suya y la besó desesperado—. Si no quieres que te lleve a mi dormitorio ahora mismo y te...

—Óscar, mírame.

Él parpadeó, había estado a punto de decirle a Valentina que quería arrancarle la ropa, que ella se la arrancase a él y después pasarse horas dejando que sus cuerpos eliminasen hasta el último recuerdo de estar separados.

—Val, yo... —Tragó saliva y sacudió la cabeza.

—Óscar, mírame. Todo lo que has dicho antes que necesitas hacerme, yo también lo necesito.

Óscar observó hipnotizado cómo Valentina le soltaba las manos y se apartaba de la pared para empezar a caminar por el pasillo mientras se desabrochaba los botones del vestido. Ella dio dos pasos, tres, se detuvo y entonces se giró hacia él, que seguía inmóvil.

—¿Vienes? —le preguntó.

Óscar nunca se había movido tan rápido, llegó adonde estaba ella, la besó y la tomó en brazos. La risa de Valentina le bajó por la garganta hasta instalarse en su corazón.

25

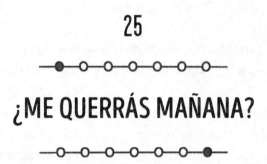

¿ME QUERRÁS MAÑANA?

—Cuéntame cómo es posible que no supiera que escondías todo esto debajo de la ropa. —Valentina tenía la cabeza recostada sobre el hombro desnudo de Óscar y no podía dejar de acariciarle el pecho y el sinfín de músculos perfectamente definidos que le cubrían el abdomen.

Óscar sonrió.

—Acabas de hacer que todas las carreras y horas de gimnasio a las que me han arrastrado Héctor y Ricky valgan la pena. Y no será para tanto.

Valentina se apoyó en el antebrazo y se incorporó un poco para mirarlo. Seguían en la cama de Óscar; había perdido la cuenta de las veces que habían hecho el amor y se sonrojó porque ya tenía ganas de volver a hacerlo. Ese chico... ese chico sacaba lo mejor de ella y hacía que se olvidase de todo excepto ellos dos. Se le formó un nudo en la garganta, ella había crecido dudando del amor, desconfiando de esa emoción que o no existía o era sumamente peligrosa, pues convertía a seres más o menos racionales, como su padre, en energúmenos egoístas que se olvidaban incluso de sus hijas.

—¡Eh, Val! ¿Qué te pasa?

Nadie la había llamado nunca así y, cada vez que Óscar lo hacía, el corazón de Valentina latía de otra forma.

—Nada. —Sacudió la cabeza para alejar el pasado—. Creo que necesito dibujarte, voy a buscar el cuaderno... —Notó que él la sujetaba por la cintura y la levantaba—. ¡Eh! ¿Qué haces?

—Cuéntame qué te pasa.

Gracias a la fuerza de Óscar, y a que la había pillado por sorpresa, Valentina estaba ahora sentada a horcajadas encima de él, con una rodilla a cada lado de su cintura.

—Tendrías que llevar una señal de advertencia: «¡Cuidado, músculos debajo!».

Apoyó las manos en el torso de Óscar y notó que a él se le aceleraba la respiración. Mejor, así no era la única que estaba alterada.

—Dime qué te pasa.

—Me gusta estar así contigo. —Levantó una mano para acariciarle la mejilla y llevarla hasta el pelo. Lo miró a los ojos y vio que él seguía esperando, que no había conseguido ocultarle del todo lo que le pasaba—. Soy feliz contigo, Óscar.

Él alargó entonces un brazo para colocar los dedos en su nuca y tirar de ella hacia abajo, al mismo tiempo que se incorporaba un poco para besarla. Por más que lo intentaba, Valentina no conseguía descifrar por qué los besos de Óscar eran tan diferentes a los demás. De hecho, estaba convencida de que si él seguía besándola (y, por favor, que no parase nunca), en cuestión de horas se habría olvidado completamente de cualquier otro beso.

—Yo también soy feliz contigo, Val.

Ella llevaba una camiseta vieja de él con la cara de Sigmund Freud dibujada y una frase que afirmaba que la Psicología y la Psiquiatría no son lo mismo. Unas horas antes, de madrugada, Óscar se la había dado y le había contado que se la habían regalado sus amigos al terminar la carrera. Era la camiseta perfecta, suave de lo gastada que estaba y con el olor de Óscar pegado de tanto usarla. Valentina no tenía intención de devolvérsela nunca, aunque no tenía ninguna objeción a que él se la quitase ahora.

Si ahora mismo fuese capaz de hablar, Valentina le diría a Óscar que no sabía que los besos podían ser así, que besarlo a él era lo más romántico y erótico que le había sucedido nunca y que podría y querría pasarse la vida entera haciéndolo. Pero no podía hablar porque Óscar había deslizado la mano que tenía libre por debajo de la camiseta de Freud y lenta, tortuosamente, le acariciaba los pechos. Y entonces, como si el beso y las caricias no fueran ya demasiado, Valentina notó que Óscar alejaba la mano que tenía en la nuca de ella para llevarla entre sus piernas y Valentina pensó que ya era hora, que si no la tocaba perdería la cabeza, pero él esquivó la zona que más lo necesitaba y sus dedos bailaron por los muslos hasta acariciarle las nalgas.

—Óscar...

—Pienso en ti todo el tiempo.

A Valentina se le erizó la piel tras la confesión de Óscar y porque él, que ahora estaba sentado como ella, empezó a besarle el cuello mientras con ambas manos bajo la camiseta no dejaba ningún centímetro sin recorrer.

—Yo también pienso en ti.

Apoyó las manos en los hombros de él, a ver si así lograba no desvanecerse, pero al notar los músculos de él tensarse, el sudor que conseguía que ella quisiera besarle el cuerpo entero, tembló aún más y se movió impaciente.

—¡Eh, espera! —le pidió él, seguro que para torturarla, antes de sujetar el extremo inferior de la camiseta y quitársela.

—¿No crees que los dos hemos esperado ya demasiado?

Valentina lo atrajo hacia ella y lo besó; él gimió y ella sonrió hasta que él volvió a apartarse.

—He esperado mucho —afirmó mirándola a los ojos—, por eso voy despacio, porque no quiero que se acabe.

Valentina volvió a besarlo porque no eran solo las palabras de Óscar las que le anudaban la garganta, también era cómo la miraba y cómo la tocaba, cómo cada una de sus caricias y sus besos por sensuales o eróticos que fueran iban cargados de algo más. Algo que ella, hasta ahora, no creía que existiera y que le daba miedo descifrar. Para ella el amor siempre traía consigo obligaciones, renuncias y, lo peor, fecha de caducidad. Y ahora era ella la que se arrepentía de no haber hablado antes con Óscar en el metro, de haber tenido que esperar todo ese tiempo para estar con él y sentir todo aquello.

El mundo no importaba, las líneas que ella trazaba para mantener las distancias y mantenerse encerrada en su cuaderno estaban desapareciendo. Solo estaba Óscar, Óscar y sus ojos miopes que cuando la miraban le contaban historias. Óscar y sus brazos que, cuando la rodeaban, quería quedarse entre ellos para siempre. Óscar y sus manos que, cuando la desnudaban, quería que la tocasen y no se alejasen. Óscar y sus besos, que demostraban que podía necesitarse a otra persona para existir.

Solo estaba Óscar y sus caderas alejándose un segundo para después entrar dentro de ella.

Óscar y el sabor de su piel.

Óscar y sus manos sujetando las caderas de Valentina para que no se alejase de él.

Óscar y la sal de sus besos en los labios.

Óscar demostrándole que había muchas maneras de hacer el amor y que, al parecer, hasta ahora los dos habían estado perdiendo el tiempo.

—¿Cómo...? —No podía hablar porque eso significaba dejar de besarlo.

—¿Cómo qué? —le preguntó él enredando los dedos en el pelo de ella, echándole un poco la cabeza hacia atrás.

—¡Madre de Dios! —exclamó Valentina al notar cómo se movía él—. ¿Cómo es posible que esto se te de tan bien?

Óscar sonrió y, durante un segundo, pareció uno de esos dibujos animados, Flyn Ryden sonriéndole a Rapunzel, y Valentina perdió otro pedazo de corazón. A este ritmo se quedaría sin nada en cuestión de horas.

—Eres tú —contestó serio—. Se me da bien contigo porque te conozco. Sé cómo suena tu voz cuando algo te gusta.

Valentina estaba perdida y, como aún no estaba lista para confesárselo, volvió a besarlo con todas sus fuerzas. Tenía que hacer algo para volver a perderse en el deseo y no soltar a pleno pulmón que se había enamorado perdidamente de él. Quizá Óscar lo intuyó, o quizá a él le sucedía lo mismo, pensó Valentina porque de repente, y haciendo alarde otra vez de esos músculos que tendrían que estar prohibidos, la tumbó en la cama sin salir de dentro de ella y quedó él encima.

—Val.

Óscar solo pronunció su nombre, el apodo que él se había inventado para ella y que ahora le pertenecía, y Valentina pensó que no era justo que ahora todo fuera tan rápido. Había tardado meses en encontrar a Óscar, en averiguar su nombre, en hablar con él y en estar con él. Había tardado los veintitrés años de su vida, para ser exactos, y ahora solo tenía dos semanas con él.

Dos semanas.

Levantó las manos para tirar de él y besarlo, para no perder ni un segundo más pensando en eso, pues solo serviría para romperle el corazón. Lo besó, no lo soltó, con las manos le acarició y arañó la espalda mientras él no dejaba de moverse y de demostrarle lo diferente que es todo, desde la más pequeña caricia, hasta el acto más íntimo, cuando el amor forma parte de la ecuación. Hay muy pocas posibilidades de que eso suceda, poquísimas. Y cuando sucede, todo lo anterior ha valido la pena.

Valentina no sabía qué estaba haciendo, aquella pérdida de control, esa desesperación por tocar a Óscar, por besarlo, por retenerlo dentro de ella eran completamente desconocidas para ella. No se reconocía. Le besó la mandíbula y él le lamió el cuello. Ella atrapó el lóbulo de la oreja de él entre los dientes y él la sujetó por los hombros y hundió el rostro en el hueco del cuello de ella para no dejar de repetir su nombre al ritmo de sus movimientos. Valentina jamás entendería qué clase de reacción en cadena habían provocado Óscar y ella juntos, ni cuántas posibilidades había de que eso no hubiese llegado a suceder nunca, lo único que sabía era que quería a Óscar y que el amor que sentía por él era tan grande y completo que siempre formaría parte de ella. La posibilidad de que existiera un universo en el que Valentina no quisiera a Óscar era nula.

Pronunció su nombre, la emoción que la embargaba era tal que incluso ella oyó las lágrimas en su voz. Óscar también, por supuesto, y Valentina esbozó una sonrisa a la espera de que él la mirase.

—Óscar.

—Val.

Ella incorporó la cabeza, él le acariciaba la mejilla, una caricia dulce que contrastaba con el fuego y la intensidad de otras partes de sus cuerpos, y lo besó. Y con aquel beso Valentina por fin se rindió y dejó que Óscar fuese lo único que importaba.

Un poco más tarde, con la respiración todavía entrecortada, las piernas enredadas y los cuerpos abrazados, Valentina hizo un esfuerzo para aminorar los latidos de su corazón.

—Ha sido... —No sabía qué decir.

—Sí, lo ha sido. —Por suerte, Óscar pareció entenderla.

—Yo... —al parecer era incapaz de callarse— nunca había sentido nada parecido.

Valentina notó que Óscar se movía y volvía a incorporarse un poco para mirarla. Estaba despeinado y sudado y ella dudaba que alguna vez pudiese olvidar el aspecto que él tenía justamente en ese instante.

—Yo tampoco.

Óscar le acarició la mejilla y seguro que notó que subía de temperatura al sonrojarse.

—¡Ah! Me alegro.

«¡Tierra, trágame!», pensó Valentina. ¡Vaya tontería decir esas cosas! Pero él no se burló, sino que también se sonrojó y le sonrió.

—Yo también.

Valentina decidió que eso de pasar vergüenza no estaba tan mal si la persona por la que te arriesgabas hacía lo mismo contigo, así que colocó la mano en el pecho de Óscar y sonrió.

—De todos modos, creo que deberíamos seguir haciéndolo para asegurarnos de que no ha sido casualidad.

Él sonrió de oreja a oreja.

—Claro, buena idea. Descartemos la casualidad.

—Exacto.

La primera semana pasó en un abrir y cerrar de ojos. Después de aquel primer día, y de que Óscar le hiciera una lista de las ventajas que tenía que ella se instalase allí con él (y le demostrase unos cuantos puntos con ejercicios prácticos en la ducha y en el sofá), Valentina habló con Penélope y trasladó el poco equipaje que había traído al apartamento.

Óscar iba a trabajar como siempre y Valentina aprovechaba esas horas para dibujar. La mesa del comedor de Óscar demostró ser perfecta para ello y él cada día le preguntaba si le hacía falta algo más o si podía hacer algo, lo que fuera, para que estuviera más cómoda. Valentina no necesitaba nada más, hacía años que no dibujaba tanto y tan rápido; era como si se hubiese abierto una presa de inspiración dentro de ella y no podía parar. Había gastado ya dos cuadernos enteros y había llenado otro de esbozos, de ideas que se le habían ocurrido y que quería desarrollar más adelante.

Al mediodía comían juntos. El primer día que Valentina se había pasado por Brújula en busca de Óscar no lo había encontrado, pero al segundo intento sí tuvo éxito. Cada día Valentina salía a pasear un rato, de lo contrario se quedaría encerrada dibujando las veinticuatro horas, y se reunía con Óscar en algún lado para comer algo. Después ella lo acompañaba de regreso al trabajo y ella volvía a dibujar al apartamento.

Por fin había conocido también a Héctor y había charlado con él y con Ricky varias veces. Todavía no habían ido a cenar juntos y eso que ella había insistido en hacerlo, pero Óscar le había dicho que necesitaba acumular tantas citas como pudiera en esas dos semanas y que sus dos mejores amigos bien podían esperar, que ahora él la necesitaba más.

Valentina no había sabido qué contestar a eso ni a los besos y caricias que siguieron después.

Lo que sí había conseguido era organizar un almuerzo con Penélope y su familia para que conocieran a Óscar y había sido todo un éxito. Al principio Penélope había desempeñado el papel de hermana mayor protectora y desconfiada, pero Óscar había aguantado y había respondido a todas sus preguntas como si estuviese haciendo frente a un tribunal de la Inquisición española. Además, se pasó media tarde jugando con Violeta, así que Penélope no tuvo más remedio que rendirse y reconocer que Óscar le gustaba.

La segunda semana pasó aún más rápido y cada noche, cuando se acostaban, Valentina podía sentir que si bien Óscar durante el día se contenía y no sacaba el tema de su inminente partida, a la que se desnudaban no le ocultaba nada. Ella tampoco, pues sabía que sus besos eran cada vez más frenéticos y tenía miedo de preguntarle qué pasaría después de que ella se subiese a aquel avión. De momento podía seguir fingiendo que aquel día no iba a llegar, que estaban juntos y que cada noche ella iba a acostarse con él a su lado y cada mañana se despertaría con él abrazándola y besándola.

Llegó la última noche. Habían cenado en casa (ahora ella también utilizaba ese término para referirse al apartamento de Óscar) y estaban en el sofá. En la tele dos actores intentaban escaparse de un banco en llamas, pero Valentina no prestaba atención, todos sus sentidos estaban fijos en la mano de Óscar, en su pelo, en la indescriptible sensación de tener su hombro apoyado en el de ella, en el olor de su colonia. En lo mucho que echaría de menos esos momentos.

—Tengo miedo de irme —se le escapó de los labios y notó al instante que él se tensaba.

Valentina no se movió, quizá si se quedaba muy quieta lograría detener el tiempo. Óscar sí lo hizo; se giró despacio hacia ella.

—No puedo pedirte que te quedes. —Le brillaban los ojos y Valentina juraría que él había pronunciado cada palabra como si le doliera—. Este trabajo, este corto, es tu gran oportunidad. No puedo pedirte que te quedes.

—Lo sé. —Valentina no intentó retener las lágrimas, no serviría de nada y al menos podía darle eso a Óscar—. Y yo no puedo pedirte que dejes tu vida aquí y vengas conmigo a Tokio.

—Lo sé —repitió él.

—No es justo que tengamos tan poco tiempo. No es justo.

Estaba enfadada. No sabía con quién, contra quién ni exactamente por qué, pero tal vez si gritaba y rompía algo evitaría que el miedo se extendiera dentro de ella. Óscar le puso las manos en la cara y capturó las lágrimas con los pulgares.

—Estamos juntos, Val. Hoy estás aquí y yo también. No nos arrebates esta noche, cariño.

—Óscar, yo... —Le sujetó las muñecas—. ¿Y si todo esto ha sido un error? ¿Y si hubiera sido mejor que no nos...?

Él la besó y Valentina suspiró aliviada porque en realidad no quería pronunciar esas palabras. No quería oírlas ni que se entrometieran entre ellos dos esa noche.

Cuando se despertaron temprano volvieron a hacer el amor y, como Valentina se negaba a convertirlo en una despedida, se perdió en los besos que le dio Óscar y se los devolvió uno tras otro. Se quedó tumbada encima de él haciéndole cosquillas y antes de levantarse le convenció para que le pasase el cuaderno que había dejado mañanas atrás en la mesilla de noche y la dejase dibujarlo.

—Solo si a cambio me regalas un dibujo de los dos juntos —le pidió él.

—Diría que te he dado y hecho muchas cosas para que ahora me extorsiones pidiéndome un dibujo.

Óscar, desnudo y con la respiración agitada por el sexo, cruzó los brazos detrás de la cabeza y se quedó mirándola sonriente.

Así era justo como quería dibujarlo.

—No juegas limpio —lo riñó Valentina, consciente de que él sabía perfectamente el efecto que producía en ella su sonrisa.

—Ya sabes lo que dicen: todo es válido en el amor y en la guerra.

A Valentina le resbaló el lápiz, pero lo recuperó y siguió dibujando con la palabra «amor» flotando entre los dos.

—Así que un dibujo de los dos; cualquiera diría que no nos hemos sacado fotos estos días.

Lo habían hecho, en sus almuerzos se habían comportado como turistas por la ciudad y Valentina tenía ahora la cámara llena de fotos de Óscar y ella.

—No son lo mismo. Además, no tengo ningún dibujo tuyo en el que salgas tú.

—Estate quieto.

Dio los últimos trazos y, sin enseñárselo, giró la hoja para pagar su deuda.

—¿Cómo nos estás dibujando? ¿Puedo hacer una petición?

—Prueba.

—¿Puedes dibujarte sin ropa?

Valentina le golpeó la cabeza con el cuaderno y él se rio. Después se vengó haciendo bailar los dedos de su mano derecha por el muslo desnudo de Valentina hasta que esta se rindió, dejó el cuaderno y se agachó para darle un beso.

—Voy a ducharme —le dijo ella al apartarse.

—Vale.

En la ducha Valentina se permitió derramar unas cuantas lágrimas, las únicas de esa mañana porque no quería despedirse de Óscar de esa manera. Solo iban a estar unos meses sin verse; habían superado pruebas peores. Ahora iba a ser más fácil que antes, sabían que les encantaba hablarse por teléfono, que ni a él ni a ella les importaba la diferencia horaria, que les bastaba con verse a través de una pantalla de móvil o de ordenador. Que el tiempo y la distancia no iban a poder separarlos ahora que por fin estaban juntos.

Mientras Óscar estaba en la ducha, Valentina terminó el dibujo de antes. Los había dibujado en el andén de la estación de metro; en el dibujo estaban de pie, el uno frente al otro sonriendo con los dedos de una mano entrelazados. No le había dicho a Óscar que le quería, que se había enamorado de él, pero en ese dibujo no había podido ocultar nada y Valentina confió en que Óscar se diera cuenta, en que cuando ella estuviera lejos y él mirase ese dibujo supiera sin lugar a dudas que ella lo amaba.

Se lo dejó encima de la mesilla de noche y fue a cerrar la maleta.

—¿Estás lista?

—Sí, ya podemos irnos.

La única discusión que habían tenido esos días había sido sobre aquel último trayecto. Valentina le había dicho a Óscar que no hacía falta que la acompañase al aeropuerto y él había insistido en que sí que la hacía. Ella le había dicho entonces que no quería que la acompañase porque no quería llorar y él había respondido que prefería verla con lágrimas en los ojos y que ella viera las de él, a perder esos minutos con ella. Al final, la había convencido.

No fueron en coche, Ricky se ofreció a acompañarlos y también Héctor, pero Óscar y Valentina declinaron ambas ofertas y fueron al aeropuerto en taxi. Iban sentados en la parte de atrás sin hablar, tomados de la mano, ella con la cabeza recostada en el hombro de él y Óscar acariciándole el pelo cada pocos segundos.

Los trámites del aeropuerto los tuvieron ocupados un rato más, pero no podían eternizar esa despedida y llegó el momento de decirse adiós. Valentina iba a cruzar el control de pasaportes y Óscar regresaría a Barcelona.

—Llámame cuando llegues, ¿vale?

Él le apartó un mechón de pelo y le sujetó la cara de ese modo que le derretía las rodillas a Valentina.

—Vale.

—Échame mucho de menos —bromeó él.

Y a Valentina se le rompió el corazón. ¿Cómo era posible que supiera que tenía que irse y al mismo tiempo tuviera el presentimiento de que debía quedarse?

—Y tú a mí.

—Lo haré.

Óscar agachó la cabeza y la besó.

Valentina había visto más de una vez alguna pareja despidiéndose en un aeropuerto y nunca había entendido el dramatismo y la desesperación que desprendían algunas de ellas. Las había que, al contrario, casi podías detectar el alivio que sentían al alejarse el uno del otro, pero algunas conseguían que el aire cambiase, que a su alrededor sonasen las canciones más tristes de su *playlist* y que se le llenasen los ojos de lágrimas. Pero incluso esas no conseguían que ella lo entendiera ni que creyera posible que algún día le sucediera lo mismo.

Y ahora se sentía como si fuera a morirse si alguien la separaba de Óscar y se negaba a aceptar que aquel fuera el último beso que iba a darle en meses.

—Tranquila. Deja de pensar eso.

Valentina no sabía si había hablado en voz alta o si Óscar le había leído la mente, pero volvió a abrazarlo y hundió el rostro en su pecho.

—Voy a echarte mucho de menos, Óscar.

Él le acarició la espalda.

—Hace un año ni siquiera sabía tu nombre, Val y ahora... —suspiró— ahora lo eres todo para mí. Podemos con esto. Vas a conquistar el mundo entero con tus dibujos; no podrán evitar quererte. Sé de lo que hablo.

—Óscar.

—Ha sido así desde el principio, así que unos quilómetros y unos meses sin vernos no cambiarán nada. ¿De acuerdo?

—De acuerdo —aceptó ella.

Valentina no podía decir nada más, no podía seguir mirándolo, tocándolo. Un par de segundos y se pondría a llorar y mandaría a paseo la oferta de Hibiki y el trabajo de sus sueños. La oportunidad de su vida.

Óscar debió de presentirlo porque le sonrió con los ojos brillantes y se agachó para darle un último beso.

—Vamos, vete —le pidió Óscar y esta vez le hizo caso y se fue.

No se dio media vuelta para mirarle porque no quiso que él la viese llorar.

26

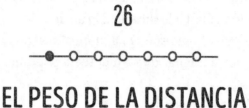

EL PESO DE LA DISTANCIA

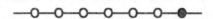

Aunque habían pasado tres meses, Óscar llevaba bastante mal la ausencia de Valentina. Esas dos semanas que habían pasado juntos lo torturaban constantemente porque le recordaban que otra realidad era posible, una en la que él no la echaba de menos las veinticuatro horas del día.

El corto de Valentina, del que ella ni siquiera le había revelado el título, iba viento en popa y si todo seguía según lo previsto se estrenaría junto con la película de Hibiki, *Bicicletas en la Luna*, en febrero del año siguiente. Para eso todavía faltaban algo más de ocho meses, una eternidad. Claro que cuando Óscar hablaba del tema con Valentina ella decía que no faltaba nada y que Hibiki estaba fuera de sus cabales si creía que iban a llegar a tiempo.

La vida de Valentina giraba en torno a ese corto, y él intentaba no echárselo en cara y no estar celoso. De verdad que lo intentaba porque ¿qué clase de persona está celosa del trabajo de su pareja, de que la chica que lo significa todo para él esté haciendo realidad su sueño? Lo que le molestaba, y eso sí que no podía negarlo, era que ese sueño estaba consumiendo a Valentina y a menudo él sentía como si en la vida de ella ya no hubiese espacio para él. Tenía miedo de que Valentina pudiera prescindir de él, que no lo necesitase como él la necesitaba a ella.

—Eso es una estupidez —le recordó Héctor—. ¿Acaso tú no la quieres igual, aunque estés horas y horas trabajando en uno de nuestros clientes?

—Sí, pero...

—Pero nada. Lo que pasa es que la distancia es muy jodida y la echas de menos. Pero no te pongas en plan mártir porque la chica que yo vi hace meses estaba loca por ti.

—Eso es fácil decirlo, ya verás cuando estés en mis zapatos.

Héctor se llevó la cerveza a los labios después de soltar una sonora carcajada.

—Lo dudo mucho.

—¿Qué es lo que dudas? —le preguntó Ricky, que era el último en llegar.

—Que me pase lo mismo que a Óscar con Valentina.

—Ya. Es como los tiburones.

—¿Qué tienen que ver los tiburones conmigo? —Óscar jamás se acostumbraría a las salidas de tema de Ricky ni a ser el blanco casi exclusivo de sus bromas. Pero, aunque no tenía intención de decírselo a él, se alegraba de que Ricky volviera a parecer el de antes.

—Los tiburones cuando van en manada.

—Los tiburones no van en manada, eso son los leones —puntualizó Héctor.

—Déjame terminar.

—Por mí no te preocupes —intervino Óscar.

—Tú te has sacrificado por el resto del grupo —al decir esta palabra y no «manada» miró a Héctor—, tú has caído en las redes del amor para que nosotros dos podamos salvarnos.

—Eres idiota —se rio Óscar muy a su pesar—. No os he salvado de nada.

—En realidad no lo cree así —añadió Héctor—. Sabemos que no lo crees así, o de lo contrario habrías dejado de torturarte por lo de Bea.

Óscar miró a Ricky convencido de que este iba a lanzarle una puya a Héctor, pero se quedó callado y dio un trago de cerveza.

—Espera un momento. ¿Héctor tiene razón?

—Héctor es un jodido pesado y a veces analiza demasiado el comportamiento de los demás. No sé si me enamoré de Bea en la universidad, pero si eso fue lo que me pasó, me di cuenta demasiado tarde. Y ahora ya no puedo hacer nada. ¿Contentos? ¿Podemos dejar de hablar de esto?

Óscar buscó la mirada de Héctor para pedirle ayuda; este lo estaba esperando y le hizo señas para que lo dejase. Óscar accedió a regañadientes; estaba convencido de que en los últimos meses se había puesto al día de todo lo que les había sucedido a sus amigos, mientras él estaba en babia, pero al parecer aún le faltaban cosas por descubrir.

Mañana buscaría un rato para hablar con Héctor y preguntarle qué sabía él, y entre los dos seguro que encontrarían la manera de ayudar a Ricky. Igual que ellos lo estaban ayudando a él hoy mismo, por ejemplo, que estaban cenando juntos un día entre semana porque le habían pillado en el despacho después de llamar a Valentina y no haberla encontrado.

Seguro que Ricky y Héctor le habían visto la cara y habían decidido sacarlo de allí y distraerle un rato. Óscar no estaba enfadado con Valentina, últimamente o estaba en el trabajo o caía rendida al llegar a su casa y se dormía. Simplemente la echaba mucho de menos y esa era ya la tercera llamada que tenían que posponer. No había podido contarle que habían cerrado otro contrato ni que el pasado fin de semana su prima Alicia había montado una barbacoa en la que David y él habían hecho definitivamente las paces. Tampoco le había contado que en esa barbacoa había coincidido de nuevo con Paloma y habían estado charlando.

Paloma le había preguntado por Valentina, Alicia la había puesto al corriente de todo, y le había dicho que se alegraba por él. Ella había salido un par de veces con un chico que había conocido en la inauguración de una tienda para la que había hecho los escaparates, pero se lo estaba tomando con calma. Había sido una conversación agradable, y al despedirse ella le había dicho que, si les apetecía, cuando Valentina estuviera por aquí podían organizar algo.

Óscar no había sabido qué decirle, primero porque no tenía ni idea de cuándo volvería Valentina y segundo porque su relación era como si no existiera. Esas dos semanas parecían un sueño y últimamente ni siquiera conseguían hablar por teléfono.

Le sonó el móvil y casi le dio un infarto. Lo sacó apresuradamente del bolsillo de los vaqueros; después de la discusión con sus amigos, cuando estaba con ellos ya no lo dejaba en la mesa, y cuando vio que era un número desconocido, posiblemente de alguien que quería venderle algo, se dejó caer de nuevo abatido en la silla.

—No te preocupes, Óscar. —Héctor dejó la copa en la mesa—. Seguro que mañana todo se arregla.

—Sí, seguro —afirmó Ricky.

Él no lo tenía tan claro.

Ricky, Héctor y Óscar se organizaron las vacaciones. Ser sus propios jefes por ahora les había traído dolores de cabeza, así que bien podían aprovechar una de las ventajas. Óscar le había preguntado a Valentina cuándo tendría ella unos días porque, sin duda, iban a pasarlo juntos. Probablemente no saldrían de la habitación del hotel y morirían de agotamiento de tanto hacer el amor, pero a Óscar le daba igual; de hecho, le parecía una muy buena manera de despedirse de este mundo.

Valentina podía tomarse unos pocos días de vacaciones. La realización del corto y el trabajo en el estudio de Hibiki dominaban su vida y Óscar no lo llevaba tan bien como le gustaría. Él también tenía trabajo, de hecho, se lo había jugado todo para que Brújula saliera adelante; no solo sus ahorros y su futuro profesional, sino también la relación que tenía con sus dos mejores amigos. A veces parecía que Valentina no lo entendía y él empezaba a cansarse de ser paciente.

Por fin consiguieron encontrar unos días, y a principios de septiembre se reunieron en Londres. Se suponía que iban a pasar allí una semana, aunque al final fueron cinco días y la mitad de esos Valentina tuvo que pasarse horas en la sede de una productora que curiosamente estaba cerca del hotel.

—Se supone que estás de vacaciones, Val —le recriminó Óscar.

—Lo sé, pero son solo unas horas. —Ella se sentó en la cama donde él seguía desnudo y lo besó.

Óscar no estaba en condiciones de rechazar un beso de Valentina, necesitaba acumular tantos dentro de él como le fuera posible, pero aun así se apartó. Estaba dolido y no le gustaba sentirse así. No le gustaba pelearse con Valentina; era como tener un iceberg dentro del pecho que le impedía respirar.

—¿Cuándo volverás? ¿Sabes qué? Da igual. Llámame cuando termines y a ver si tenemos tiempo de hacer algo juntos.

Salió de la cama y se metió en la ducha. Giró el grifo del agua caliente para no oír el ruido de la puerta cuando Valentina se fue. Cuando Valentina lo llamó cuatro horas más tarde, Óscar no oyó el teléfono. Estaba en un *pub* sujetando una cerveza en la mano y fingiendo estar muy interesado en un partido de fútbol de la liga inglesa que echaban en la tele. El equipo de los aficionados que le hacían compañía en el *pub* perdió, y la tristeza y la rabia que los embargó no ayudó a mejorar el estado de ánimo de Óscar. Pagó la cuenta, vio la llamada perdida de Valentina y los cuatro mensajes preguntándole dónde estaba y diciéndole que sentía mucho haber tardado tanto y que tenía ganas de verlo. Se había portado como un idiota. ¿Qué importaba si solo se veían unas horas? Al menos estaban juntos y el corto de Valentina era de verdad importante. Corrió de regreso al hotel, rezando para que Valentina no se hubiese hartado de su egoísmo y le hubiese dejado tirado.

Abrió la puerta con la tarjeta de plástico y suspiró aliviado al descubrir a Valentina dormida en la cama. Estaba vestida, acurrucada en un lado y con cara de haber llorado. Óscar se puso furioso consigo mismo, se suponía que él quería hacer feliz a esa chica, no convertirla en un mar de lágrimas. Se detuvo al lado de la cama y le acarició el rostro.

Le pediría perdón y disfrutaría del rato que pudiera pasar con ella antes de que tuvieran que volver a despedirse.

Ella abrió los ojos antes de que él pudiera reaccionar.

—Óscar. —Oír su nombre de esa manera, como si ella también hubiera temido que él se hubiera ido, le rompió el corazón.

—Lo siento. Siento haberme comportado como un imbécil.

Valentina se sentó en la cama y le tomó la mano. Óscar se dejó guiar y se sentó a su lado.

—Yo también lo siento.

—No —insistió él—, no. Es que esto es más duro de lo que creía. —Tenía que contarle lo que le pasaba; algo le decía a Óscar que eso era lo único que podía salvar lo que les quedaba de vacaciones y quizá algo más—. Antes de que sucediera nada entre tú y yo, cuando solo éramos amigos, no entendía qué me sucedía contigo —ella le acarició el rostro y Óscar tembló antes de seguir—, no lo entendía y te echaba de menos. Pero ahora, ahora que sé cómo es estar contigo, es peor.

—A mí me sucede lo mismo, Óscar.

—Y estos últimos meses han sido una mierda —soltó sin rodeos—. Casi no tenemos tiempo de hablar y es... es como si la vida siguiera de todas maneras. Te pasan cosas a diario de las que no sé nada y a mí igual. Salgo con mis amigos y no estás. Tengo un buen día en el trabajo y no estás. Tengo un día de mierda y no estás.

—¿Qué estás diciendo?

Vio que a ella le brillaban los ojos por las lágrimas y le sujetó el rostro para besarla como tendría que haber hecho cada segundo de esas nefastas vacaciones.

—Estoy diciendo que te echo mucho de menos, Val, y que todavía faltan meses para que se estrene tu corto y que no sé qué haremos después o si hay un después.

—Yo quiero que haya un después. Un después y un siempre, Óscar. ¿Tú no? —balbuceó.

—¡Dios, Val! Sí, es lo que más quiero en este mundo.

Entonces la besó porque la necesitaba, porque necesitaba estar con ella y porque necesitaba dejar de preguntarse por qué aún no era capaz de decirle que la quería.

Las cosas no se arreglaron milagrosamente cuando Óscar regresó solo a Barcelona y Valentina se subió a ese avión en Heathrow para volar hacia Tokio. Para huir de la soledad y en un intento algo absurdo de no pensar tanto en ella, Óscar se refugió en el trabajo. Se pasaba todas las horas posibles en la oficina, preparando entrevistas, siguiendo las pistas de posibles clientes, investigando, incluso archivando facturas si con ello conseguía quedarse allí encerrado más rato. Héctor y Ricky le habían sacado del despacho a la fuerza en más de una ocasión y le habían obligado a salir a cenar con ellos.

Valentina no había podido escaparse para su cumpleaños y, aunque Óscar le había asegurado que no le importaba, que ya lo celebrarían en Navidad cuando se vieran, o cuando él visitase Japón (habían decidido que se turnarían y que no dejarían que pasase demasiado tiempo sin verse), lo cierto era que a Óscar le dolía que ella no hubiese encontrado la manera de escapar del maldito estudio y volar a Barcelona para estar con él por su cumpleaños. Era egoísta e infantil y no se sentía orgulloso de sentirse así, pero cada vez le costaba más aceptar que, por mucho que ellos dos quisieran estar juntos, sus vidas los mantenían separados.

Sus amigos improvisaron una fiesta, no solo para celebrar su cumpleaños, sino también que los análisis de Héctor habían salido bien y que Brújula iba viento en popa. A Ricky cualquier excusa le parecía bien con tal de celebrar que seguían vivos y todavía no se habían matado entre ellos. La fiesta fue en el bar donde ellos se reunían los viernes, el mismo donde él había almorzado aquel día con Valentina (un día que cada vez le parecía más lejano e irreal) y estuvieron todos sus amigos, incluida Paloma. Ella era amiga de Alicia, que también estaba invitada, y después de lo de Alma habían hablado un par de veces. Tanto Ricky como Héctor habían querido invitarla como muestra de agradecimiento y a Óscar le gustó la idea.

Óscar se preguntó qué habría pasado si Valentina no hubiese viajado a Barcelona aquel fin de semana, cuando cambió todo entre ellos y se besaron por primera vez. ¿Seguiría ahora con Paloma? Sin duda todo sería más fácil. ¿Qué habría pasado si la segunda o la tercera vez que se cruzó con Valentina en el metro no hubiese sucedido nunca? Tal vez la habría olvidado enseguida.

O tal vez no.

En su interior algo le gritaba que no, que, aunque Paloma era una chica estupenda, las posibilidades de que se enamorase de ella como lo estaba de Valentina eran ridículas. Pero también lo eran las posibilidades de que Paloma lo hiciera sentirse tan vacío con su ausencia como le sucedía ahora con Valentina.

Charló con Paloma y bebió, bebió demasiado y después se arrepintió.

Era noviembre, un mes más tarde, y Óscar y Héctor estaban en las oficinas de Brújula, cada uno en su pequeño despacho, concentrados en su trabajo y los dos cruzando los dedos a su manera para que el contrato de Alma por fin llegase a buen puerto (habían encontrado la solución perfecta para la diseñadora) cuando a los dos les sonó el teléfono.

Ricky.

Ricardo había tenido un accidente muy grave. La persona del hospital que los llamó, porque los dos eran las personas de contacto, les pidió que fueran hacia allí y se disculpó por no poder darles más información por teléfono. Debían darse prisa. Óscar no lo dudó, dejó todo lo que estaba haciendo y fue a por Héctor. Juntos se subieron a un taxi que los llevó al Hospital Clínic en pocos minutos.

—No adelantemos acontecimientos —farfulló Héctor.

—Ricky estará bien, tiene que estar bien —dijo Óscar como si al pronunciar esas palabras fuera a hacerlo realidad.

No sirvieron de mucho. Ricky había cruzado la calle de delante de su casa justo en el instante equivocado. Las posibilidades de que sucediera algo así eran ínfimas y, sin embargo, se habían producido una tras otra: un coche se había saltado un semáforo, a un camión le habían fallado los frenos y ambos vehículos, antes de colisionar, habían girado hacia el lado equivocado llevándose a Ricky por delante.

El cuerpo humano de un adulto tiene doscientos seis huesos y Ricky tenía demasiados rotos, una contusión craneal y varias heridas internas. Estaba vivo de milagro e iban a hacer falta unos cuantos más para que se recuperase.

No tenía muchas posibilidades de salir de esa, les había asegurado la doctora después de lanzarles una cantidad de información que, en el estado en que se encontraban, ni Óscar ni Héctor podían asimilar. Lo único que había entendido Óscar era que esa doctora no había dicho que Ricky no tuviera ninguna posibilidad de salir adelante.

Tenía alguna y eso ya era algo, pensó, agarrándose a un clavo ardiendo.

Óscar y Héctor se organizaron. Héctor, que por desgracia tenía práctica en eso de los hospitales, se ocupó enseguida de obtener el horario de visitas y toda la información necesaria. Por eso decidieron también que él llamaría a los padres de Ricky, que hacía años que se habían jubilado en Málaga.

Óscar se quedaría esa noche en el hospital, en la sala de espera porque Ricky estaba en la UCI y allí no podía quedarse nadie. No importaba, se quedaría fuera por si su amigo se despertaba o por si la doctora tenía que contarles algo.

Solo, sentado en una incomodísima silla de plástico blanco, Óscar sacó el móvil del bolsillo y llamó a Valentina. Necesitaba oír su voz, necesitaba más que nada en esta vida que ella le dijera que todo iba a salir bien, que uno de sus dos mejores amigos no iba a morir en ese jodido hospital por culpa de una serie de catastróficas coincidencias. Necesitaba a Valentina para no desmoronarse del todo.

Ella contestó enseguida.

—¿Óscar?

—Ricky ha tenido un accidente.

—¿Qué? ¿Cómo? ¿Tú estás bien?

Le contó lo que había sucedido y oyó a través del teléfono que ella lloraba y que le pedía que él dejase de hacerlo. Óscar ni siquiera se había dado cuenta. Se secó las lágrimas y carraspeó antes de seguir hablando.

—Necesito que vengas, Val. Te necesito.

Nunca había sido tan sincero con nadie.

—¡Oh, Óscar! Y yo quiero estar contigo, pero...

—¡No! —la interrumpió—. No me digas que no puedes. Me da igual que no puedas. Te necesito.

—Y vendré, pero antes tengo...

—¿Qué? Te necesito ahora. Ricky puede... —No pudo terminar la frase y de repente pensó que no servía de nada, que si Valentina no entendía lo que estaba pasando, él no podía explicárselo—. Da igual. Lo entiendo.

El frío de la sala de espera le caló dentro y el peso de las horas de espera, del miedo que tenía por su amigo y de la distancia que lo separaba de Valentina acabó derrumbándolo.

—Óscar, yo te prometo que...

—Da igual, Valentina. Déjalo.

Colgó y, con los ojos cerrados, apoyó la cabeza en la pared blanca del hospital.

Al menos ya no sentía nada.

27

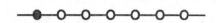

SILENCIOS Y PALABRAS DIFÍCILES
DE PRONUNCIAR COMO,
POR EJEMPLO, «LO SIENTO»

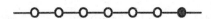

Valentina llamaba a Óscar cada día para preguntar cómo seguía Ricky y cómo estaba él. La primera llamada que hizo después de que él le colgase en el hospital la hizo con el corazón en un puño porque tenía miedo de que él no contestase.

Contestar lo que se dice contestar, Óscar lo hacía siempre que podía, y si no podía porque en aquel momento estaba reunido con un médico, duchándose o durmiendo, le mandaba después un mensaje. Valentina no podía recriminarle nada y, sin embargo, quería gritarle o que él le gritase a ella. Esa educación y cordialidad rozaba la indiferencia porque además, en esas conversaciones, si es que podía llamarlas así, Óscar ya no preguntaba nunca por el corto o por su trabajo o por nada que tuviese que ver con la vida de Valentina en Japón. Y si Valentina intentaba sacar el tema o, Dios no lo quisiera, le preguntaba por algo que no tuviera relación con Ricky, Óscar se encargaba educadamente de despedirse de ella y colgarle.

La semana anterior Valentina había intentado algo de lo que no estaba nada orgullosa, pero estaba desesperada y dispuesta a utilizar cualquier recurso a su alcance. Óscar le había contestado y le había dicho que estaba en su apartamento intentando descansar un rato. Ella ignoró la indirecta y siguió hablando, y tras dos o tres frases, Óscar debió de olvidarse de que estaba enfadado con ella, porque sonó como antes, como si la echara de menos, y la llamó «Val». Y entonces ella, que estaba dolida e indignada porque él se estaba comportando como un egoísta por no entender ni valorar lo que ese trabajo en el estudio de Hibiki significaba para ella, se comportó también como una egoísta y una idiota y le contó a Óscar que Elías había estado en Tokio dos días antes y habían salido a almorzar juntos.

Sí, Valentina había estado muy acertada ese día.

Lo peor fue que Óscar no dijo nada; se quedó en silencio varios segundos, durante los cuales Valentina habría podido explicarle que se había pasado todo el almuerzo hablando de él o intentando no enfadarse con Elías por ponerse de parte de Óscar y no de la suya. ¡Hombres! No, Valentina tampoco dijo nada, esperó a que lo hiciera Óscar y cuando volvió a llegar sonido del lado de la línea de Óscar, fue el de él tomando aire antes de despedirse.

Saber que Óscar estaba sufriendo la estaba matando y ver que su relación se estaba haciendo añicos bajo tanta presión y esos absurdos malentendidos no ayudaba. No podían seguir así y, dado que él no podía hacer nada porque Valentina era consciente de que la mayor preocupación de Óscar en esos momentos era la vida de su amigo, como tenía que ser, le tocaba a ella intentar solucionarlo.

Durante dos semanas apenas salió del estudio, tan solo lo necesario para dormir y comer lo suficiente para seguir adelante y no perder la cabeza. Reorganizó todo lo reorganizable, pidió favores, cambió reuniones, atrasó entregas y avanzó otras. Ella formaba parte de un equipo y no podía alterar los planes de los demás para su beneficio, pero hizo todo lo que se le ocurrió y más para ganar unos días al destino y poder viajar a Barcelona. No le dijo nada a Óscar, si no lo conseguía no quería tener que decirle al final que no iba. Y una parte de ella también tenía miedo de decírselo y que él volviera a responderle que daba igual, que ya no hacía falta.

Habló con Hibiki, a su antiguo profesor y ahora jefe no le entusiasmó la idea, estaban en un momento muy crítico del proceso y un retraso por parte del equipo donde trabajaba Valentina podía suponer un problema. Ella le aseguró que no habría ningún retraso, solo estaría fuera dos días laborables y se llevaba con ella el ordenador y todo lo que podía necesitar para seguir avanzando. En esa reunión, Valentina se mantuvo firme, dispuesta a plantar cara a Hibiki. Óscar no lo creía, probablemente porque ella no había sabido demostrárselo, pero él era más importante que todo lo demás. Hibiki accedió, quizá porque vio que Valentina estaba al límite o quizá porque esa mañana estaba muy ocupado y no quería seguir perdiendo el tiempo con esa nimiedad; a ella le dio igual y salió del estudio en dirección al aeropuerto.

Era la primera vez en bastante tiempo que aterrizaba en Barcelona y no había nadie esperándola. Ni siquiera tuvo que esperar a que saliera su maleta, pues había viajado solo con una bolsa de cabina para no tener que perder más tiempo. Sabía que Óscar estaba en el hospital, en la última llamada se había asegurado de confirmarlo, y le dio la dirección al taxista. Tenía tantas ganas de verlo, de estar a su lado, de abrazarlo y de asegurarle que Ricky saldría de esta, que no le importaron las horas de diferencia ni el cansancio del vuelo. Lo único que importaba era Óscar, lo demás podía esperar.

Entró en el Clínic y preguntó dónde estaba la sala de espera de la UCI. Ricky seguía allí, y siguió las instrucciones sin dilación. No había pensado demasiado bien qué haría cuando viera a Óscar, pero estaba segura de que el silencio que se había instalado entre los dos desaparecería en cuanto estuvieran juntos. Giró por el último pasillo y, mientras se dirigía hacia la que sería, si no se había equivocado, la puerta de la sala de espera, oyó su nombre.

—¿Valentina?

Se detuvo en seco y se dio media vuelta. Más o menos en la mitad del largo pasillo había una máquina de bebidas y frente a ella estaba Óscar.

—Óscar.

Él no lanzó una exclamación de alegría ni corrió hacia ella. Llevaba dos cafés, uno en cada mano, y la miraba como si no entendiera qué hacía ella allí.

—¿Qué haces aquí?

Valentina sonrió nerviosa; al menos eso lo había adivinado.

—¿Cómo que qué hago aquí? He venido a verte. —Ella tampoco se movió, estaba petrificada, como si la falta de alegría de él le hubiese arrebatado las fuerzas.

No estaba tan lejos como para no poder verle el rostro y a Valentina se le retorció el estómago al presenciar la apatía de Óscar y el leve levantamiento de una ceja.

—¿Por qué?

—Óscar.

Valentina dejó caer la bolsa en el suelo, le dio un puntapié para pegarla a la pared y que no molestase a nadie y se dirigió hacia él. Todo eso era ridículo, si lo abrazaba seguro que le sacaría de ese estado y se alegraría de verla. Pero cada paso que daba hacia él servía para que viera mejor sus facciones y la inmovilidad de su gesto. Él no había dado ni un paso, de hecho, todo él parecía gritarle que no se acercase, que no lo tocase. Así que ella, en contra de lo que le pedía el corazón, se detuvo a un metro de distancia.

—¿Cómo está Ricky? —intentó otra vía de acercamiento. Se metió las manos en los bolsillos para que él no viera que temblaban—. ¿Has podido dormir algo? Si quieres, puedes descansar un rato mientras yo...

Óscar sacudió la cabeza y después la miró con tanta frialdad que Valentina temió que fuera a helarle el corazón.

—¿Qué haces aquí, Valentina? ¿Por qué has venido?

—Porque quería estar contigo.

—Ya, bueno. —El sarcasmo de él le erizó la piel—. Ahora ya no hacía falta. Podrías haberte ahorrado el viaje.

Valentina esperó unos segundos a que retrocediera el dolor por aquel último comentario. Óscar estaba preocupado por su amigo y seguía dolido con ella y sí, eso no justificaba que se lo hiciera pagar a ella justo ahora, pero podía entender lo que estaba haciendo. Dio otro paso hacia él y, aunque se tensó se mantuvo donde estaba, así que Valentina levantó despacio una mano y le acarició la mejilla mal afeitada para dejarla descansar allí.

Él no dijo nada, solo cerró los ojos y Valentina sintió bajo la palma que él apretaba la mandíbula; acabaría haciéndose año.

—Óscar, cariño.

Abrió los ojos de golpe, ahora los tenía rojos, y retrocedió.

—Será mejor que te vayas.

—¿Qué? —El corazón de Valentina se detuvo un instante y acto seguido salió galopando. No entendía qué estaba pasando—. ¿Por qué? ¿Ha sucedido algo con Ricky? ¿Necesitas que te espere en otra parte? —Esperó a que él reaccionase—. ¡Di algo, Óscar!

Le escocían los ojos y se le estaba cerrando la garganta. Aun así, no quería huir, no quería dejarlo allí solo. Plantó firmemente los pies en el suelo dispuesta a demostrarle que, aunque no hubiese estado a su lado en el momento del accidente, ahora no iba a irse a ningún lado. Al menos durante tres días, dato por el que él todavía no se había interesado.

—No tendrías que haber venido.

—Deja de decir eso.

Ya que la ternura y la paciencia no parecían surgir ningún efecto en Óscar, Valentina empezó a plantearse la posibilidad de zarandearlo.

—Está bien, voy a decirte otra cosa: no deberías estar aquí; no tendrías que haber venido sin avisarme antes. Ricky no está bien, ha mejorado tan poco que ningún médico se atreve a decirlo en voz alta. No saben cuándo saldrá de aquí ni cómo estará cuando lo haga. No tengo tiempo para estas tonterías. A diferencia de ti, tengo problemas de verdad.

—¿Por qué estás haciendo esto? —Se secó la única lágrima que escapó de su control.

—No pretendo ser cruel. —Ella casi se rio y Óscar la fulminó con la mirada—. Si me hubieras dicho que tenías intención de hacer este ridículo gran gesto te habría dicho que no era necesario, pero claro, tú no me cuentas nada, no me tienes en cuenta para nada y, básicamente, si no fuera ahora por el accidente de Ricky, solo hablaríamos del tiempo.

—No es verdad —farfulló.

—En los últimos meses apenas hemos tenido una conversación de más de cinco minutos, Valentina. Nuestras vacaciones —hizo el gesto de las comillas con los dedos— por tu parte fueron poco más que un viaje de trabajo con un plus —se señaló a sí mismo—. No estuviste aquí por mi cumpleaños, me juego lo que quieras a que tampoco podrás venir en Navidad y no viniste cuando Ricky tuvo el accidente y te pedí... —le tembló la mandíbula, el primer gesto que dio ánimos a Valentina— te pedí que vinieras. No viniste y mi vida siguió, siguió sin ti y la verdad es que lo prefiero así.

Valentina bajó la vista hacia el suelo un instante, no podía seguir mirándolo. Contó hasta diez y buscó en su interior las fuerzas para volver a levantar la cabeza y decirle a Óscar que entendía que estaba sufriendo y que no pasaba nada si necesitaba desahogarse con ella.

—¿Ibas a ver a Ricky? —El cambio de tema pareció alterarlo y siguió en esa línea—: ¿Quieres que lleve yo un café? Puedo acompañarte y podemos hablar más tarde.

Una de las puertas del pasillo se abrió y el sonido asustó un poco a Valentina, que hasta entonces había tenido la sensación de que aquella horrible conversación estaba teniendo lugar en una especie de limbo donde solo estaban Óscar y ella. Apareció una chica que al verla se detuvo un segundo y después siguió caminando.

Paloma.

Paloma acababa de llegar al hospital y se dirigía hacia ellos como si supiera adónde iba y tuviera la certeza de que a ella no iban a echarla de allí.

—Hola, Valentina.

—Hola, Paloma.

No iba a irse, se juró a sí misma Valentina. No iba a irse de allí hasta hablar con Óscar.

—No sabía que estabas aquí. ¿Acabas de llegar? —La actitud de Paloma era tranquila y Valentina no consiguió odiarla. Si ella había estado al lado de Óscar y lo había ayudado no podía odiarla, solo envidiarla.

—Sí, acabo de...

—Ya se iba —la interrumpió Óscar mirándola a los ojos antes de girarse hacia Paloma, que estaba a su lado—. Toma, Paloma, tu café.

Ella aceptó el vaso.

—¡Oh, gracias!

Valentina observó la escena como si fuera una película. Su corazón, el mismo que había latido de impaciencia por ver a Óscar apenas unas horas antes, acababa de romperse en mil pedazos y ya nada importaba. Nada podía hacerle daño. En el fondo, se dijo al borde de las lágrimas, era mejor así; de otra manera no habría podido quedarse allí plantada y ver cómo Óscar colocaba la mano en la espalda de Paloma y le sonreía antes de preguntarle si estaba lista para ir a ver a Ricky.

Tenía que irse de allí, quizá cuando llegase a la calle descubriría que se había quedado dormida en el taxi de camino al hospital o en el avión. Tenía que ser una pesadilla y tenía que despertarse ya.

—¿Estás bien, Valentina? —La voz de Paloma la hizo reaccionar—. ¿Quieres beber algo? Tienes mala cara.

Realmente no podía odiar a esa chica. La miró; hacía muy buena pareja con Óscar y con ella él tenía muchas más posibilidades de ser feliz.

—No, gracias —carraspeó—. Solo estoy cansada.

Miró a Óscar, que permanecía inmóvil y ahora ya ni siquiera la miraba.

—Claro, es normal. —Paloma sonaba incómoda—. ¿Volverás más tarde?

¿Para qué? ¿Para que, además de destrozarme el corazón, Óscar baile un zapateado encima de los pedazos?

—No creo que pueda.

La puerta de entrada a la UCI se abrió y aparecieron dos personas con batas blancas.

—Son los médicos de Ricky —le explicó Paloma—. Antes de dejar pasar a uno de nosotros nos cuentan como va todo. Será mejor que vayamos a hablar con ellos.

—Claro, claro. —Miró a Óscar por última vez y él mantuvo la vista fija en los médicos—. Os dejo entonces. Adiós, Paloma.

A Óscar no pensaba decirle adiós. No hasta que él se dignase como mínimo a mirarla.

—Adiós. —Paloma sí le sonrió—. Espero que volvamos a vernos.

Valentina asintió, no podía hacer nada más, y mientras ellos se dirigían hacia la sala de espera, ella recogió la bolsa que antes había dejado en el suelo. Ejecutó los movimientos como un autómata y vació la mente en un intento de alienar también el dolor que estaba sintiendo.

—Valentina.

Óscar la llamó y ella se detuvo. Ahora reaccionaría, ahora le explicaría qué demonios estaba pasando y le pediría perdón por haberle hecho tanto daño.

—¿Sí?

—Buen viaje.

28

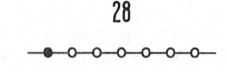

EL TIEMPO NO LO CURA TODO

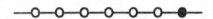

A principios de enero Ricky puso de nuevo un pie en las oficinas de Brújula. El pie iba escayolado y él llevaba muletas y no podía quedarse allí mucho rato porque, entre otras cosas, todavía no podía fijar la vista más de diez minutos seguidos en una hoja de papel o en una pantalla. Y aun había días en los que ni siquiera eso. Pero estaba allí y Héctor y Óscar casi se pusieron a llorar al verlo.

Óscar no descartaba hacerlo después. Habían sido los meses más duros y horribles de su vida, y llorar de alegría eran buenas noticias. Ahora, por desgracia, conocía perfectamente la diferencia entre lágrimas de alegría y lágrimas de «Si esto es lo que pasa cuando te rompen el corazón, no quiero que me lo arreglen en la vida».

Sí, era un experto en identificar las de esa clase.

Abrazaron a Ricky y lo acompañaron al despacho para demostrarle que no lo habían subalquilado a nadie; una broma que le habían hecho en el hospital para incentivarle a que se levantase de la cama e hiciera los jodidos ejercicios de rehabilitación. (Ricky era incapaz de decir «ejercicios de rehabilitación» sin el «jodidos» delante, así que ahora en la mente de Óscar también se llamaban así.) El accidente de

Ricky había supuesto un duro golpe para los tres amigos y Brújula al principio se había resentido, pero en cuanto Óscar y Héctor superaron el impacto inicial se organizaron e hicieron algo que tal vez tendrían que haberse planteado antes: pidieron ayuda. Es increíble lo que puede significar que alguien te tienda una mano cuando más lo necesitas. De acuerdo, más de uno les había dado la espalda, pero la experiencia también les había servido para hacer limpieza en su lista de supuestos amigos.

Alicia y David les habían ayudado, y Paloma también. Los hermanos de Héctor también, y la madre de Ricky se había encargado de mantenerlos alimentados y aseados durante todo ese tiempo. Tarea mucho más ardua de lo que seguro había creído la buena mujer al principio.

Brújula iba a salir adelante y ellos tres también.

El corazón de Óscar era un tema aparte del que él no quería hablar. De hecho, si hubiera podido arrancarse el maldito órgano y hacer desaparecer los sentimientos que contenía de su mente y de su vida, lo haría sin dudarlo.

—Vamos, voy a sacarnos una foto para recordar este momento. —Héctor alargó el brazo con el que sujetaba el teléfono móvil.

—¿Para recordar que parezco Frankenstein?

—Las cicatrices hacen que parezcas inteligente, Ricky —Óscar le tomó el pelo.

Los tres se apretaron en la recepción, junto a la pared donde por fin colgaban las letras de Brújula.

—Creo que ha quedado bastante bien —decretó Héctor—. ¿Has venido solo, Ricky?

—Sí, mamá. He venido en taxi; el taxista ha sido muy amable y me ha abierto la puerta.

—¿Quieres que te ayudemos a bajar?

—No te estamos echando.

Ricky se rio.

—Os estáis comportando como unas gallinas cluecas. Sé que no me estáis echando y sí, voy a irme ya. Estoy cansado y si quiero servir para algo en la sesión de recuperación de esta tarde será mejor que antes descanse un poco. ¿Nos vemos el viernes?

—Claro.

—No me lo perdería por nada del mundo —aseguró Óscar.

—Eso lo dices porque no tienes un plan mejor.

Héctor volvió a encerrarse en su despacho y Óscar hizo lo mismo en el suyo. Entre los dos habían conseguido mantener a flote Brújula, pero ninguno podía negar que necesitaban que Ricky volviera para que funcionase bien de verdad. No daban abasto, pero a diferencia de unos meses atrás ahora los dos, los tres, mejor dicho, sabían que la vida podía cambiar en un abrir y cerrar de ojos y se tomaban tiempo para otras cosas. Héctor para estar con su padre y Óscar para intentar olvidar a Valentina.

Intentaba no pensar en ella y fracasaba a diario.

No había vuelto a verla ni a hablar con ella desde aquella horrible mañana en el hospital. Técnicamente eso no era del todo cierto, sin embargo, pues Óscar miraba las fotos que tenía de ellos dos juntos y más de una vez había escuchado alguno de los mensajes de voz que ella le había mandado en el pasado. No le hacía ningún bien y acababa sintiéndose como el asesino que vuelve al lugar del crimen, porque sabía que al final había sido él quien había puesto punto final a su relación y del modo más cruel y cobarde posible.

No se sentía orgulloso de ello, pero visto estaba que era mejor así. Tarde o temprano él acabaría superándolo; lo único que tenía que hacer era aprender a vivir sin corazón.

Una noche de la primera semana de febrero, Óscar abrió el buzón al volver a casa y encontró un sobre precioso de color amarillo. Lo abrió intrigado; el buzón solía llenarse de menús de restaurantes de comida para llevar o de facturas, y el órgano que había creído eliminar de su cuerpo durante los pasados meses volvió a latir. Le golpeó tan fuerte el pecho que tuvo que apoyarse en la pared de la entradilla. Notó que también le temblaba el pulso y que, por mucho que quería arrugar el sobre y su contenido para no tener que volver a verlo, no podía. Entró en casa, solo le faltaría montar un número en la escalera del edificio, y se dejó caer en el sofá.

No iba a imaginarse a Valentina acurrucada a su lado viendo la tele ni tampoco iba a recordar aquella noche que hicieron el amor allí porque fueron incapaces de llegar a la cama.

—¡Mierda! —farfulló.

Abrió el puño y fijó la vista en el sobre amarillo y el tarjetón que contenía dentro. Era una invitación para el estreno de la película de los estudios Hibiki. *Bicicletas en la Luna* se estrenaba al cabo de una semana simultáneamente en todo el mundo y la entrada era para uno de los cines más céntricos de Barcelona. Ni Hibiki ni nadie del estudio iba a estar presente en Barcelona; ellos asistirían al estreno de Tokio y los actores estadounidenses y británicos que ponían las voces en la versión inglesa lo harían en sus países. En España sucedería lo mismo; los actores que habían doblado la versión se repartirían entre Madrid y Barcelona, y probablemente irían acompañados de algún directivo de la distribuidora española.

A Óscar todo eso le daba igual; su mente ni siquiera había sido capaz de entender los nombres de los actores que se citaban en la cartulina y que iban a estar en Barcelona. Su mirada había quedado fija en una palabra: el título del corto que acompañaría a la película y cuya idea original era de Valentina Rojas.

Posibilidades.

El corto de Valentina se llamaba *Posibilidades.*

Tenía que romper la invitación, tenía que romperla y borrarla de su mente. Después de lo sucedido, él no podía asistir al estreno, era imposible. Solo serviría para aniquilar los pedazos de corazón que le quedaban y convertirlos en polvo. El futuro de Valentina estaba en Tokio, en Los Ángeles o en algún otro lugar igual de increíble, y el suyo en Barcelona. No tenían ninguna posibilidad de estar juntos y, aunque él se había comportado como un capullo y sabía que le había hecho daño a Valentina, era mejor así.

No se le escapaba que él había decidido por los dos, que no solo era un capullo y un idiota, sino también un engreído y un cobarde, pero después de las conversaciones de esos meses y del accidente de Ricky, no había sido capaz de ver otra solución. Y después ya era demasiado tarde.

Valentina, con razón, no había vuelto a llamarlo después de salir del hospital y él no había tenido el valor de hacerlo. ¿Qué podía decirle? ¿Perdón por haberme comportado así, pero de todos modos es mejor que lo dejemos? Ella habría insistido en que no, o eso quería creer él durante las noches en que la echaba de menos (todas). Tal vez Valentina no habría dicho tal cosa, tal vez habría coincidido con él y le habría dicho que ella pensaba lo mismo, que su relación no iba a ningún lado y que mejor dejarlo como amigos.

La conclusión era la misma, pensó Óscar levantándose abatido del sofá. Tanto si Valentina hubiera estado de acuerdo con él como si no, él acababa de la misma manera: perdiendo a la chica de la que se había enamorado. Y ella también, triunfando como se merecía.

No rompió la invitación, no pudo. Abrió el cajón donde guardaba el cuaderno amarillo y la ocultó entre sus páginas, arrugadas de tanto mirarlo.

La mañana siguiente el destino volvió a reírse de Óscar, porque cuando llegó al trabajo se encontró a Héctor y a Ricky, que ya iba allí a diario, aunque con la ayuda de un bastón, esperándolo en la entrada. Héctor sujetaba entre los dedos un sobre amarillo idéntico al que él había recibido en casa el día anterior.

—A juzgar por tu cara ya sabes qué es esto —adivinó Ricky.

—Recibí uno igual en casa. No voy a ir. Y vosotros tampoco.

—Eres idiota.

—Coincido con Ricky. ¿Puede saberse por qué no vas a ir y por qué no podemos ir nosotros? Esta invitación va a mi nombre y al de Ricardo.

—Claro, no me extraña; al fin y al cabo, tú te pasaste semanas mandándole mensajes a Valentina —le recriminó Óscar enfadado. Buscaba pelea en el lugar equivocado y al ver la mirada de lástima de sus amigos se desinfló, pero no pensaba darles permiso para que fueran al dichoso estreno.

—Te pregunté si te importaba y me dijiste que no —le recordó Héctor.

—¿De qué mensajes estáis hablando? ¿Es una de esas cosas que he olvidado? —Ricky tenía algunas lagunas de las semanas que había pasado ingresado en el hospital.

—No, no te has olvidado. Cuando aún estabas en la UCI y el figura aquí presente echó a Valentina de su vida —señaló a Óscar—, ella me mandó un *whatsapp* preguntándome si me importaría mantenerla al tanto de tu estado de salud. Ella tenía mi número de móvil de esas semanas que estuvo en Barcelona. Le enseñé el mensaje a Óscar para preguntarle si le importaba que le contestase y él se limitó a encogerse de hombros, así que lo interpreté como un «no» y le contesté.

—¿Y has estado todo este tiempo hablando con Valentina? —Ricky se acercó con el bastón a uno de los sofás que había en la recepción y se sentó—. Este giro sí que no lo he visto a venir.

—No, por supuesto que no —sentenció Héctor—. Aunque Óscar se haya comportado como un idiota es mi amigo. Más o menos cada diez días Valentina me mandaba un mensaje preguntándome cómo seguías y si todo iba bien y yo le contestaba poniéndola al corriente de tu mejoría.

—¿Nunca te preguntaba por Óscar?

—No —contestó este.

—No sé de qué te ofendes —lo miró Héctor—; sabes que no le dejaste opción. Además, no es del todo cierto. En los mensajes, tu chica siempre añadía «Espero que estéis todos bien» y ese «todos» te aseguro que no me incluye a mí.

—Eres idiota. —Parecía ser la frase preferida de Ricky.

—Da igual. La cuestión es que no podéis ir al estreno. —Vio que sus amigos enarcaban las cejas y suspiró exasperado—. Vale, os pido por favor que no vayáis.

—Ella ni siquiera estará allí —dijo Héctor.

—¿Cómo lo sabes?

—Porque a diferencia de ti, yo no tengo pavor a investigar un poco este tema y después de abrir el sobre, Ricky y yo hemos curioseado por Google Todopoderoso. El título nos ha dejado intrigados.

—¿Y?

—Y Valentina va a asistir al estreno de Tokio, obviamente.

De obvio no tenía nada, pensó Óscar.

—¿Ella te ha escrito algún mensaje más?

Era la primera vez que Óscar se atrevía a preguntar eso a Héctor. A pesar de que estaba al corriente de que su amigo le había mandado a Valentina esos breves informes sobre la salud de Ricky, nunca había preguntado si hablaban de algo más.

—No. El último que recibí fue después de que le dieran el alta a Ricky. Me escribió dándome las gracias y despidiéndose. —Héctor frunció las cejas—. Ahora que lo pienso... —Sacó el móvil del bolsillo y comprobó algo—. Le mandé esa foto que nos hicimos el día que Ricky volvió a la oficina.

—Eres un capullo —lo insultó Óscar.

—Sí, sí, lo que tú digas. —Héctor ni se inmutó.

—¿Y qué te contestó? Esto es mejor que los culebrones turcos —afirmó Ricky.

—¡Por fin reconoces que los ves!

—La foto ni siquiera la ha visto. —Héctor colocó el móvil delante de Óscar—. ¿Ves? No lo ha hecho.

Óscar se quedó mirando la pantalla, comprobando que Héctor tenía razón. Valentina no había abierto ese mensaje.

—Mejor así.

Llamaron al timbre, un repartidor que traía unos sobres urgentes, y los tres se pusieron a trabajar.

Óscar no fue al estreno y se negó a preguntar a sus amigos si le habían hecho caso. De hecho, se convirtió en un verdadero especialista en evitar cualquier noticia o información acerca de esa estúpida película. Necesitaba creer que era culpa de ese trabajo, de ese corto, de los estudios de Hibiki y de Japón que su relación con Valentina no hubiese funcionado.

Era preferible a creer que había sido culpa suya.

Llegó marzo y una tarde cualquiera Óscar estaba comprando un libro en la librería que había cerca del trabajo, cuando oyó que alguien lo llamaba. Buscó la propietaria de la voz y sonrió al ver que Paloma caminaba hacia él.

—Óscar, ¡qué alegría verte! —Ella lo abrazó y él le devolvió el abrazo.

—Lo mismo digo, Paloma. ¿Cómo estás?

Se soltaron y se quedaron allí hablando; él sujetando la novela que había elegido y ella contándole que acababa de hacer los escaparates de una importante pastelería de la ciudad.

—¿Cómo está Valentina? ¿Está aquí? —Paloma alzó la vista hacia el interior de la librería.

Óscar la miró confuso y tuvo que tragar saliva antes de contestar.

—No, no está aquí. ¿No te acuerdas de lo que te conté en el hospital? Valentina y yo ya no estamos juntos.

Ahora la que tenía cara de estar confusa era ella.

—Sí, ya, por supuesto que me acuerdo. Todavía estoy enfadada contigo por cómo me utilizaste aquel día. Mira que hacerle creer a Valentina que había sucedido algo entre tú y yo y que volvíamos a estar juntos... A mí me llega a hacer algo así mi novio y le arranco la piel a tiras.

—Entonces, ¿por qué creías que Valentina estaba aquí?

Paloma no salía de su asombro.

—¿Me estás tomando el pelo, Óscar? Es eso, ¿no? Me estás tomando el pelo.

—No, te juro que no te estoy tomando el pelo. No he vuelto a ver a Valentina desde aquel día y tampoco he hablado con ella. Si intentase llamarla, dudo mucho que me contestase el teléfono. Hace meses que no sé nada de ella.

No añadió que él llevaba exactamente la misma cantidad de tiempo sin olvidarla.

—¡Ay, Óscar!

Ahora Paloma lo miró con cara de pena.

—¿Qué? ¿Qué pasa?

—Seguro que no has ido al cine a ver esa película, siempre me lío con el título, ¿*Bicicletas en el espacio*?

—*Bicicletas en la Luna* y no, no he ido.

—Ve a verla, hazme caso.

—¡Paloma! Estás aquí. —A su lado llegó un chico rubio—. Creía que habíamos quedado en las cajas.

—Sí, perdona, es que me he encontrado con Óscar.

El desconocido le tendió la mano y le ofreció una sonrisa.

—Mateo.

—Óscar. —La aceptó y sonrió al ver que Mateo colocaba una mano en la cintura de Paloma—. Me alegro de conocerte.

—Yo también. ¡Eh! Tengo una idea. —Mateo ensanchó la sonrisa—. ¿Por qué no venís tu novia y tú al concierto de este fin de semana? Después podríamos ir a tomar algo juntos.

Paloma le había contado a Óscar que Mateo, al que había conocido en la inauguración de una tienda, era curiosamente el mánager del grupo al que él y Paloma habían visto cantar en una de sus primeras citas. ¿Cuántas posibilidades había de que eso sucediera? Pocas. Pero a juzgar por la cara de felicidad de su ahora amiga, Óscar estaba seguro de que ella creía que muchas. Seguro que, para ella, Mateo era inevitable.

—Óscar no tiene novia —le explicó Paloma a Mateo sin dejar de mirar a Óscar con cara de circunstancias.

—¿Cómo que no? Pero si el otro día en el cine me contaste que...

—No, Valentina y yo no estamos juntos —lo detuvo Óscar.

Si Mateo hubiese sido un dibujo animado, su mandíbula habría ido a parar al suelo.

—¡Ah, bueno! —intentó recular—. Puedes venir tú solo si te apetece.

—Lo intentaré, gracias. —Óscar levantó el libro—. Será mejor que vaya a pagar esto.

Después de las despedidas, Paloma lo sorprendió llamándolo de nuevo. Óscar se detuvo frente a la caja de salida y la esperó. Cuando se detuvo frente a él, ella se limitó a ponerse de puntillas para darle un beso en la mejilla y susurrarle al oído.

—Ve al cine.

Y fue.

Óscar se dijo que compraba la entrada solo para averiguar a qué se debían las miradas de Paloma y Mateo, y también para callar así de una vez a Héctor y a Ricky, que cada mañana le recordaban que era un idiota por negarse a ver esa película, pero era mentira.

Entró en el cine porque pensó que así estaría un poco más cerca de Valentina y tal vez el alma dejaría de dolerle durante esa hora y media.

29

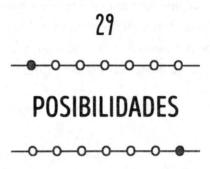

POSIBILIDADES

(El corto de Valentina)

Corto mudo.
Música instrumental de fondo compuesta por Sir James Trevelyan (compositor habitual de las películas de los estudios Hibiki) e interpretada por la Royal Symphony Orchestra de Londres.
Basado en una historia de Valentina Rojas.
Storyboard realizado por Valentina Rojas.

PRIMERA ESCENA

Una chica está sentada en el andén de un metro bajo una marquesina. Está dibujando en un cuaderno amarillo, lleva un vestido de flores y unas Converse rojas.

Un chico está mirándola. Él lleva gafas y está sentado cerca de ella, pero solo la mira, no le habla, pero en su mirada se ve que se muere por hacerlo.

(No sé si me convence que la chica se parezca tanto a mí, pero Hibiki está entusiasmado con la idea, dice que no tenga miedo de mostrar mi verdad. Sin duda el chico es Óscar.)

SEGUNDA ESCENA

Interior de un vagón de metro.

La chica está sentada dibujando y el chico de las gafas está de pie mirándola.

Vemos varias imágenes de distintos días, distintos viajes en el metro con el chico y la chica mirándose sin que el otro se dé cuenta.

(Estas escenas deberían indicar el cambio de estación, dejar claro que ellos dos llevan mucho tiempo viéndose y pensando el uno en el otro.)

TERCERA ESCENA

Interior de un vagón de metro.

El chico de las gafas está distinto, mira a la chica decidido a hablar con ella, pero cuando va a acercarse, gente pasa por delante de él y no consigue atrapar a la chica del cuaderno amarillo antes de que esta baje del tren. Ella se ha dejado el cuaderno. Él lo levanta y al abrirlo descubre que todo este tiempo ella lo ha estado dibujando a él.

CUARTA ESCENA

El chico de las gafas está en el metro y la chica del cuaderno amarillo, no. Ella está en otro vagón de metro.

La pantalla se parte en dos y en el lado izquierdo vemos al chico de las gafas entrando y saliendo del metro varios días (ropa distinta, pelo distinto). En el lado derecho vemos a la chica del cuaderno amarillo haciendo lo mismo. Los dos se buscan entre la gente de las estaciones sin encontrarse.

QUINTA ESCENA

Pasa un metro a toda velocidad y cuando se detiene seguimos con la pantalla dividida en dos.

En el lado izquierdo vemos a ~~Óscar~~ el chico de las gafas saliendo del metro, asistiendo a una boda donde charla con una chica rubia. Sonríe, pero tiene la postura triste.

En el lado derecho vemos a la chica del cuaderno amarillo entrando en una oficina y conociendo a un chico alto. Él la invita a un helado al salir.

SEXTA ESCENA

Pasa un metro a toda velocidad y cuando se detiene vemos una única pantalla de nuevo.

El chico de las gafas y la chica del cuaderno amarillo están en el mismo vagón; él de pie y ella sentada dibujando. Cuando se ven, ella se levanta y él da un paso hacia ella. Sonríen. Empiezan a hablar. A ella se le cae el lápiz al suelo y él lo recoge y se miran embobados. Salen juntos del metro y van a un café, siguen charlando, sonriendo. Se despiden con un beso en la estación.

SÉPTIMA ESCENA

Pasa un metro a toda velocidad y cuando se detiene vemos la pantalla partida en dos.

En la izquierda sale ~~Óscar~~ el chico de las gafas bailando con la chica rubia de antes. Sonríe más que en la primera escena que compartía con esta chica. Caminan tomados de la mano por la calle, entran juntos en un portal. Después vemos a dos chicos ayudando al chico de las gafas a subir un sofá por la escalera. La chica rubia espera en la puerta del apartamento. Viven juntos.

En la derecha aparece la chica del cuaderno amarillo llegando a Tokio, descubriendo la ciudad, dibujando de noche sentada en la cama. Sigue dibujando al chico de las gafas. Después la vemos cenando con un grupo de amigos, una mezcla de europeos, estadounidenses y japoneses. En el grupo está el chico alto de antes y salen cantando juntos en un karaoke. Él la besa en un parque.

OCTAVA ESCENA

(Quizá tendré que eliminar alguna, no quiero que sea demasiado largo.)

Metro a toda velocidad para marcar el cambio de historia. La pantalla vuelve a ser única.

El chico de las gafas y la chica del cuaderno amarillo hablan a través de la pantalla de sus móviles. Vemos que ella está en Tokio y él en Barcelona *(se ve el sofá de antes)*. La chica del cuaderno llora al colgar y el chico de las gafas se pasa la noche con los ojos abiertos. Los dos caminan solos por sus ciudades.

NOVENA ESCENA

Metro a toda velocidad y pantalla partida en dos.

En la izquierda el chico de las gafas está en un bar riéndose con sus amigos. En el fondo vemos a la chica rubia charlando con otras chicas.

En la derecha la chica del cuaderno amarillo entra en otro edificio y se sienta en una silla de dibujo. En la mesa encuentra un ramo de flores y cuando lee la tarjeta sonríe. Son del chico con el que ha cantado en el karaoke.

La cara del chico de las gafas y la de la chica del cuaderno amarillo quedan de lado, separadas por la línea que divide la pantalla, y vemos que los ojos de los dos tienen la misma tristeza.

DÉCIMA ESCENA

Metro a toda velocidad y pantalla única.

La chica del cuaderno baja de un avión y al cruzar la puerta de llegadas se encuentra con el chico de las gafas. Se besan. Vemos imágenes de los dos juntos paseando por la ciudad, besándose. Los vemos sentados juntos en el sofá. Llega la despedida, él la acompaña al aeropuerto y se abrazan muy fuerte. Ella sube al avión y él se queda.

(¿Y yo por qué me torturo de esta manera?)

UNDÉCIMA ESCENA

Metro a toda velocidad y pantalla dividida. El metro cada vez va más rápido, necesita transmitir urgencia. Al chico de las gafas y a la chica del cuaderno amarillo se les está acabando el tiempo.

El chico de las gafas está sentado en una mesa de oficina, abre un cajón y saca el cuaderno amarillo. Empieza a pasar las páginas. Al guardarlo vemos una rana de origami en el cajón, está algo arrugada.

La chica del cuaderno amarillo está sentada en su mesa de dibujo, está trabajando en algo. Está dibujando una rana idéntica a la que él tiene guardada.

De repente los dos levantan la cabeza y se miran como si se vieran a través de la línea divisoria de la pantalla, a través de los quilómetros de distancia que los separan, y se levantan. Cada uno levanta una mano y la colocan justo en la línea, tocándose.

Los ojos de los dos cambian.

Saben lo que tienen que hacer.

El chico de las gafas sale corriendo por la izquierda y la chica del cuaderno amarillo sale corriendo por la derecha.

DUODÉCIMA ESCENA

Metro a toda velocidad y pantalla única.

El chico de las gafas está de pie en un andén de una estación de metro, la misma que en la primera escena, y la chica del cuaderno amarillo aparece bajando la escalera. Van vestidos iguales, la marquesina es la misma. No ha sucedido nada en realidad, todo es posible, tanto las versiones de las pantallas separadas como las de la pantalla única pueden existir. Ellos tienen que elegir cuál van a hacer realidad.

Corren el uno hacia el otro y se besan. Se abrazan. Parecen incapaces de soltarse.

Siguen besándose, se difuminan un poco y aparecen encima de ellos imágenes de su relación. Los vemos llorar, gritarse, separarse. También los vemos haciendo y deshaciendo maletas, subiendo y bajando de aviones. Los vemos besarse. Los vemos entrar juntos en un apartamento, abrazándose cuando él cruza la puerta porque ha conseguido algo. A ella saltando de alegría sujetando un cuaderno entre las manos y a él levantándola en volandas. Los vemos de pie en una estación de metro caminando en direcciones opuestas, alejándose el uno del otro como si no se conocieran. Ha llegado el momento de elegir.

Ellos dos vuelven a enfocarse. Vemos al chico de las gafas mirando los ojos de la chica del cuaderno amarillo. Ella le devuelve la mirada. Los dos saben que va a ser difícil, el público sabe que va a ser difícil.

El chico le tiende la mano a la chica, él está temblando.

La chica, también temblando, desliza los dedos por entre los de él.

Se detiene un metro, abre las puertas.

El chico de las gafas y la chica del cuaderno amarillo entran tomados de la mano.

Mientras el metro se aleja los vemos besándose.

FIN

30

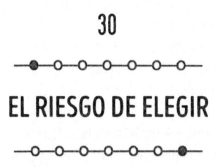

EL RIESGO DE ELEGIR

Óscar no se quedó a ver la película. En cuanto terminó el corto de Valentina y su corazón aminoró un poco se levantó y abandonó la sala.

Había sido un idiota, un completo idiota. Ella, Valentina, a pesar de todo, a pesar de lo que había sucedido aquel día en el hospital, había seguido creyendo en ellos, al menos lo bastante como para elegir ese final para su historia. Era un idiota. ¿Cómo podía haber sido tan cobarde?

Claro que iba a ser difícil, por supuesto que iban a tener problemas e iban a discutir, pero él ni siquiera lo había intentado.

Se detuvo en medio de la calle avergonzado de sí mismo. Horrorizado por haber dejado pasar la posibilidad de estar con Valentina.

Podría justificarse, supuso, decir que esos meses habían sido muy duros para él, que el accidente de Ricky y ver a su amigo al borde de la muerte le había asustado y no había pensado con claridad, pero sería mentira. Había pensado con claridad; sencillamente había decidido protegerse y no correr ningún riesgo. Por no mencionar que había sido un egoísta: él esperaba que Valentina dejase su trabajo en Tokio sin él hacer nada a cambio.

¿Cuántas veces había viajado él allí para verla?

Ninguna, esa era la cruda realidad.

Una señora le dio un golpe al pasar por su lado y reaccionó de repente. No era muy tarde, así que mandó un mensaje a Héctor y a Ricky preguntándoles si seguían en el trabajo. Los dos contestaron que sí y Óscar se dirigió hacia las oficinas de Brújula.

—¡Tengo que hablar con vosotros! —gritó al entrar.

—¿Qué pasa? —Héctor asomó la cabeza por la puerta de su despacho.

—¿Dónde está Ricky?

—Aquí.

—Genial. Sentaos. —Señaló los sofás de la recepción.

Ricky y Héctor obedecieron intrigados, hasta que Héctor sonrió y adivinó.

—Has visto el corto.

—Ya era hora —añadió Ricky.

—¿Vosotros ya lo habéis visto? —Óscar no daba crédito.

—Claro. Creo que los dos salimos muy bien —declaró Héctor.

—Teníamos una apuesta; yo dije que lo verías antes de que terminase febrero. He perdido porque eres idiota.

—¿Tú has ganado?

—No, qué va —dijo Héctor—. Ricky tiene razón, eres idiota. Yo dije que irías al estreno. Al final decidimos guardar el dinero para celebrar que te habías reconciliado con Valentina.

—Dudo que vaya a ser fácil. Tal vez no lo consiga nunca.

—¿Pero tú has visto el corto? Esa chica te quiere.

—Aunque es probable que esté furiosa contigo —añadió Ricky.

—Bueno, ¿cuándo te vas?

Óscar se quedó mirando a sus amigos. Realmente había sido un idiota. Tendría que haber hablado con ellos antes, tendría que haberles contado lo que le pasaba y decirles lo que de verdad quería.

—No quiero dejar Brújula, no quiero venderos mi parte de la empresa. Quiero que sigamos trabajando juntos. Pero quiero a Valentina y necesito encontrar la manera de estar con ella.

—¿Y quién te ha dicho que para estar con ella tienes que dejar Brújula? —Héctor parecía furioso de verdad.

—¡Joder, Óscar! Nos dedicamos a ayudar a gente con problemas como el tuyo. ¿Acaso creías que Héctor y yo íbamos a decirte que, si no estabas en la oficina los siete días de la semana de ocho a ocho, te echaríamos? Tú y Héctor os hicisteis cargo de todo mientras yo estaba en el hospital y sé que aún os ocupáis de parte de mi trabajo, aunque ese tema lo dejo para otro día. Encontraremos la manera de trabajar juntos, aunque estés en el jodido Tokio.

—Puedes trabajar a distancia —siguió Héctor—. Podemos agrupar las entrevistas presenciales para cuando vengas y después hacer el resto de los trámites *on-line*. Además, cada vez recibimos más preguntas y peticiones de gente que vive en el extranjero. Encontraremos la manera.

—Pero hace meses...

Ricky adivinó la conversación a la que Óscar se refería y le interrumpió.

—Hace meses las cosas eran distintas. Tenías la cabeza en otra parte, quizá por esto que nos estás contando ahora, y no podíamos contar contigo. Ahora es obvio que sí podemos. No importa si estás en Tokio o en Barcelona, los tres estamos juntos en esto y si tú ahora necesitas subirte a un avión y marcharte unos días, eso es lo que vas a hacer.

—¿Tienes ya el billete?

—No. —Óscar se quedó sin habla durante unos segundos—. Gracias, chicos. Gracias.

—Va a abrazarnos —se burló Ricky.

—¡Cállate! Si sabemos que te encanta —lo riñó Héctor.

Efectivamente, Óscar se acercó donde estaban y los abrazó como cuando eran pequeños y marcaban un gol juntos.

Antes de subirse al avión llamó a Valentina y ella no contestó, ni siquiera le saltó el contestador. Recordó que Héctor le había dicho que Valentina no había visto la última foto que le había mandado, así que era posible que hubiese cambiado de número. La posibilidad le dio vértigo, tanto que se planteó llamar a Penélope y preguntarle, pero descartó la idea porque no sería justo para Valentina que utilizase así a su hermana y porque, si era sincero consigo mismo, tenía miedo de que Penélope le dijese que Valentina no quería volver a verlo en la vida. O algo peor, que le dijera que Valentina estaba con Elías.

Esa posibilidad existía, tal vez ella sencillamente no había podido cambiar el final del corto antes de que lo estrenasen. Quizá lo había terminado antes de viajar a Barcelona y verlo a él en el hospital y al volver a Tokio le hubiese resultado imposible cambiarlo. Quizá ahora estaba feliz con Elías y los dos se tomaban con humor que en el corto ellos no acabasen juntos.

Daba igual.

Fuera como fuese, Óscar le debía una disculpa a Valentina y si en Tokio solo conseguía eso, sabría aceptarlo y regresaría a Barcelona para recuperarse. Se pasó el vuelo pensando qué le diría, si ella accedía a hablar con él, repasando una y otra vez la lista de cosas por las que le pediría perdón y cómo le suplicaría que le diera otra oportunidad. Las posibilidades de que lo perdonase eran casi nulas, pero tenía que creer que existía alguna. Tenía que creerlo.

Cuando llegó a Tokio, a pesar de que la ciudad era imponente no se fijó en nada, lo único que quería era llegar al apartamento de Valentina y hablar con ella. Tenía la dirección porque en una ocasión él le había mandado una caja de acuarelas (todavía le molestaba que en el corto salieran las flores que le había mandado Elías y no sus acuarelas). Bajó del taxi y con la bolsa de equipaje colgada del hombro llamó al timbre. Nadie lo abrió. Volvió a llamar. Nada. Se quedó esperando en el portal con la espalda empapada de sudor helado. ¿Y si Valentina ya no vivía allí? ¿Y si ya no estaba ni siquiera en Tokio...?

—¿Está buscando a alguien? —le preguntó en inglés una señora al abrir la puerta principal.

—Sí, sí. —Sintió tal alivio al ver a esa señora que casi se le doblaron las rodillas—. Estoy buscando a Valentina Rojas.

—¿Por qué?

La mujer se cruzó de brazos.

—Porque tengo que pedirle perdón —respondió sincero Óscar.

—Ya no vive aquí.

La bolsa se le cayó al suelo y tuvo que apoyarse en la pared.

—¿Sabe dónde vive ahora?

—No.

La mujer lo apartó del camino como si fuera un estorbo.

—¿Sabe de alguien que pueda saberlo?

—No tengo ni idea, muchacho. Pero se fue hace meses, dudo que nadie sepa nada.

Solo de nuevo en el portal, Óscar se dejó caer en el suelo. Tenía que pensar. No iba a rendirse ahora. No quería llamar a Penélope y no tenía el número de Elías. Habría odiado llamarlo, pero si hubiera tenido el número lo habría hecho.

El estudio de Hibiki.

Con el éxito que estaban teniendo la película y el corto (finalmente Óscar había buscado todo lo imaginable del estreno y de la película) dudaba que Valentina hubiese cambiado de trabajo. No le costó encontrar la dirección y detuvo un taxi para que lo llevase hasta allí.

Era un edificio increíble, acristalado y rodeado de árboles. Caminó nervioso hasta la zona de recepción y, cuando la chica que estaba allí lo vio, levantó las cejas asombrada. A Óscar le extrañó tanto la reacción que miró detrás de él a ver si había alguien.

—Hola, buenas tardes —dijo en inglés—. Vengo a ver a Valentina Rojas.

La chica siguió observándole y dijo algo en japonés que hizo que su compañera de trabajo también se girase hacia él.

Ahora lo miraban las dos como si fuera un bicho raro.

—¿Sucede algo? —preguntó al fin.

—Eres el chico de las gafas —le explicó una de las chicas—. El chico de las gafas —repitió.

Óscar se sonrojó de la cabeza a los pies, pero si con eso conseguía entrar y ver a Valentina, podía aguantarlo.

—Sí, supongo que sí —reconoció—. ¿Está Valentina?

La segunda chica le sonrió y volvió a su puesto de trabajo. La primera levantó un teléfono y le dijo:

—Espera aquí, voy a preguntar.

La chica volvió a hablar en japonés y Óscar caminó hasta un sofá que había en la recepción. Tal vez ahora aparecerían dos guardas de seguridad para echarlo de allí.

Los teléfonos siguieron sonando y dos ascensores se abrieron varias veces sin que Valentina apareciera. Cerró los ojos, estaba exhausto y con cada minuto que pasaba más miedo tenía de haber cometido el peor error de su vida.

—¿Óscar?

Parpadeó y cuando vio a Valentina de pie frente a él le volvió a latir el corazón.

—Val.

—¿Qué haces aquí? —Valentina se cruzó de brazos.

—He venido a hablar contigo.

La mueca de ella le dejó claro lo que pensaba de su aparición.

—¿Ahora? ¿Hablar conmigo? Te lo has tomado con calma; hace meses de nuestra última *conversación*.

—Entiendo que estés enfadada.

—¡Ja! ¡Gracias! Me importa un bledo si lo entiendes o no, Óscar.

Él se dio cuenta de que seguía sentado mientras ella estaba de pie y se levantó. Valentina retrocedió un poco y él volvió a maldecirse por haberle hecho daño.

—¿Podemos hablar? Sé que no me lo merezco —añadió al ver que ella iba a interrumpirle—, pero, por favor, necesito hablar contigo.

Las dos recepcionistas los estaban mirando y el vestíbulo empezaba a llenarse de gente. Valentina debió de darse cuenta porque de repente suspiró resignada y accedió.

—De acuerdo. Vamos.

La siguió hacia fuera.

La habría seguido a cualquier parte.

31

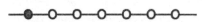

LAS HISTORIAS QUE ACABAN BIEN NO TIENEN FINAL, TIENEN PRINCIPIOS

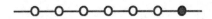

Valentina ya había dejado de soñar con que Óscar la llamase para disculparse o para suplicarle que volvieran a estar juntos. Había dejado de soñarlo en Navidad, por eso decidió que había llegado el momento de dar de baja el móvil que tenía y darse de alta allí, en Tokio, donde vivía ahora, aunque eso también iba a cambiar pronto. Hibiki le había ofrecido la posibilidad de trasladarse a Inglaterra, de ocuparse de uno de los equipos de ilustración del estudio que él y sus socios tenían allí y que querían potenciar ahora que el mercado occidental parecía tan receptivo a sus historias. Valentina se lo había estado pensando; Tokio nunca había llegado a ser su hogar pero empezaba a ser feliz allí. Si ella y Óscar hubiesen estado juntos, lo habría hablado con él y, sin girarse a comprobar si la seguía, le odió un poco más por eso, por haberle hecho creer que juntos formaban una unidad indivisible.

Al final había hablado con Penélope, la única persona que siempre había estado a su lado, y después de valorar las ventajas y los inconvenientes del nuevo puesto de trabajo había aceptado. En Inglaterra podría desarrollar una nueva faceta, había aprendido mucho de Hibiki y del equipo de ilustradores que trabajaban en el estudio de Tokio, pero si se quedaba allí sería como seguir con una bicicleta con rodines cuando en realidad ella por fin había aprendido a pedalear. En Inglaterra encontraría nuevos retos y estaría más cerca de su hermana y sus sobrinas. Pero el nuevo trabajo no empezaba hasta dentro de nueve meses, los japoneses eran así de organizados, y Valentina estaba dispuesta a disfrutar de Tokio el tiempo que le quedaba. Ya había empezado; en las últimas semanas había visitado partes de la ciudad que desconocía y estaba preparando una lista para cuando Penélope fuera a visitarla. Había un par de lugares a los que había llevado a Elías en su última visita y estaba convencida de que a su hermana le encantarían.

—Val, para —le pidió Óscar.

Valentina estaba tan furiosa que había seguido caminando sin saber adónde iba. Se detuvo y se dio media vuelta sin confesarle, por supuesto, el estado emocional en el que se encontraba. Óscar no tenía derecho a saber nada de ella.

—¿Qué? ¿Te has cansado de caminar? —Lo miró y se dijo que le daba igual que él tuviera tan mal aspecto—. Puedes irte si quieres.

—No pienso irme a ninguna parte.

—¡Oh, vaya! Eso no es propio de ti.

—Me merezco todo lo que me digas, Val.

—Deja de llamarme así.

—Está bien, Valentina. ¿Podemos hablar?

Vio que estaban cerca de uno de sus cafés favoritos y lo guio en silencio hasta allí. Al entrar y ver la cara de Óscar comprendió que había cometido un error.

—Este café sale en tu corto; tú y yo estamos hablando en esa mesa —la señaló y Valentina se encargó de sentarse en otra.

Valentina fingió que le daba igual que él hubiese visto el corto y contestó sin preguntarle qué le había parecido. Se había pasado tantos días imaginándose la cara de Óscar cuando viera la primera escena, cuando los reconociera en sus dibujos, que no sabía si algún día sería capaz de perdonarlo por haberle arrebatado ese momento.

—Muchas tardes vengo aquí a dibujar. No le des más importancia de la que tiene, y los del corto no somos tú y yo.

—No, claro que no, por eso las recepcionistas de tu trabajo me han sacado fotos. Una ha estado a punto de pedirme un autógrafo.

—Te lo estás inventando.

—No. Ni siquiera me han preguntado el nombre antes de llamarte. Vamos, confiesa, cuando te han avisado de que estaba esperándote, ¿quién te han dicho que era?

Valentina suspiró exasperada.

—Está bien, está bien. Me han dicho que el chico de las gafas estaba abajo. Pero no significa nada.

—Lo que tú digas.

—¿Has venido a discutir conmigo? Porque si es así, objetivo conseguido. Ya puedes irte. Dale recuerdos de mi parte a Paloma.

Empezó a levantarse, le daba igual que acabasen de sentarse y que la camarera, que también había visto el corto y había reconocido a Óscar, los estuviese mirando. Pero él le colocó una mano en la que ella aún tenía encima de la mesa y notar la piel de Óscar la hizo temblar y la obligó a recordar qué sentía cuando no solo sus manos se tocaban.

No era justo.

Se sentó y esperó a que él hablase.

—No estoy con Paloma. Nunca he estado con ella. Sé lo que viste en el hospital y sé lo que pensaste. ¡Dios santo, Val! Lo hice adrede. Quería que creyeras que estaba con ella, que te había sido infiel.

Valentina miraba aturdida a Óscar. Él había palidecido aún más, como si pronunciar esas palabras le causara un dolor físico.

—No tienes que creerme —siguió Óscar—, pero solo la idea de estar con otra persona... —Sacudió la cabeza—. No podía hacerlo. No puedo. Solo existes tú. —Sonrió con tristeza—. Cuando no viniste por mi cumpleaños mis amigos organizaron una fiesta. Paloma también estaba, es amiga de mi prima Alicia y también conoce a Héctor y a Ricky desde hace tiempo. Por eso estaba aquel día en el hospital; no había quedado conmigo y no había sucedido nada entre nosotros, había ido a visitar a Ricky y a preguntar si podía echarnos una mano a Héctor y a mí en algo.

—¡Vaya! Lo mismo que había ido a hacer yo, con la diferencia de que a mí me echaste.

—Lo sé. Lo siento.

—¿Por qué lo hiciste?

Óscar apartó la mano, Valentina la echó de menos, pero para disimular enroscó los dedos en la taza de café que acababan de traerles.

—En la fiesta que organizaron por mi cumpleaños estaba furioso contigo. La fiesta no era solo para mi cumpleaños; también celebrábamos que habíamos cerrado varios contratos y que las últimas pruebas de Héctor habían salido bien. Estábamos en el bar donde comimos juntos el día que nos encontramos en el metro; mis dos mejores amigos estaban allí, Alicia y David estaban allí, Paloma estaba allí. Unos antiguos colegas de la universidad estaban allí y tú no estabas. Bebí más de la cuenta, bailé con Paloma y durante un jodido segundo —levantó un dedo—, un segundo, pensé que todo sería más fácil si sintiera por ella una milésima parte, una millonésima parte de lo que siento por ti.

—No sé si quiero seguir escuchándote, Óscar.

—Miré a Paloma a los ojos y ella me sonrió. Pensé que tú estabas en Tokio, donde yo no podía venir porque estaba hasta el cuello de trabajo en Brújula y porque creía erróneamente que si lo hacía dejaba plantados a Héctor y a Ricky. Pensé que tú estabas en Tokio con Elías porque él sí que puede visitar esta ciudad de vez en cuando, su trabajo le paga el viaje, y en que Elías y tú hacéis muy buena pareja. Pensé que habíamos tomado la decisión equivocada, que las posibilidades de que tú y yo acabásemos juntos eran ridículas al lado de las posibilidades que teníamos Paloma y yo o Elías y tú. Pensé que estaba cansado de estar solo y de mis problemas, estaba cansado de echarte de menos, de vivir como si me faltase medio corazón y pensé que todo sería más fácil si besaba a Paloma. Me daba todo igual, solo quería que tu ausencia dejase de dolerme. Fui un capullo egoísta.

Valentina notó el escozor de las lágrimas, se dijo que estaba preparada para escuchar eso, que en realidad llevaba meses convencida de que eso era exactamente lo que había pasado, pero no lo estaba. Escucharlo en la voz de Óscar consiguió romperla por dentro.

—No pude hacerlo, Val. No la besé. Me quedé helado delante de Paloma, triste porque no estabas tú y porque no veía la manera de que lo nuestro pudiese salir adelante. Paloma me tomó de la mano y me sacó de la improvisada pista de baile. Se lo conté todo y me dijo que tenía que hablar contigo. Pero no lo hice. Seguí adelante convencido de que no teníamos futuro, cada vez que hablábamos y me contabas cosas de tu trabajo en el estudio lo veía más y más claro. Tú tenías que quedarte aquí y yo en Barcelona.

—¿Por qué no me dijiste que te sentías así? Yo también te echaba de menos, pero creía en nosotros, no veía el futuro tan negro.

—El día del hospital, cuando te fuiste, Paloma no tenía ni idea de lo que yo iba a hacer.

—Parece una chica especial —reconoció y no pudo evitar añadir—: Seguro que tienes más posibilidades de ser feliz con ella que conmigo.

—No. Imposible. La única posibilidad que tengo yo de ser feliz en esta vida es estando contigo, Val.

Tuvo que girar la cabeza hacia otro lado y dejar de mirarlo.

—Te mandé entradas para el estreno —le recordó dolida también por ese recuerdo.

—Y yo como un imbécil no fui. Lo sé, créeme, me arrepiento de tantas cosas... No fui al estreno y les prohibí a Héctor y a Ricky que fueran. No me hicieron caso, obviamente, y fueron aunque no me lo dijeron hasta hace dos días. Los dos llevan meses llamándome «idiota», entre otras cosas.

—Siempre me han caído bien tus amigos. —Valentina no pudo evitar sonreír.

—Gracias por preguntar por Ricky. —Ella se sonrojó al mirarlo de nuevo y Óscar añadió—: Héctor me lo contó.

—Nunca le prohibí que lo hiciera.

—No le preguntabas por mí.

—Tú tampoco.

—Porque no quería que Héctor me dijera que estabas bien, que ya no me echabas de menos ni pensabas en mí o que estabas con Elías.

—No tenías derecho a pensar nada de eso, a recriminarme nada. Tú me echaste del hospital, Óscar. Tú convertiste nuestras últimas conversaciones en meros intercambios de frases mundanas. No yo.

—Lo sé. Lo siento —repitió.

—¿Y qué pretendes ahora? ¿Qué ha cambiado?

—No sé qué ha cambiado —afirmó él—, pero sí sé qué no lo ha hecho. Sigo enamorado de ti, Val. Te quiero. Quiero estar contigo, quiero compartir tus alegrías y tus penas, y lamento haber tenido celos de todo lo que has logrado lejos de mí. Odio haberme sentido tan inseguro que he acabado haciéndote daño y odio haberte hecho pagar a ti mis miedos. No te lo merecías.

Valentina se secó furiosa una lágrima. ¿Por qué tenía que reaparecer Óscar justo ahora? ¿Por qué tenía que recordarle lo mucho que le había echado de menos?

—¿Y por eso has venido a Tokio? ¿Para decirme que lo sientes?

—En parte, pero no he venido solo para eso.

La camarera se acercó a preguntar si querían algo más y Valentina aprovechó para pagar. Tenía miedo de lo que haría si Óscar le pedía otra oportunidad, tenía miedo de olvidarse del dolor de esos últimos meses y perdonarlo sin más. Se levantó y tomó aire.

—¿Hasta cuándo vas a quedarte?

—No lo sé.

—¿Cómo que no lo sabes?

Óscar se levantó y se encogió de hombros. Valentina lo observó sin saber qué hacer con él.

—No lo sé. —Se cargó la bolsa de viaje en el hombro—. Tengo mi ordenador, he arreglado las cosas con Héctor y Ricky para poder trabajar desde aquí y tú estás aquí. Así que, a no ser que pretendas echarme del país, no sé hasta cuándo voy a quedarme.

—¿Te has vuelto loco?

—No, diría que por primera vez en muchos meses estoy cuerdo.

—¿Y qué pretendes? —Valentina se dirigió hacia la salida—. ¿Vas a perseguirme todos los días? Eso tiene un nombre, Óscar.

Vio la mueca de dolor de Óscar y se arrepintió del comentario, pero no quiso rectificarlo. No estaba segura de querer ver a Óscar a diario; eso la obligaría a pensar, a plantearse por qué no se había olvidado de él, por qué no había aceptado salir con Elías (rechazos que este se había tomado con humor) o por qué no había cambiado el final del corto a pesar de que incluso Hibiki le había dicho que podía hacerlo. Valentina no llevó muy bien la ruptura con Óscar después de su regreso de Barcelona, sus compañeros de trabajo se dieron cuenta de que le sucedía algo y una tarde Hibiki le preguntó si quería cambiar el final del corto. Ella se negó rotundamente.

No, no quería plantearse por qué había hecho eso.

—No voy a perseguirte. Tengo reservada una habitación en un hotel —le dio el nombre, Valentina lo conocía—. Trabajaré desde allí y supongo que visitaré la ciudad. Quiero seguir hablando contigo, Val. Todavía tengo que pedirte perdón por muchas cosas y te he echado tanto de menos que estoy dispuesto a conformarme con cualquier cosa, un café como este, un paseo, una conversación telefónica. Con cualquier cosa que estés dispuesta a darme.

Valentina no sabía qué decir a eso, así que optó por algo que no la comprometiera.

—Te acompaño hasta el hotel, no está muy lejos.

Podían ir en metro, era más rápido, pero no estaba preparada para bajar a una estación con Óscar.

—Gracias, me encantará pasear contigo.

—No es un paseo.

—Sí que lo es.

—Cállate antes de que cambie de idea.

Cruzaron un par de calles en silencio. Valentina intentaba mantener las distancias porque si Óscar se le acercaba y sus hombros se rozaban o olía su perfume, los recuerdos la abrumarían.

—¿Te gusta vivir aquí?

No le contó lo de Londres, no se sentía lista para compartir esa información con él. Tal vez Óscar se cansaría al cabo de dos días y regresaría a Barcelona sin decirle nada.

—Al principio me costó bastante, todavía le estoy pillando el truco. Es una ciudad interesante, peculiar, probablemente, y muy grande, a veces me siento como si estuviera perdida en medio de un bosque lleno de criaturas desconocidas.

—Eso se nota en tus dibujos.

Valentina nunca lo había visto así.

—¿Por qué lo dices?

—Lo pensé cuando vi el corto. Lo vi hace dos días, tres. Entre el vuelo y el cambio horario estoy algo confuso. Lo vi antes de venir.

—¡Vaya! Te has tomado tu tiempo. Solo hace meses que se estrenó.

—Soy un idiota. Tendría que haber ido antes al cine. Tendría que haber aceptado la invitación que me mandaste y haber ido al estreno, y después tendría que haberme subido al primer vuelo hacia aquí para pedirte perdón. Tendría que haber hecho un montón de cosas de otra manera.

Volvieron a quedar en silencio, pero cuando una esquina antes de llegar al hotel Óscar la tomó de la mano para apartarla de un repartidor que iba en bicicleta y se había subido a la acera, Valentina no se soltó. Ni en ese momento ni después, cuando él le apretó los dedos.

—Hemos llegado, este es tu hotel.

Óscar miró el edificio y después a ella.

—Gracias por acompañarme. —Se agachó y le dio un beso en la mejilla—. ¿Me das tu número de teléfono para llamarte mañana?

Valentina se dijo que solo se lo daba por si Óscar tenía problemas en el hotel. Tokio era una ciudad complicada y no quería que le sucediera nada malo. Pero en el fondo sabía que era mentira; se lo había dado para ver si él la llamaba porque ella no iba a hacerlo.

32

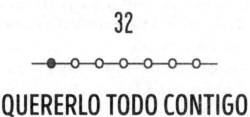

QUERERLO TODO CONTIGO

Óscar llamó a Valentina al cabo de dos días y lo primero que hizo cuando ella (¡gracias a Dios!) descolgó el teléfono fue disculparse. Otra vez.

—Perdón, ayer me pasé el día durmiendo.

—No tenías ninguna obligación de llamarme —le dijo ella seria.

Pues claro que la tenía, pensó Óscar, el problema era que después de todos esos meses en los que no había dormido porque no podía dejar de pensar en ella ni de echarla de menos, por no mencionar el avión y el *jet lag* ayer, o antes de ayer para ser más exactos, después de verla y de hablar con ella por fin había podido descansar.

—¿Tienes hambre?

—Son las once de la mañana, Óscar.

—Lo siento, aún estoy un poco desorientado, deja que vuelva a intentarlo. ¿Puedo invitarte a cenar esta noche?

—¿Me estás pidiendo permiso para invitarme o me estás invitando?

—Estás disfrutando con esto. Está bien, de acuerdo. Me lo tengo merecido. Te estoy invitando a cenar.

—No quiero ponértelo fácil.

—No lo hagas, por favor. Me merezco sufrir por lo que he hecho.

—Deja de decir tonterías. No quiero ponértelo fácil, pero si me hago de rogar tendrás que quedarte más días y seguro que tienes cosas que hacer en Barcelona.

Óscar ignoró el comentario acerca de su regreso a Barcelona y siguió utilizando ese tono sarcástico que al parecer ahora funcionaba con Valentina. Estaba dispuesto a recurrir a lo que hiciera falta con tal de volver a verla y hablar con ella.

—¿Eso significa que aceptas cenar hoy conmigo o quieres que vuelva a pedírtelo y así me torturas más?

—Acepto. Hoy. A las ocho en tu hotel.

—¿No puedo elegir yo el lugar?

—No.

Le colgó sin despedirse y, sin embargo, Óscar no pudo dejar de sonreír.

A las ocho menos cuarto, Óscar estaba en el vestíbulo del hotel. Estaba tan nervioso que una de las chicas de la recepción se había acercado dos veces a preguntarle si necesitaba algo. Él había respondido educadamente que no, pero lo cierto era que sí necesitaba algo o a alguien, y ese alguien le estaba haciendo sufrir porque eran ya las ocho y veinte y no se había presentado.

Tampoco le había llamado ni le había mandado ningún mensaje.

Supuso que le estaba bien empleado, que Valentina siempre había tenido el derecho de dejarle plantado, aun así sintió que perdía la esperanza que había ganado en los últimos días. No iba a irse; si ella lo había hecho para ver si él se rendía tan rápido iba a llevarse una sorpresa. Ahora mismo saldría a pasear un rato, el aire le ayudaría a pensar, o eso esperaba, y comería algo. Mañana sería otro día y volvería a intentarlo.

—¡Óscar! —Valentina apareció de repente y Óscar tuvo que cerrar los puños para no correr a abrazarla—. Perdona el retraso.

—No pasa nada —se apresuró a asegurarle.

—He tenido un día de locos y quería llamarte, pero una cosa se ha juntado con la otra y no he podido. Lo siento.

—No pasa nada —repitió—. Cuéntame qué te ha pasado, cómo es un día de locos en un estudio de animación.

—¿De verdad quieres saberlo?

—De verdad —le aseguró y se mordió la lengua para no decirle otra vez que sentía haberse comportado como un egoísta mientras estaban juntos.

Durante la cena a Óscar le habría gustado sujetarle la mano a Valentina cuando ella la colocaba sin pensar encima de la mesa. Se contuvo porque intuía que solo serviría para que ella se pusiera a la defensiva.

—¿Y tú qué has estado haciendo?

—¿Te refieres a después de volver a quedarme dormido?

—Sí, a eso me refiero.

—He entrevistado a un nuevo cliente de Brújula y después he tenido una reunión con Héctor y Ricky.

—¿Y qué tal?

—Al principio no muy bien la verdad, verlos a ellos dos en Barcelona mientras yo estoy aquí ha sido raro.

—Bueno, seguro que no tardarás en volver allí.

Óscar enarcó una ceja y siguió hablando.

—Ha sido raro pero ha valido la pena por cenar ahora contigo. Además, así me he ahorrado tener que recoger la sala de reuniones. Esos dos siempre se largan dejando las sillas mal puestas y los bolis y papeles por ahí.

—Sí, supongo que eso es una ventaja.

Óscar decidió cambiar la conversación; le preguntó por Penélope y por sus sobrinas y también por su padre. Sabía que la reticencia que ella mostraba ahora, aunque él la merecía, se debía en parte al comportamiento que tenía el padre de ella en relación con el amor. El padre de Valentina había optado por tratarlo como una emoción fácil, caduca, que podía saltar de una persona a otra sin causar daños, así que era normal que ella desconfiase de aquel sentimiento y él, el muy torpe, le había demostrado que tenía razón, que el amor no era de fiar.

Terminaron de cenar y, como aún era temprano, Óscar le preguntó a Valentina si le apetecía ir a pasear con él un rato. Sorprendentemente aceptó, aunque Óscar sospechaba que lo había hecho porque seguía convencida de que él se iría de allí en un abrir y cerrar de ojos.

—¿Para cuántos días tienes reserva en el hotel?

Óscar sonrió; ver que todavía era capaz de adivinar el pensamiento de Valentina le reconfortó.

—¿Por qué no me preguntas directamente cuándo me voy?

—Está bien. ¿Cuándo te vas?

—Ya te lo dije, no tengo fecha. Tengo la habitación reservada para cinco días más. Mañana tengo cita en una inmobiliaria. Lucinda, una mujer brillante que fue cliente de Brújula, me ha ayudado a conseguirla. Me ha dicho que son de fiar, así que ya te contaré.

Habría pagado todo lo que tenía para grabar la cara de sorpresa de Valentina en ese momento y también para poder abrazarla y besarla.

—¿Vas a alquilar un apartamento aquí, en Tokio? Te has vuelto loco.

—Últimamente me lo preguntas mucho.

—Ahora no te lo he preguntado, lo he afirmado.

—¡Ah, vale! Es distinto.

—Por supuesto que es distinto. —Valentina se detuvo en medio de la calle—. No puedes alquilar un apartamento en Tokio así como así.

—¿Por qué no? —Óscar se hizo el tonto—. ¿Necesito algún permiso especial?

Ella reanudó la marcha y él la siguió, intentando no sonreír demasiado.

—No tienes amigos en la ciudad.

—Me apuntaré a un gimnasio para conocer gente, o a un club excursionista o de ajedrez. Algo encontraré y no soy del todo antipático.

—No te recordaba tan terco.

—Pues será que tienes mala memoria porque te recuerdo que no paré de buscarte por las estaciones de metro de Barcelona hasta que te encontré.

Ella volvió a callarse y siguió andando. Óscar se recordó que tenía que ser paciente, aunque empezaba a valorar seriamente la posibilidad de intentar besarla a ver qué pasaba. Probablemente le abofetearía después, pero serviría para rebajar la tensión que flotaba entre ellos.

—Voy a parar un taxi —anunció Valentina mirando hacia la calle—. Es tarde y mañana tengo que presentar...

—¿Qué tienes que presentar mañana? —le preguntó cuando ella se quedó en silencio.

—Los nuevos bocetos. Estoy trabajando en un nuevo corto.

—¿De qué va? ¿Cómo se llama?

—No voy a decírtelo.

—¡Ah! Veo que quieres mantener la tradición.

—No es ninguna tradición. —Valentina echaba humo por las orejas—. Antes no te lo dije porque quería que fuera una sorpresa; ahora no te lo digo porque no puedo.

—¿No puedes o no quieres?

—¿Acaso es distinto? Mira, un taxi. —Abrió la puerta del vehículo—. Adiós, Óscar. Buenas noches.

Él sujetó la puerta antes de que ella pudiera cerrarla.

—Llámame cuando llegues a tu casa o mándame un mensaje.

—¿Por qué?

—Puedes pensar lo que quieras de mí, pero sabes que esto se lo habría pedido a cualquiera. Quiero saber que has llegado bien, ¿de acuerdo?

—De acuerdo y... lo siento. Sé que se lo habrías pedido a cualquiera. Esto... —movió los dedos entre los dos— no sé qué es, Óscar. No sé si es algo a lo que quiera arriesgarme otra vez.

El corazón de Óscar se aceleró.

—No tienes que decidirlo ahora; me quedaré aquí el tiempo que haga falta. Mientras exista una posibilidad estaré aquí.

—¿Y si no existe?

Óscar cerró la puerta porque en ese instante pensó que la manera más fácil de demostrarle que esa posibilidad existía era besándola, pero eso también sería hacer trampas. Apoyó las manos en lo alto del vehículo y se agachó hasta la ventana que estaba bajada.

—Existe, y si te estás planteando si quieres o no arriesgarte, es señal de que existe. O al menos esta noche voy a aferrarme a eso. Buenas noches, Val.

—Buenas noches.

El taxi arrancó y se alejó del parque al que habían llegado paseando.

Al día siguiente Óscar se esperó a media tarde para llamar a Valentina y le preguntó si le apetecía ir al cine o a pasear o hacer lo que fuera que hiciera ella un viernes por la tarde en esa ciudad.

—La verdad es que suelo quedarme dormida en el sofá —le contestó y él tuvo que hacer un esfuerzo hercúleo para no imaginarse a Valentina en ese sofá y él tumbado a su lado.

—Ya, pero deduzco que no estás dispuesta a invitarme a que me tumbe contigo.

Un silencio demasiado largo para la salud ventricular de Óscar.

—No, por supuesto que no.

—Ya me lo imaginaba. —Intentó reírse—. ¿Qué te parece si vamos al cine, entonces?

—¿Cómo ha ido la cita con la inmobiliaria?

Óscar sonrió.

—Bien, me ha dado tanta información que creo que necesitaré unos cuantos días para digerirla toda. Eso o la ayuda de alguien que conozca la ciudad mejor que yo —sugirió.

—Eres lo peor. Está bien, te ayudaré solo porque no quiero que te estafen y porque recuerdo lo mal que lo pasé yo la primera vez que alquilé un piso aquí.

—Sí, hablemos de eso. ¿Dónde vives ahora? Fui a tu piso y una señora me dijo que ya no vivías allí.

—¿Fuiste a mi piso? ¿Por qué?

—¿Vamos a tener esta conversación cada día? No te recordaba tan desmemoriada. Fui a tu piso porque quería verte para pedirte perdón.

—¡Ah, sí, claro! Y también que volviera a darte una oportunidad, lo recuerdo. Un plan muy descabellado, deja que te lo diga.

—Una locura, lo sé. Pero merece la pena intentarlo. ¿Vamos al cine? ¿Qué te apetece ver?

—La verdad es que estoy muy cansada, Óscar. Quiero cenar algo y acostarme, y no vuelvas a decir eso de si te invito a acostarte conmigo porque la respuesta es no.

Óscar tragó saliva en busca de su voz.

—No iba a preguntártelo —mintió—. Entonces, ¿nos vemos mañana o pasado?

La oyó pensar, quizá había bromeado demasiado, pero Valentina parecía reaccionar mejor al sentido del humor que a las conversaciones serias y había creído que así...

—Está bien, puedes venir a cenar a casa. Solo a cenar.

—Solo a cenar, perfecto. ¿Me das tu dirección?

—Si no estás muy liado...

—No lo estoy —le aseguró antes de que pudiera seguir y valió la pena porque la escuchó sonreír.

—Puedes pasar por el estudio, salgo dentro de media hora, y vamos juntos desde aquí.

El apartamento de Valentina era pequeño y confortable, y tenía una ventana en el comedor desde la que se veían unas vistas preciosas de la ciudad. Había botes con lápices de colores en cualquier rincón y unas velas a medio consumir en la mesilla que tenía colocada frente al sofá. De camino allí se detuvieron a comprar comida para llevar y también una caja de los helados de chocolate favoritos de Valentina. Al llegar, ella no le enseñó el apartamento, de hecho, en cuanto cruzaron la puerta Óscar sintió que Valentina volvía a mantener las distancias, pero fingió no darse cuenta y siguió bromeando con ella.

En la diminuta cocina sucedió algo extraño y mágico. A pesar de que Óscar nunca había estado allí antes, él y Valentina se movieron por el reducido espacio como si estuvieran bailando, como si lo hubieran hecho toda la vida. Ella debió de darse cuenta, porque cuando sacó los platos de un armario que Óscar había abierto sin que ella se lo pidiera, se sonrojó y acto seguido, como si no quisiera permitirse sentir esa emoción, se quedó seria y salió de la cocina para poner el mantel. Óscar esperó unos segundos a que su respiración se calmase y después fue a su encuentro cargado con los vasos y los cubiertos como si nada.

—¿Puedo ir al baño?

—Claro, por supuesto, es esa puerta.

Óscar siguió la indicación; quería lavarse las manos y calmarse un poco. Había perdido la cuenta de las veces que había estado a punto de besarla. Cerró la puerta, abrió el grifo y cuando levantó la cabeza su estado fue a peor. Encima de la repisa donde Valentina tenía el vaso con el cepillo de dientes había dos dibujos pequeños enmarcados. Tenían el tamaño de una postal, en uno salían Penélope y sus dos hijas, las sobrinas de Valentina, y en el otro él. Estaba en el metro, de pie y con un libro en las manos que al parecer intentaba leer, aunque probablemente aquel día había estado mirando a Valentina con disimulo. Junto al marco estaba la ranita de origami que él le había hecho con una servilleta en Barcelona. Cerró el grifo del agua que corrían sin sentido y se secó las manos. Abrió la puerta y se encontró de bruces con Valentina.

—Ese dibujo no significa nada. Y la ranita tampoco; llevo meses pensando en tirarla.

Él estaba mudo; lo único que podía hacer era mirarla y, sin ser consciente, levantó una mano para acariciarle el rostro.

—En el baño de mi apartamento en Barcelona, en la repisa junto a mi cepillo de dientes, tengo enmarcada una foto tuya. Es pequeña, solo se te ve la cara. Estás dormida en mi cama, en nuestra cama. La hice el día antes de que te fueras. Y tengo tu viejo cuaderno amarillo en la mesilla de noche. Cada noche me digo que no volveré a abrirlo y cada noche, cada mañana, cuando me despierto, vuelvo a hacerlo.

Ella cerró los ojos y retrocedió, y a Óscar le dolió tanto que recuperó la voz para hablar.

—Será mejor que me vaya.

—No es necesario, todavía no hemos cenado.

—Sí que es necesario, créeme.

Fue en busca de su chaqueta; tenía que irse de allí cuanto antes.

—¿A qué viene tanta prisa?

Óscar se detuvo.

—A que si me quedo un segundo más aquí contigo, terminaré besándote y ni tú ni yo estamos listos para eso.

Abrió la puerta y se fue.

33

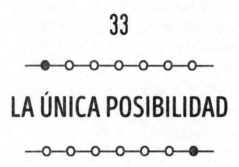

LA ÚNICA POSIBILIDAD

A Valentina le costaba creer que Óscar siguiera en Tokio. Él había mantenido su palabra y había alquilado un apartamento tres calles por debajo de donde vivía ella. Se llamaban casi a diario y él siempre quería hacer planes con ella, aunque no había vuelto a pedirle perdón por lo sucedido en noviembre y tampoco una segunda oportunidad.

Valentina no sabía cómo interpretarlo. Por un lado, se mentalizaba cada día de que él se cansaría de estar allí o echaría demasiado de menos su vida en Barcelona y se largaría. Al menos esta vez podrían despedirse como amigos, pensaba ella. Pero, por otro lado, no podía negar que veía mucho más escondido en los ojos de Óscar y sabía que él, aunque no había vuelto a decírselo, tenía ganas de besarla. Y ella también, el problema era que Valentina tenía miedo de lo que sucediera después. Era imposible que Óscar desmontase su vida por ella; eso de vivir en Tokio era algo pasajero y seguro que, en cuanto se enterase de que en unos meses ella se mudaría a Londres, le diría «Gracias pero no, hay un montón de chicas con vidas más fáciles que la tuya». Y con menos inseguridades y que creían más en el amor y en las segundas oportunidades y en los finales felices, por mencionar solo unas cuantas cosas.

Esa tarde habían quedado para ir al templo Sensoji, un templo budista situado en el barrio de Asakusa, al que se llega cruzando la impresionante puerta Kaminarimon, en la que destaca un enorme farolillo de color rojo y unas estatuas de dioses a cada lado, y que era una de las fotos típicas de la ciudad. A veces hacían esas cosas; Óscar le había contado que Héctor y Ricky le pedían fotos de turista y él reclutaba a Valentina para conseguirlas.

Lo cierto era que esas tardes se lo pasaba muy bien.

Se lo pasaba muy bien con Óscar, le gustaba estar con él y ahora, sin la presión de una despedida inminente y sin ninguna tragedia entre los dos, Valentina sentía que lo estaba conociendo de una manera más real, más profunda. Más peligrosa también, porque cuando Óscar volviera a romperle el corazón no se recuperaría. Una cosa era haberse enamorado del chico del metro, del chico de las gafas, del chico con el que había pasado dos semanas increíbles en un piso en Barcelona, y otra era enamorarse del Óscar real, del que no se iba, del que decía que quería quedarse con ella para siempre.

Valentina salió del estudio muy puntual; tenía ganas de ver a Óscar y ya había pensado cómo podían hacer la fotografía para que se adecuase a los estándares que esperaban Héctor y Ricky, pero cuando vio llegar a Óscar supo que algo iba mal y que ella y su corazón iban a salir heridos del incidente.

—¿Qué ha pasado?

—¿Cómo sabes que ha pasado algo? —le preguntó él dándole un beso en la mejilla. Lo hacía cuando se veían y Valentina se quedaba siempre tan atónita que no sabía cómo reaccionar.

—Estás tenso —le señaló los hombros— y tienes una arruga justo en el puente de las gafas.

—¿Vamos al templo? —Le tendió la mano—. Estoy impaciente por saber qué idea se te ha ocurrido para la foto.

Valentina aceptó la mano y empezaron a andar, pero cuando llegaron a la calle Nakamise se detuvo. Meses atrás no hablar les había hecho daño y, si tenían alguna posibilidad de salir de esa al menos como amigos, no podían quedarse callados.

—Cuéntame qué pasa. ¿Por qué estás preocupado?

Óscar se detuvo y la miró, levantó la mano que tenía libre y le acarició la mejilla.

—Tengo que irme.

Valentina le soltó la mano de golpe y dio un paso hacia atrás. Sabía que eso iba a pasar, lo sabía.

—Me lo imaginaba.

—No digas eso, por favor. Y no me mires así —le pidió—. Serán solo unos días. Tengo que volver a Barcelona. Héctor y Ricky han intentado por todos los medios convencer a un posible cliente de hacer la reunión con videollamada, pero no lo han conseguido. Es un hombre a la vieja usanza. No podemos dejar pasar esta oportunidad, Val. Brújula va bien, pero conseguir un contrato de este tipo nos afianzaría y nos ayudaría a dar un paso más hacia delante. Solo serán unos días.

—Lo entiendo. Es normal que tengas que estar allí. Seguro que puedes rescindir el contrato de alquiler; te mudaste hace pocas semanas y seguro que te devolverán la fianza y...

—No pienso rescindir el contrato de alquiler. No voy a marcharme de aquí.

—¿Por qué no? Solo estás retrasando lo inevitable.

—¿Inevitable? ¿Quieres saber qué es inevitable? Esto.

Y la tomó entre sus brazos y la besó en mitad de la calle. Y no la soltó hasta que a los dos les faltó el aliento.

Valentina se llevó una mano temblorosa a los labios, los notó húmedos y miró a Óscar, que tenía la respiración entrecortada y parecía dispuesto a volverla a besar allí mismo o a llevársela en brazos a cualquier parte. Ella dudaba que hubiese sido capaz de oponerse a ninguna de las dos cosas.

—Te quiero, Val. Te quiero aunque no vuelvas a darme otra oportunidad. Siempre te querré y estoy muerto de miedo de volver a Barcelona y de no encontrarte aquí cuando regrese porque has decidido que no me quieres o que no estás dispuesta a luchar por nosotros. Te quiero y mañana tengo que subirme a un avión e ir a Barcelona porque mis amigos, que han movido cielo y tierra para que pueda estar aquí, necesitan que vaya unos días. Y sí, claro que echo de menos Barcelona y mi piso y cenar con ellos los viernes.

Echo incluso de menos las cosas que tú y yo no hemos hecho nunca allí, como llevarte al cine que hay cerca de casa de mis padres, presentarte como es debido a la temeraria de mi prima Alicia y todo lo que podríamos tener allí. Pero tú estás aquí y tú eres lo único que importa de verdad, lo único que necesito y la única persona a la que quiero hacer feliz.

—Óscar, no sé qué decir.

—No hace falta que digas nada.

—Mi padre se ha casado tres veces y es probable que vaya camino de la cuarta boda y todas sus parejas tenían sentido con él. Primero estuvo mi madre; se conocieron de jóvenes y eran la pareja perfecta. Duraron doce años. Después vino Montse; se conocieron en el trabajo y eran tal para cual. Diez años. Y ahora tenemos a Carmen; se entienden a la perfección y tienen los mismos *hobbies*. Llevan seis años y Penélope está segura de que el bueno de papá ya tiene a otra.

—Ni tú ni yo somos tu padre, Val.

—Lo sé, pero si parejas que tienen sentido no duran nada, ¿qué pasará con nosotros, que no lo tenemos?

—¿Estás diciendo que tú y yo no tenemos sentido?

—Hace unos meses nuestra relación era imposible y acabó saltando por los aires. Ahora tú estás aquí de paso y...

Óscar volvió a besarla, pero esta vez tardó más en soltarla. Valentina hundió las manos en su pelo y lo atrajo hacia ella desesperada. Quizá si acumulaba unos cuantos besos como ese no le dolería tanto dejarlo marchar.

—Yo no estoy aquí de paso. Estoy aquí contigo y, si nos das una oportunidad, encontraremos la manera de que lo nuestro funcione.

—Tú tienes unos amigos a los que quieres como si fuerais hermanos en Barcelona y te lo has jugado todo para montar un negocio, el sueño de tu vida, con ellos allí.

Volvió a besarla, y esta vez Valentina le puso la mano en el pecho. También echaba de menos tener cerca el latido del corazón de Óscar.

—Mi sueño eres tú y mis amigos lo serán tanto si vivo en Tokio como en París como en la Luna. Mi trabajo es flexible; hace unos meses fui un estúpido por no darme cuenta, pero ya no. Tú solo dime que crees que tenemos la posibilidad de salir adelante y el resto lo solucionaremos entre los dos, Val. Por favor.

Fue el «Por favor» lo que derrumbó a Valentina, ver a Óscar al borde de las lágrimas y escuchar de sus labios todo lo que estaba dispuesto a sacrificar con tal de que ellos tuvieran una oportunidad. Le rodeó el cuello y lo abrazó. Hundió el rostro en su torso y no habló hasta que notó que él la abrazaba con todas sus fuerzas.

—Tengo miedo, Óscar.

—Val, cariño. —Él le dio un beso en lo alto de la cabeza.

—Tengo miedo de que un día te despiertes y te des cuenta de que tu vida sería mucho mejor con otra persona, o de que descubras que soy aburrida y de que puedo pasarme horas dibujando sin que me entere de lo que sucede a mi alrededor.

—Eso no pasará.

—No puedes asegurarlo.

Óscar la apartó y Valentina levantó la cabeza para mirarlo.

—Puedo asegurarte que te quiero, Val, y eso no cambiará. Fíjate en mis amigos, por ejemplo, los tengo desde que era pequeño y nunca se me ha pasado por la cabeza cambiarlos por otros.

Valentina sonrió y el corazón le dio un vuelco cuando Óscar agachó la cabeza para volver a besarla. A diferencia de los besos anteriores, este fue lento y tierno, de esos que se cuelan dentro para siempre.

—Podemos tener miedo juntos. Estar enamorado es aterrador.

—Tienes razón.

—Pero lo nuestro saldrá bien, ya lo verás.

—¿Cómo lo sabes?

—Porque cuando estoy contigo todo lo demás me da igual. Puedo adaptarme a Tokio, a Londres a Los Ángeles, a cualquier lugar del mundo. Lo único a lo que no puedo adaptarme es a estar sin ti, Val.

—Yo también te quiero, Óscar.

Él la levantó en brazos y la hizo girar. Cuando la devolvió al suelo la besó y Valentina, a pesar de que sabía que iba a hacerles daño a ambos, aceptó y le devolvió el beso con todo lo que llevaba meses protegiendo en el interior de su corazón.

—Yo también te quiero, Óscar —repitió al apartarse—, pero si tienes que irte a Barcelona, vete ya.

Notó la confusión y también la rabia que él intentó disimular.

—¿Quieres que me vaya ahora? —dijo—, ¿que me vaya ahora mismo?

—Sí, es mejor así.

Él se apartó y, aunque a Valentina le dolió, dejó que se alejase y esperó a que volviera a hablar.

—Me voy porque sé que ahora mismo no estás dispuesta a escuchar nada de lo que pueda decirte, pero dentro de cinco días. Cinco. Estaré de regreso y entonces vas a tener que asumir que lo nuestro es de verdad, que ni tú ni yo vamos a desaparecer de la vida del otro. ¿De acuerdo?

—¿A qué hora sale tu vuelo para Barcelona?

Óscar sacudió la cabeza resignado, Valentina creía que iba a seguir discutiendo, que insistiría con otro argumento, pero lo que hizo fue mucho peor, al menos para su alma. Se agachó y le dio un beso largo, profundo y que contenía las palabras que no le decía.

—Esto no ha sido un beso de despedida, Val. Nos vemos en cinco días.

Y se fue.

Aunque los días transcurrieron en un abrir y cerrar de ojos para Valentina, las noches se le hicieron eternas. No dejaba de pensar en Óscar y en los mensajes que le había enviado durante el día, preguntándole cómo estaba, si le había sucedido algo interesante en el trabajo o, sencillamente, diciéndole que la echaba de menos. Ella no respondía. Tenía miedo de que, si lo hacía, Óscar le contase que su estancia en Barcelona se alargaba. Su reacción no tenía lógica, lo sabía, y Penélope le había dicho que era una cobarde, ataque del que Valentina no había podido defenderse. ¡Claro que era una cobarde!, se estaba protegiendo, porque no sabía qué pasaría si Óscar volvía a fallarle. Lo peor era que él sabía que ella se sentía así y, con cada mensaje, aunque no se lo estuviera diciendo con palabras, le recordaba que iba a volver y que ella lo era todo para él.

Cuando por fin llegó el día en el que Óscar regresaba a Tokio, Valentina se pasó toda la mañana pegada al móvil, esperando un mensaje de él explicándole que no llegaría o que no volvería. Pero sucedió justo lo contrario. Óscar la llamó y como ella no contestó, le dejó un mensaje:

—Val, cielo, llego a las cinco de la tarde. ¿Puedes venir a buscarme al aeropuerto? Me muero por verte y... te quiero. En realidad, eso es todo. Eso es lo más importante. Te quiero y tengo muchas ganas de verte.

Durante las horas que duraba el vuelo, Valentina estuvo al borde del infarto, se imaginó mil y un escenarios horribles en los que Óscar sufría un accidente sin saber que ella se arrepentía de haberlo dejado irse sin más, sin saber que ella confiaba en él y que le quería con locura.

Fue a buscarlo con un plan y cuando lo vio salir por la sección de llegadas corrió hacia él y se lanzó encima como si llevase toda la vida sin verlo y no solo cinco días.

Óscar reaccionó al instante y la besó allí mismo. A ninguno de los dos les importó que estuvieron rodeados de gente y que más de una persona los insultase por estar allí en medio montando un espectáculo. Esa gente no sabía lo que se perdía, besar al amor de tu vida el día que te das cuenta de que por fin lo has encontrado y no vas a separarte de él nunca es algo indescriptible.

Valentina se separó de él con una sonrisa y antes de que Óscar pudiese reaccionar le dijo:

—Vamos al metro.

—¿Al metro? ¿Por qué? En taxi iremos más rápido —se detuvo para mirarla a los ojos—. Te he echado mucho de menos y quiero estar contigo cuanto antes.

—Yo también, pero antes necesito enseñarte algo. Confía en mí.

Lo tomó de la mano y tiró de él hacia la estación de Asakusa. Desde que Óscar había vuelto, Valentina había pensado varias veces en lo que escondía esa estación. Al principio se había negado a contárselo y a enseñárselo, pero en las últimas semanas había empezado a dudar y hoy era el día perfecto para que lo viera.

—Vamos —le guio por los pasillos de la estación—, es por aquí.

—¿Adónde me llevas?

—Ya lo verás.

Ahora estaba impaciente por enseñárselo.

—¿No será esto un plan rocambolesco para acabar con mi vida, verdad?

—Tranquilo, conmigo estás a salvo.

—Eso lo dudo mucho, Val. Teniendo en cuenta que mi corazón está en tus manos diría que estoy de todo menos a salvo.

Él lo dijo bromeando, pero Valentina había aprendido a descubrir qué se escondía detrás de esas frases de Óscar y se detuvo en seco.

—Tú también tienes el mío. —Se puso de puntillas para besarlo y, antes de que él pudiera abrazarla e intensificar el beso, volvió a ponerse en marcha.

Llegaron a una garita y Valentina se apartó para hablar con el señor que había dentro. El hombre la saludó con una sonrisa desdentada y le entregó un juego de llaves.

—Vamos.

Óscar la miró intrigado.

—¿Adónde vamos?

—Es aquí.

Metió una de las llaves en una cerradura, la puerta se quejó al abrirse y después encendió las luces. Ante ellos apareció la estación de metro.

—¿Qué... qué es esto?

—Es una estación abandonada. Hibiki tiene contactos, es un hombre muy respetado y admirado en todo Japón, y cuando estaba terminando el corto me quedé estancada. No podía dibujar.

—Cuando volviste de Barcelona. Lo siento, Val.

—Sí, cuando volví de Barcelona. —No iba a mentirle en eso para que él se sintiera mejor—. No podía dibujar, no era que me quedasen mal los dibujos o que no me levantase para ir al estudio. Sencillamente no podía dibujar nada que tuviera alma. Era como si mis dibujos estuvieran apagados. Hibiki se plantó frente a mi mesa y después de preguntarme qué me pasaba y de sermonearme (por lo visto no puede evitarlo), me trajo aquí y me dijo que me quedase tanto tiempo como me hiciera falta. Ven.

Tomó a Óscar de la mano y tiró de él hasta un banco que había debajo de una marquesina publicitaria. En la marquesina había varios dibujos suyos hechos en rotulador sobre el viejo papel de un anuncio de una bebida energética.

—Solo podía dibujarte a ti.

—Val.

Óscar la besó y Valentina sintió el beso en todo el cuerpo, recorriéndola, susurrándole en cada rincón que esta vez iba a salir bien; quizá porque los dos habían aprendido que vivir el uno sin el otro era una pena.

—También dibujé otras cosas, mira. —Le enseñó más dibujos—. Y cuando estrenaron la película en Tokio después celebramos una pequeña fiesta aquí. No sé si estás preparado para esto. Cierra los ojos.

Le soltó y se alejó, tal vez alguien se había llevado lo que estaba buscando. Si ella no hubiese estado tan triste no lo habría dejado allí, pero cuando terminó la fiesta no tuvo ánimo de decirle al personal de limpieza que lo tirasen, así que lo escondió en un rincón, justo detrás de un armario eléctrico.

—Ya puedes abrirlos. ¡Tachán!

Estaba sujetando un recortable de cartón de ellos dos, de la chica del cuaderno amarillo y el chico de las gafas, en realidad, mirándose en el metro.

—Esto tenemos que llevárnoslo a casa —decretó Óscar acercándose a ella y, cuando lo logró, se agachó para volver a besarla—. Gracias por elegir ese final en *Posibilidades*; creo que aún no te lo había dicho.

—De nada.

EPÍLOGO

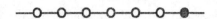

Los viernes Óscar salía tarde del trabajo; esa costumbre la había mantenido tanto en Barcelona como en Tokio o en Londres, donde se habían trasladado cuando Valentina empezó a trabajar para los estudios que Hibiki tenía en Inglaterra, y seguro que también la mantendría en Madrid o en Bombay, donde fuera que ellos dos terminasen viviendo.

Al principio no había sido fácil, pero los dos podían afirmar que les gustaba su vida y que no existía la más remota posibilidad de que uno pudiera ser feliz sin el otro. Tampoco tenían intención de volver a intentarlo; una ruptura había sido más que suficiente.

Valentina llevaba tiempo hablando con Hibiki de la posibilidad de abrir un pequeño estudio de animación en Barcelona; la ciudad rebosaba talento y siempre había atraído a gente de todo el mundo. Si llegaba a suceder y podían trasladarse allí sería maravilloso, pero si no se adaptarían. Como había dicho Óscar, mientras se tuvieran el uno al otro lo demás no importaba.

Óscar entró en el metro, ahora se consideraba un experto en ese medio de transporte y había llegado a la conclusión de que esa parada en concreto era de las más bonitas que había visto nunca. Incluso el nombre era espectacular: King's Cross St. Pancras sonaba a película de superhéroes. Bajó la escalera y le sonó el móvil, llegaba tarde a la cita que tenía con Héctor y Ricky, y se suponía que cuando contestase él estaría sentado en un *pub* de la ciudad y sus amigos en el bar de siempre. Contestó, no tardaría en perder la cobertura, pero al menos podía avisarlos.

—No estás en el *pub*. Incluso en el extranjero llegas tarde.

—Lo siento, la reunión se ha alargado. ¿No quieres saber cómo ha ido? —provocó a Héctor.

—Pues claro que quiere saberlo y yo también, cretino. —Vio que Ricky se sentaba frente a la pantalla del móvil con dos cervezas en la mano.

—Ha ido muy bien. Creo que tenemos otro cliente muy satisfecho.

—Brindemos por eso. ¡Ah! Tú no puedes porque has llegado tarde como siempre.

—Os estoy perdiendo. —Óscar se rio—. Os llamo cuando llegue al *pub*.

Recorrió el resto del pasillo; la semana siguiente Valentina y él viajarían unos días a Barcelona. Se quedarían casi un mes; habían decidido mantener el alquiler del piso de él y se instalaban allí siempre que visitaban la ciudad, así sentían que estaban en casa y, por suerte, entre los dos podían permitírselo por ahora. Eran afortunados, les había costado, pero habían encontrado la manera de que lo suyo funcionara. Tenía preparada la lista de cosas que quería hacer con Valentina durante ese mes. Era una nueva tradición para ellos: cada uno escribía en una hoja de papel, que guardaban pegada en la nevera, las cosas que querían hacer cuando estuvieran en casa; aunque «casa», le había dicho un día Óscar a Valentina, era cualquier lugar en el que estuvieran los dos juntos.

Llegó al andén justo a tiempo, un metro se detuvo frente a él y entró. Se quedó de pie, iba lleno y sonrió al ver un equipo femenino de *hockey*. Tuvo incluso un escalofrío al recordar lo que había sucedido casi dos años atrás, cuando un equipo casi idéntico a ese impidió que se acercase a hablar con Valentina. ¿Qué habría sucedido si aquel día hubiesen hablado, si ella no se hubiese dejado el cuaderno amarillo?

Quizá todo habría sido más fácil o quizá habría sucedido lo mismo. Quizá el camino habría sido distinto, pero Óscar sabía que ellos dos acabarían juntos, igual que en el corto de Valentina. No se acostumbraría jamás a que se le acelerase el corazón cada vez que pensaba en ella o que pasasen los días y no disminuyeran las ganas que tenía de besarla y de perderse en su piel. Al contrario, podía afirmar que cuantas más veces hacía el amor con ella (y eran muchas), más veces quería hacerlo.

Había dejado de intentar entenderlo, le bastaba con que Val sintiera lo mismo.

El metro se detuvo y abrió las puertas; todavía no había llegado a su parada y se distrajo mirando la gente que entraba y salía. En ese sentido, todas las ciudades en las que había vivido le resultaban fascinantes y desde que estaba con Val había aprendido a observar a la gente de una manera distinta. Ni de lejos sabía hacerlo como ella, que era capaz de imaginarse la historia de cualquier desconocido con solo mirarlo y dibujarla después, pero no se le daba del todo mal.

Observó de nuevo a las chicas del equipo de *hockey*; tendrían unos diez años de edad y se aventuró a imaginar su historia. Seguro que habían ganado el partido, pues no paraban de reírse y de hacerse bromas entre ellas. La entrenadora, que estaba de pie en un extremo, estaba muy orgullosa de ellas, aunque intentaba disimularlo. Siguió recorriendo el vagón con la vista hasta que se detuvo en seco.

Imposible.

Había sucedido, al final había perdido la cabeza por esa chica. Parpadeó y ella seguía allí, así que por fin Óscar reaccionó y eliminó la distancia que los separaba.

—Te has tomado tu tiempo —le dijo Valentina con una sonrisa y sin apartar la mirada del cuaderno.

—Sí, demasiado.

Entonces ella levantó la vista y lo miró.

—No, creo que ha sido el tiempo perfecto.

El metro empezó a aminorar la marcha.

—Es nuestra parada —la avisó para que empezara a recoger. Cuando dibujaba, Valentina se perdía en sus ilustraciones y se olvidaba de dónde estaba o de cuestiones relativas al mundo real como la tracción que sacude a un pasajero cuando el metro se detiene. Óscar había recogido del suelo de más de un vagón varios lápices de colores—. Un momento, acabo de darme cuenta de una cosa.

—¿De qué? —Guardó el lápiz y aseguró el cuaderno en el interior del bolso—. ¿Cómo ha ido la reunión?

—Esa vez, en Barcelona, cuando te dejaste el cuaderno amarillo en el metro, ¿de verdad no se te ocurrió que podía estar allí? ¿No se te ocurrió pasar por la Oficina de Objetos Perdidos?

Valentina sonrió y lo besó.

—Tardé un poco, la verdad. Me parecía imposible que se me hubiera caído en el metro. Ya sabes cómo soy con mis cuadernos; no los pierdo nunca de vista. Fue Penélope la que dijo que fuera a preguntar.

Óscar la rodeó por la cintura.

—¿Y fuiste?

—Fui y la señora me contó que un joven muy guapo había pasado por allí a preguntar qué pasaba con los objetos perdidos y que al final había decidido dejar un sobre con sus datos.

Óscar enarcó una ceja intrigado; ella no le había contado nunca esa parte de su historia.

—¿Te dieron mi sobre?

Valentina apoyó una mano en su torso, lo hizo adrede para notar cómo se le aceleraba a él el corazón.

—No. Paco, el señor que trabajaba allí antes de que trasladasen a la señora de la sombra de ojos azul, lo rompió pasado un mes. Estaba convencido de que eras un acosador.

Óscar sacudió la cabeza incrédulo.

—¿Qué crees que habría pasado si hubieras encontrado mi sobre a tiempo? ¿Me habrías llamado?

—Claro, quería recuperar mi cuaderno. Además, entonces no sabía que lo tenías tú.

—¿Eso tampoco se te pasó por la cabeza?

Valentina se sonrojó y Óscar apretó los dedos que tenía entrelazados a su espalda para atraerla más hacia él.

—Sí, la verdad es que sí. Pero me daba vergüenza. Seguro que cuando viste que te había dibujado tantas veces te planteaste pedir una orden de alejamiento.

—Si no dejas de tocarme y de mirarme así, vamos a tener problemas, Val.

Ella lo besó y durante unos segundos él se olvidó de dónde estaban. Solía pasarle con besos como ese.

—Vamos a casa. —Valentina tiró de él hacia la salida—. Tengo ganas de enseñarte estos dibujos.

—Eso que has dicho antes sobre que el señor de la Oficina de Objetos Perdidos pensó que yo era un acosador y lo de tu orden de alejamiento, si las circunstancias fuesen distintas podría ser cierto.

—Sí, lo sé. Si no hubiese sido mutuo lo habría sido, pero cada vez que nos cruzábamos en el metro los dos nos mirábamos y sentíamos lo mismo.

—Y no nos atrevíamos a acercarnos. —Óscar la miró a los ojos—. Creo que hay algo que no sabes.

—¿El qué? Ya me contaste que pusiste un anuncio para encontrarme. No te imaginas lo feliz que me hace saber que Héctor guardó un ejemplar del periódico. Cuando vayamos a Barcelona lo enmarcaré.

—No es eso, pero gracias por recordarme que mis amigos mantienen un archivo de mis momentos más gloriosos. —Además del periódico que guardaba Héctor, Ricky le había enmarcado y colgado en la pared del despacho de Óscar en Brújula el póster del corto de Valentina—. Me refiero a lo que escribí en la carta que había dentro del sobre que dejé en Objetos Perdidos.

—Héctor y Ricardo me dijeron que solo habías apuntado tu nombre y número de teléfono.

—A ver, cielo, ¿de verdad crees que les cuento toda la verdad sobre lo que hago a esos dos? Algo de sentido común me queda.

—¿Qué escribiste?

Óscar intentó recordar lo que había sentido aquel día y compararlo con la felicidad que ahora cubría hasta el último centímetro de su piel. No había sido fácil y no se engañaba, todavía les quedaban muchas dificultades por sortear, pero estaban juntos y se querían.

¿Cuántas posibilidades había de que acabasen así? Una.

—Escribí mi nombre y mi número de teléfono y después añadí que tus dibujos eran preciosos porque hacían que tuviera ganas de convertirme en el chico que dibujabas. Siempre me he gustado mucho más en tus dibujos que en el mundo real. Escribí que me gustaría tener la oportunidad de conocerte y de preguntarte qué veías en mí porque yo no lograba encontrar nada parecido cuando me miraba en el espejo. También te di las gracias por elegirme como sujeto para tus dibujos; intuía que estar en ese cuaderno era una especie de honor y quería que lo supieras.

—Óscar, yo...

—Verme a través de tus ojos es lo mejor de mi vida, Val.

—Te quiero, Óscar.

—Y yo a ti, Valentina.

Sonó el móvil de Óscar y no contestó. Un segundo después sonó el de Valentina y ella sonrió.

—Será mejor que conteste, será Héctor o Ricky —dijo al descolgar—. Hola, sí, está aquí conmigo. Llega tarde, lo sé. Se ha distraído. —Miró a Óscar—. Tus amigos dicen que eres un impresentable.

—¡Lo siento! —vociferó para que le oyeran a través del aparato y después sonrió y sujetó el rostro de Valentina entre las manos para darle otro beso—. Te quiero. ¿Ves lo que pasa cuando te encuentro en el metro? Me olvido de todo y solo pienso en ti. He quedado con mis amigos. Lo siento, tengo que irme. ¿Nos vemos en casa?

Ella, que oyó los insultos de Héctor y Ricky, se rio y lo empujó hacia la calle.

—Nos vemos en casa. Ve al *pub*, tus amigos te están esperando. Dicen que tienen que contarte algo muy importante.

A Valentina le resultaba muy divertido que Óscar tuviera que estar en un *pub* sentado solo frente a una cerveza mientras sus dos amigos hacían lo mismo en Barcelona, pero entendía por qué lo hacían.

Cuando quieres a alguien buscas la manera de hacer que todas las posibilidades del universo estén a tu favor para mantener a esa persona en tu vida.

Ella lo hacía con Penélope y sus sobrinas y ahora, gracias también a Óscar, con su padre.

Lo hacía con el profesor Hibiki y con los compañeros y amigos que había dejado en Japón.

Y lo haría toda la vida por Óscar.

Nunca dejaría de dibujarle.

AGRADECIMIENTOS

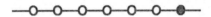

Cuando empecé a escribir POSIBILIDADES era un relato y mi intención era que terminase mal. Ahora que lo pienso, «mal» es la palabra equivocada. POSIBILIDADES no iba a acabar mal, es decir, ninguno de los personajes iba a sufrir una muerte trágica y no tenía pensado hacerles sufrir con situaciones imposibles. Todo lo contrario. Mi intención era que la vida los separase, que las posibilidades de que terminasen juntos se fueran reduciendo palabra tras palabra hasta quedar definitivamente lejos el uno del otro. Dos vidas que se cruzan un instante, o varios, y después se alejan para siempre.

Tal vez habría sido una buena novela, tal vez habría sido incluso mejor que esta, pero lo dudo mucho. Y lo dudo porque no sería la historia que tenía en el corazón y necesitaba contar.

Necesitaba escribir una historia optimista, una historia romántica donde dos personas descubren que el destino no tiene en realidad tanto poder como la literatura le otorga y que si quieren estar juntos tienen que arriesgarse. Quería escribir una historia con un final feliz porque todos nos lo merecemos, y más ahora. Y quería escribir una historia que nos recordase que siempre existe la posibilidad de que al final todo salga bien.

Gracias por elegir POSIBILIDADES y por subir al metro con Óscar y Valentina. Sin lectoras como vosotras el mundo sería un lugar muchísimo peor.

Esta novela no existiría sin la ayuda y el talento de mi editora, Esther Sanz, ni sin la profesionalidad de todo el equipo de Ediciones Urano. Gracias de corazón.

La amistad que hay entre Óscar, Héctor y Ricardo no existiría sin mis amigas, Nuria, Pepa y Montse. Y la historia de amor entre Óscar y Valentina no habría podido escribirla sin Marc, Àgata y Olívia.

¿TE GUSTÓ ESTE LIBRO?

escríbenos y
cuéntanos tu opinión en

f /Sellotitania   **🐦** /@Titania_ed

📷 /titania.ed

#SíSoyRomántica